血脈

鵜野讃良私伝

宮井ゆり子

郁朋社

血脈　——鵜野讃良私伝——／目次

登場人物（登場順）

《プロローグ》

鸕野讃良皇女《うののさららのひめみこ》……………後の持統天皇（第41代）・天智天皇の娘・母は遠智娘・天武天皇の皇后

第一章《さららの皇女》

宇津木《うつぎ》……………讃良皇女の乳母
遠智娘《おちのいらつめ》……………讃良皇女の母・天智天皇の夫人
蘇我石川麻呂《そがのいしかわのまろ》……………讃良皇女の祖父・蘇我氏の豪族
大田皇女《おおたのひめみこ》……………讃良皇女の同母姉・天武天皇の妃
中臣鎌足《なかとみのかまたり》……………後の藤原鎌足・天智天皇の懐刀

第二章《別離》

中大兄皇子《なかのおおえのみこ》……………後の天智天皇（第38代）・讃良皇女の父
姪娘《めいのいらつめ》……………遠智娘の妹・天智天皇の夫人

真比古《まひこ》……蘇我石川麻呂の舎人

建皇子《たけるのみこ》……天智天皇の第二皇子・讃良皇女の同母弟

第三章《確執》

宝皇女《たからのひめみこ》……後の皇極天皇（第35代）・重祚して斉明天皇（第37代）・天智天武両天皇の母

軽皇子《かるのみこ》……後の孝徳天皇（第36代）・皇極天皇の同母弟

間人皇女《はしひとのひめみこ》……皇極天皇の娘・孝徳天皇の皇后

大友皇子《おおとものみこ》……天智天皇の第一皇子・明治三年追号　弘文天皇（第39代）

有間皇子《ありまのみこ》……孝徳天皇の皇子

第四章《邂逅》

手児奈《てこな》……讃良皇女の采女

大海人皇子《おおあまのみこ》……後の天武天皇（第40代）・讃良皇女の夫

額田王《ぬかたのおおきみ》……宮廷の歌人・大海人皇子の恋人

十市皇女《とおちのひめみこ》……天武天皇の娘・母は額田王・大友皇子の妃

第五章《玉の緒》

半布里郎女《はふりのいらつめ》…………建皇子の采女・礪杵道作の妻・友背の母
川島皇子《かわしまのみこ》…………天智天皇の第三皇子
御名部皇女《みなべのひめみこ》…………天智天皇の娘・母は姪娘・高市皇子の妃
蘇我赤兄《そがのあかえ》…………天智天皇の重臣・蘇我石川麻呂の異母弟・山辺皇女の祖父

第六章《漕ぎ出でな》

中臣史《なかとみのふひと》…………後の藤原不比等・中臣鎌足の次男
鏡王女《かがみのおおきみ》…………天智天皇の夫人・後に中臣鎌足の妻
高市皇子《たけちのみこ》…………天武天皇の第一皇子
志貴皇子《しきのみこ》…………天智天皇の第七皇子
大伯皇女《おおくのひめみこ》…………天武天皇の娘・母は大田皇女
草壁皇子《くさかべのみこ》…………天武天皇の第二皇子　母は讃良皇女
大津皇子《おおつのみこ》…………天武天皇の第三皇子・母は大田皇女

第七章《兄と弟》

四比億仁《しひのおくに》……百済渡来人の学識者・讃良皇女の師
義淵《ぎえん》……法相宗の僧・天智天皇より草壁皇子と共に養育を受ける
倭姫王《やまとひめのおおきみ》……古人大兄皇子の娘・天智天皇の皇后

第八章《隠棲》

山辺皇女《やまべのひめみこ》……天智天皇の娘・蘇我赤兄の孫娘・大津皇子の妃
中臣金《なかとみのかね》……天智天皇の重臣・壬申の乱後に死罪
蘇我果安《そがのはたやす》……天智天皇の重臣・蘇我赤兄の弟・壬申の乱最中に自害
書根麻呂《ふみのねまろ》……渡来人の子孫・大海人皇子の舎人
村国男依《むらくにのおより》……美濃の豪族・大海人皇子の舎人
身毛広《むげつのひろ》……美濃の豪族・大海人皇子の舎人
和珥部君手《わにべのきみて》……美濃の豪族・大海人皇子の舎人
朴井雄君《えのいのおきみ》……美濃の豪族・大海人皇子の舎人
駒田忍人《こまだのおしひと》……大海人皇子の舎人・近江朝に潜伏・大津皇子と近江脱出
蘇我安麻呂《そがのやすまろ》……蘇我赤兄の甥・大海人皇子に進言
忍壁皇子《おさかべのみこ》……天武天皇の第四皇子
阿比多《あびた》……四比億仁直下の百済人の間者
鷺人《さぎひと》……真比古と宇津木の養子・草壁皇子の従者

第九章《決起》

大分恵尺《おおきだのえさか》……豊後の豪族・大海人皇子の舎人・大津皇子と近江脱出
大伴馬来田《おおとものまくた》……近江宮から抜け出して大海人挙兵に呼応
大伴吹負《おおとものふけい》……大伴馬来田の弟・兄と共に大海人挙兵に呼応
難波三綱《なにわのみつな》……渡来人の子孫・大津皇子と近江脱出
大分稚臣《おおきだのわかおみ》……豊後の豪族・大津皇子と近江脱出・瀬田橋の戦の先鋒功労者
物部麻呂《もののべのまろ》……後の石上麻呂《いそのかみのまろ》・近江朝の官人・大友皇子の最期に随伴

第十章《鸕野皇后》

蘇我石足《そがのいわたり》……後の石川石足《いしかわのいわたり》・蘇我安麻呂の子
石川郎女《いしかわのいらつめ》……草壁皇子の采女・大津皇子の恋人
津守通《つもりのとおる》……隻眼の陰陽師・大津皇子粛清を策略
阿閇皇女《あへのひめみこ》……後の元明天皇（第43代）・天智天皇の娘・母は姪娘・草壁皇子の妃
葛野王《かどののおう》……大友皇子の皇子・母は十市皇女

第十一章《策謀》

礪杵道作《ときのみちつくり》……………美濃の豪族・半布里郎女の夫・大津皇子の側近

友背《ともせ》……………………礪杵道作の子・母は半布里郎女・大津皇子の従者

行心《こうじん》……………………新羅の僧・大津皇子に謀反の薦め

粟津王《あわづおう》…………………大津皇子の皇子・母は山辺皇女

泊瀬部皇女《はつせべのひめみこ》…………天武天皇の娘・川島皇子の妃・忍壁皇子の同母妹

第十二章《春過ぎて》

氷高皇女《ひだかのひめみこ》………………後の元正天皇（第44代）・草壁皇子の娘・母は阿閇皇女

軽皇子《かるのみこ》…………………後の文武天皇（第42代）・草壁皇子の皇子・母は阿閇皇女

吉備皇女《きびのひめみこ》………………草壁皇子の娘・母は阿閇皇女・長屋王の妃

長皇子《ながのみこ》…………………天武天皇の皇子・母は大江皇女

弓削皇子《ゆげのみこ》………………天武天皇の皇子・母は大江皇女

舎人皇子《とねりのみこ》………………天武天皇の皇子・母は新田部皇女

長屋王《ながやおう》…………………高市皇子の皇子・母は御名部皇女

刀自売《とじめ》…………………讃良皇女晩年の采女

第十三章《末つ方》

県犬養三千代《あがたいぬかいのみちよ》……後の橘三千代・宮中の女官・藤原不比等の妻・光明皇后の母
美努王《みぬおう》……敏達天皇の四世孫・県犬養三千代の先夫
藤原宮子《ふじわらのみやこ》……藤原不比等の娘・文武天皇の夫人・聖武天皇の母
紀皇女《きのひめみこ》……天武天皇の娘・弓削皇子の恋人
首皇子《おびとのみこ》……後の聖武天皇（第45代）・文武天皇の皇子・母は藤原宮子
安宿媛《あすかべひめ》……後の光明皇后・藤原不比等の娘・母は県犬養三千代

第十四章《遺言》

第十五章《血脈》

藤原武智麻呂《ふじわらのむちまろ》……後の藤原南家の祖・藤原不比等の長男・母は蘇我娼子
藤原房前《ふじわらのふささき》……後の藤原北家の祖・藤原不比等の次男・母は蘇我娼子
藤原宇合《ふじわらのうまかい》……後の藤原式家の祖・藤原不比等の三男・母は蘇我娼子
藤原麻呂《ふじわらのまろ》……後の藤原京家の祖・藤原不比等の四男・母は五百重娘
橘諸兄《たちばなのもろえ》……美努王の息子・母は県犬養三千代

阿倍皇女《あべのひめみこ》……………後の孝謙天皇（第46代）・重祚して称徳天皇（第48代）・聖武天皇の娘・母は光明皇后

藤原仲麻呂《ふじわらのなかまろ》……後の藤原恵美押勝《ふじわらえみのおしかつ》・藤原武智麻呂の次男

藤原豊成《ふじわらのとよなり》　……藤原武智麻呂の長男

大炊王《おおいおう》……………後の淳仁天皇（第47代）・舎人皇子の第七皇子・天武天皇の直孫

橘奈良麻呂《たちばなのならまろ》……橘諸兄の息子

弓削道鏡《ゆげのどうきょう》　……法相宗の僧・義淵の弟子・孝謙天皇の寵愛を受ける

不破内親王《ふわないしんのう》……聖武天皇の娘・孝謙天皇の異母妹

白壁王《しらかべおう》……………後の光仁天皇（第49代）・志貴皇子の第六皇子・天智天皇の直孫

《エピローグ》

井上内親王《いのうえないしんのう》……聖武天皇の娘・光仁天皇の皇后・孝謙天皇の異母姉

山部親王《やまべのしんのう》…………後の桓武天皇（第50代）・光仁天皇の皇子・母は高野新笠

装画／アオジマイコ
装丁／宮田麻希

血脈

――鵜野讃良私伝――

プロローグ

乙巳《いっし》の変――七世紀、大和の国を治める豪族蘇我《そが》氏の力が天皇のそれを大きく凌ぎ、その振る舞いが目に余るものとなっていた時代。その頂点にいたのが蘇我入鹿《いるか》である。入鹿が宮中大極殿において、天皇や数多の高官が居並ぶ眼前で斬殺されるという、古代史最大の政変が起きた年。後に大化元年（六四五年）と号されるその年に『河内《かわち》国讃良《さらら》郡鵜野《うの》村』と呼ばれた現在の四条畷《しじょうなわて》の地に、一人の女の子が誕生した。その出生地から『鵜野讃良』と名付けられた赤子がこれから辿る激動の生涯は、その血脈ゆえであると誰も否定することはできない。

乙巳の変の首謀者である中大兄皇子を父とし、同じ蘇我氏でありながら宗家の従弟に弓引いた蘇我石川麻呂の娘遠智娘《おちのいらつめ》を母として、策謀渦巻く時空間の只中に、正に首謀者たちの直系として生を受けたのである。

幾人もの赤子を取り上げてきた老婆は、長年の経験から来る自分の勘を信じて疑わなかった。

〈この腹の張り具合は間違いなくオノコじゃ〉

妊婦が産気づき、老婆が産所に呼ばれてから既に半日近くが経っている。妊婦の抜けるように白い肌は紅潮し、か細い身体が苦しさの余りのたうち回る。汗と涙でぐっしょりと濡れた額から喉の辺りに、漆黒の長い髪の毛が水草のように張り付き、寒戻りの冷気の中に妊婦の苦悶の呻き声だけが響いていた。

〈大きな赤子ゆえ、全く以ってご難産じゃ。初産ではないことがせめてもの救いだが……〉

妊婦は一年前に初子を出産していた。

寄る年波で見え難くなった目を細めて老婆が覗き込んだその時、大きな頭が、続いて骨太の体が現れた。と同時に、

「フッギャー！」

元気な産声が部屋中に響き渡った。

〈おお、やはりオノコじゃ。ご立派な皇子さまじゃ〉

ズシリと重いその体を手にした瞬間〈ん？　なっ、無い！〉老婆は目を疑った。皺で弛んだ瞼を見開いて、幾度も幾度も確認した。

〈メノコではないか。何とまあ、見たことも無いような、大きなメノコではないか〉

老婆は長い産婆人生で一番の驚愕と感動を覚えた。

「お元気な皇女さまにございます」

恐る恐る報告すると、母親はほっとした様子で小さく頷き、気を失うように眠りに落ちていった。

この時代の出産は生死を賭けた女の戦さ場であり、多くの妊婦が命を落とした。生まれる赤子とて同じである。幸いに生まれ出ることができたとしても、多くの小さな命が短い生涯を儚く終えていた。

〈この皇女さまは、間違いなく元気に成長される。長寿なご生涯を、健やかに過ごされるに違いない〉

老婆はその手に残る赤子の暖かさを確認すると、武者震いを押し殺しながら、切った臍の緒をしっかりと結んだ。

第一章　さららの皇女

〔一〕

「ひめさま、ひめさまぁー。さららの皇女さま」

乳母の声が遠くから聞こえる。

「ひめさま、何処におられます」

少女は声のする反対方向へ逃げるように走り去った。その小さな足は履物を脱ぎ捨てて実に軽やかである。麗《うら》やかな秋の昼下がり、庭続きの原っぱはいつもの遊び場だ。『讃良皇女』と呼ばれた少女は、庭や野原を裸足で駆け回って花や虫たちと触れ合うことが何より好きな、不幸などという言葉とは全く無縁の、四歳の娘になっていた。

乳母の宇津木《うつぎ》は『乳母』といっても二十歳になったばかりの、讃良にとって三人目の乳母である。讃良が乳をもらった最初の乳母は、この地の有力氏族宇努《うの》氏の出身で経験豊富な女であったが、讃良のお転婆に手を焼いて、

「もう体が持ちません」

と言い残して去っていった。次の乳母は『何で？　どうして？』讃良が繰り出す終わり無き質問攻

めに閉口して、

「私には勤まりません」

と泣きながら訴えた。

困り果てた遠智娘が父の石川麻呂に相談したところ、遠縁を介してやって来たのが宇津木である。幼い頃に両親を亡くし、兄弟たちはそれぞれ親戚縁者に引き取られて今は天涯孤独だという。少し小太りの女だが、その割に足も速く体力も申し分ない。駆け回る讃良はすぐに追いつかれて、その逞しい腕に捕まってしまう。また好奇心旺盛な少女の執拗な質問攻めにも、とことん付き合ってくれる。悪戯が過ぎた時には、

「二度となさってはいけません」

と言って、お尻をポンと叩くことにも遠慮はない。遠智娘も讃良の養育は全て、宇津木に任せていた。育ち盛りで珍しもの好きの少女にとっては鬱陶しい時もあるが、何故か宇津木を嫌いではない。それどころか、思いっきり我儘を言える唯一の存在なのだ。

讃良は宇津木の声がする逆方向へ、全速力で駆け続けた。勝手知ったる遊び場である。背丈ほどの草を掻き分け小さな体だけが通れる藪の茂み抜けて、大好きな楠の大木の根元まで辿り着いた。小春日和の汗ばむ肌に風が心地良く吹き抜けていく。弾む息を整えようと大木にもたれて目を閉じていたら、ウトウトと微睡《まどろ》んでしまった。

「皇女さま、やはりここでしたか。見つけましたよ」

宇津木の鬼のような顔が目の前にあった。その髪と衣服には、藪のオナモミの実が無数に引っ付いている。小さな讃良と違って藪を抜けるのには苦労したようで、汗だくの顔が眉を顰めていた。

「さあお戻りください。お祖父さまがお見えですよ。『讃良はまだか』と仰せです。さあ早く帰りましょう」

そう言うと軽々と讃良を抱き上げた。少女は赤子のように、ふくよかで柔らかい宇津木の胸に体を委ねて、その胸元についたオナモミを、一つまた一つと摘まみ上げては小さな掌に握った。

〔二〕

「ふぅー」

宇津木の大きな溜息が漏れた。〈またか〉と讃良は思う。そして次はお説教と相場が決まっている。宇津木は讃良の着替えを手早く済ませると、クシャクシャになった髪の毛を梳き始めた。そしていつもの小言が始まる。

「少しは姉上さまを見習ってくださいませ。今朝お姉さまはお手玉をされて、それからお庭で摘まれた朝貌《あさがお》（桔梗）の花を、母上さまに届けられたそうですよ。それから……」

宇津木の小言は止まりそうにない。同時に手が止まることもなく、瞬く間に讃良の支度は仕上がった。

『姉上さま』とは一つ年上の姉大田皇女のことで、事ある毎に讃良は姉と比較された。采女たちが噂しているのが幼い少女の耳にも聞こえてくる。

〈お二人は全然似ておられない〉

〈大田さまは本当にお美しい〉

〈宇津木さまも大変ねぇ〉

　女たちの噂話が気にならない訳ではないが、それについては否定できない自分がいる。何故ならば、姉は本当に美しい……。母そっくりである。白く透き通った肌、艶やかで豊かな黒髪、三日月のような優しい目元、そして讃良が大好きなのは姉の玉のような声である。時折り二人一緒に寝床に入って、姉の声を子守歌代わりに眠りにつくのが何とも心地良い。その全てを母からそっくり受け継いだ姉と自分とでは、到底比べ物にならないことを自分が一番良く知っていた。


「お祖父《じい》さま」

　讃良は思いっきり祖父に抱きついた。娘の遠智娘と話をしていた石川麻呂は、待ちかねた表情で振り返り孫娘をしっかりと受け止めた。

「讃良、元気そうだね。また大きくなったようだ。良い子にしていたか」

　讃良はバツが悪そうに母に視線をやり、でも、

「はい」

　と大きな声で答える。

「そうかそうか。讃良は賢い目をしている。強く賢い良い子だ」

　石川麻呂は乙巳の変の後、難波宮で右大臣という重職に就き、多忙を極めていた。そんな張り詰めた日々に、娘や孫娘たちとの他愛の無い時間は何ものにも代え難いものだった。

　舒明《じょめい》天皇が崩御し妃であった宝皇女が皇極《こうぎょく》天皇として即位すると、蘇我氏の横暴はさらに目に余る

ものとなっていく。その中心にいた入鹿の従兄である石川麻呂は、蘇我氏の長老という立場でありながら不遇をかこつ日々を送っていた。そんなある日、宮中の控えの間で中臣鎌足が声を掛けてきた。若い頃の鎌足は儒学を学ぶ私塾において、入鹿と共に秀才の名を欲しい儘にして双璧を成した男だ。しかし今、一方は天皇を凌ぐ実質最高権力者であり、他方は祭祀を司る中臣家の家業に甘んじる身である。

「石川麻呂殿、ご健勝で何よりです。如何ですか、近々一献傾けながら麻呂殿の御見識など伺い、自身の向上に努めたいと存じますが」

「鎌足殿はいつに変わらず、向上心の高きことですな」

そんな会話がきっかけで二人の親交が始まった。

〈あれがあの男の策であったか〉

鎌足の目論見に気付くのに時間は掛からなかった。酒が進み入鹿の振舞いが度々話題に上るようになった夜、鎌足は中大兄の名を出してこう切り出した。

「今この国を正されるお方は、中大兄皇子を置いて他にはおられません。皇子さまも、麻呂殿と共に新しき世を築かねば、と仰せにございます」

その巧言に理性が大きく揺らぎ、

〈蘇我氏の為にも、入鹿を排除せねばならない〉

心の振り子が振り切れた瞬間だった。その覚悟の証しとして、娘を中大兄に嫁すことを強く促され、

「新しき世の覇者の妻となられるのですよ」

その言葉に、長女を娶らせる約束を交わすこととなったのである。

その婚約の夜に事件は起きた。石川麻呂の異母弟蘇我日向《ひむか》が、その娘に密通し略奪してしまったのだ。石川麻呂は恐縮し嘆き苦しんだ。その姿を見た妹の遠智娘が、

「私が代わりに参ります」

と言って中大兄の妻となったのである。そして入鹿暗殺のあの瞬間。手の震えが止まらなかった決行の合図と、血塗られた入鹿の形相……。数年前の事件が走馬灯のように頭の中を駆け巡った。

乙巳の変の後、皇極帝の弟軽皇子が即位した。孝徳《こうとく》天皇である。そして皇太子となった中大兄皇子は、腹心の鎌足と共に実権を握り政治改革を押し進めている。後の世に『大化の改新』と称される、天皇中心の集権国家を作る壮大な国政改革の始まりであった。石川麻呂にとって右大臣という立場は有難くもあるが〈荷が重いな〉と感じる今日この頃……。決して若くはない身体に、様々な現実と〈これで良かったのか〉という葛藤が繰り返し去来する。

〈少し疲れているな。年を取ったものだ〉

思わず溜息が漏れた。

その時、鈴を転がすような軽やかな声がして、大田皇女が部屋に入ってきた。

「お祖父さま、良くお越しくださいました」

石川麻呂は現実に戻り、讃良を膝に抱いたまま大田皇女を手招きした。

「少し見ぬ間に、また美しゅうなったな」

「ありがとうございます」

微かに羞じらった大田皇女は、讃良と一つ違いと思えぬほど大人びた風情の少女である。

「まあ、お祖父さまのお膝の上で赤ちゃんみたいね」

と讃良を揶揄《からか》った。

「赤ちゃんなんかじゃないわ」

姉妹を囲んで明るい笑い声が部屋中に溢れる。讃良は大好きな家族に囲まれ幸せに包まれたこの暮らしが、いつまでも続くものだと信じて疑わなかった。


その夜讃良は興奮してなかなか寝付けなかった。母の笑顔、姉の話し声、そして祖父の温もり。強く目を瞑っても、次から次へと瞼の裏を楽しい映像が駆け巡る。

「フフッ」

思い出し笑いが思わず漏れた。そして祖父の言葉を思い出した。

〈讃良は賢い目をしているね〉

賢い目？〈そうだ！〉この前、姉と庭で花摘みをしていた時のことを思い出した。摘んだ萩の花を姉が讃良の髪に挿して、

「ほら、見てごらんなさい」

と誘われて覗き込んだ池の水面。姉と自分と、二つ並んだ顔を見比べた時、姉の優しい三日月のような目の横で、自分の目は黒々と大きく見開かれていた。自分はこんな目をしているのだと、その時初めて知ったのだ。あれからだ、子供心にも自分の瞳に劣等感を持ち始めたのは……。

でも自分のこの大きな目を、お祖父さまは褒めてくださった。讃良は生まれて初めて、母とも姉とも違う自分の瞳に自信が芽生えて、嬉しさの余り寝床の中で大きく寝返りを打った。その瞬間、

「痛っ！」

ふくらはぎに何かがチクリと触れた。まさぐっているとオナモミの実が出てきた。さっき手に握ったトゲトゲのオナモミだ。宇津木の目を盗んで後で捨てようと、慌てて寝床の中に隠したのを思い出した。

〈せっかく楽しいことを思い出していたのに〉

少し腹立たし気にオナモミを床に叩きつけると、掛布を頭からスッポリと被った少女は、また空想の世界へと戻っていった。

第二章　別離

〔一〕

讃良は父を知らない。知らないと言うよりも父の感触が全くない。父に抱かれたり声を聴いたり、その温もりを感じたことすらない。でも自身にとってそれは至極当たり前のこと、別段不思議なことではないのだ。人は皆言う。

「皇女さまはお幸せですね。お父上はとてもご立派な方ですもの」

本当にそうだろうか。四歳の讃良は考えた。

〈お父さまって、どんな方なのかしら？〉

「讃良が生まれた時、父上の皇子さまはとても喜んで貴女を抱いてくださいましたよ」

母はそう言うが、勿論記憶にない。

姉妹の父、中大兄皇子は皇太子として今や朝廷の実質最高権力者である。天皇の孝徳はあくまでも傀儡《かいらい》に過ぎず、乙巳の変の立役者である中大兄と中臣鎌足によって朝廷は牛耳られていた。と言うよりも、鎌足が中大兄を旗頭として担いだと言う方が正しいのかもしれない。

蘇我氏打倒を目論んだ鎌足は、その野心を実行に移す第一手段として擁立すべき皇子を物色していた。初めは皇極天皇の弟である軽皇子に目を付けたが、その器量に飽き足らず素早く方針転換を図り、皇極帝の息子中大兄に近づく機会を狙った。ある日、飛鳥《あすか》寺の広場で蹴鞠に興じていた中大兄の皮沓《かわくつ》が脱げたのを目にするると、いち早く拾い上げ跪いて差し出した。

『皇子には、為政者としての天性の風格とご器量がございます』

一回りも年下の中大兄に巧妙に近づき、蘇我氏の手から政治の実権を奪ったのである。そして次の標的が石川麻呂であった。乙巳の変の功績として右大臣という立場に担ぎ上げられた自身が一番、中大兄の恐ろしさと鎌足の狡猾さを良く知っていた。

〈お祖父さまは何故お見えにならないの。お庭で遊んでくださるとお約束したのに〉

讃良の小さな胸は、期待と不満で張り裂けそうだ。

「いつお会いできるの？」

「どうしてお見えにならないの？」

度重なる質問攻めに、母からは御座なりの答えしか返ってこない。

「お忙しいのですよ」

「もうすぐお越しくださいますよ」

木々が幾重にも色づいた葉をすっかり散らし、やがてゴツゴツとした枝幹を木枯らしに晒す季節になっても祖父は来なかった。讃良はもう母に聞くことを諦めた。子供心にもこれ以上の質問は憚られたのだ。

〔二〕

明けた年が足早に過ぎていく冬の朝、いつもとは異質な空気を感じて讃良は目覚めた。

「宇津木、どうしたの。何かあったの」

問い質す讃良に、

「今少しお床の中でお過ごしください」

と素っ気なく釘を刺されてしまった。寒さのなか瞼をギュッと瞑って、悪い予感を必死に遠ざけるしか、幼い少女に成す術は無かった。


時を遡る未明の刻、遠智娘の妹姪娘《めいのいらつめ》が一人の若い舎人に伴われて、火急の様子で邸に駆け込んできた。妹と言っても遠智娘とは一回り以上も年が離れた石川麻呂晩年の娘で、姉よりもむしろ讃良たちに年齢は近い。そんな娘は邸に着くなり、姉の寝台に倒れ込むようにして眠ってしまった。

「そこは冷える。さぁ早く中に」

遠智娘は門の前に跪いて、愚直なまでに入室を固辞する舎人を招き入れた。畏まっていた舎人は自らを『真比古《まひこ》』と名乗り、堰を切ったように語り始めた。

「昨日の夕刻、孝徳天皇の命により謀反の疑い有りとして、麻呂さまのお館に兵が差し向けられました。全く身に覚えのないご主人さまは、帝の前で潔白を申し上げたいとその思いを繰り返されましたが、受け容れられませんでした。そして事の起こりは蘇我日向さまの讒言《ざんげん》だと知ると、覚悟のご様子でお館を脱出され、長男の興志《こごし》さまがおられる山田寺へ向かわれたのです。同行されたのはご親族と僅かな側近のみで、私ども舎人と多くの采女らには暇が出されました。麻呂さまは私をお呼びになり『姪娘は未だ幼いので連れ行くに忍びない。遠智娘のもとに預けてほしい』と仰せになりました。そしてもしもの時にと、肌身離さずお持ちだった水晶玉の首飾りをお渡しくださいました。お役目を解かれたこの身ですが、私は今より急ぎ山田寺へ向かいます」

ここまで一気に語ると、真比古は出発の準備を始めた。その時、薄暗い柱の陰から人影が現れた。

「共に私を、麻呂さまのもとにお連れくださいさい」

宇津木だった。

「私は麻呂さまのお口添えで皆さまのもとに参りました。事の次第をお伝えする役目を、是非ともお与えくださいませ」

それまで無言だった遠智娘が逸る宇津木を諫めた。

「女子が参っては足手纏いなだけ。それよりも道中の食べ物の用意を早くなさい」

凛とした声だった。それに答えるように真比古は力強く言った。

「事の顛末が如何なろうとも、必ずや奥方さまのもとへ戻り、この目で見てまいったことをご報告いたします。どうぞお気を強くお持ちください」

宇津木が両手に布袋を抱えて戻ってきた。

「糒《ほしいい》と、秋に蓄えてあった木の実です」

「忝《かたじけな》い」

真比古は布袋をしっかりと抱えた。

「これをお父上に。おそらく着の身着のままの御出立だったであろう。まだ夜半は冷えるによって……」

遠智娘は椅子の上に掛けてあった鹿の毛皮を真比古に託した。重責を担った若者は押し黙ったまま、畏まってそれを受け取った。

馬の嘶きが聞こえ、蹄の音が遠ざかっていく。

「出過ぎたことを申して、申し訳ありませんでした」

「あなたの忠義の心は、きっとお父上に伝わっていますよ」

項垂れる宇津木に労りの言葉を掛けると、遠智娘は消沈のあまり椅子に倒れ込んでしまった。

「このこと、娘たちには今しばらく伏せておいてください。頼みます」

静かに目を閉じた遠智娘は、その後一言も発しなかった。

姪娘は姉妹にとって『叔母』というよりも『少し大きな姉』といった方が収まりの良い十歳になったばかりの少女である。讃良たちとすっかり意気投合して、子供たちだけの世界ができ上がっていった。姪娘は姉の遠智娘と比べると容姿は今一つだが、その笑顔には周囲を明るくする天性の華があり、軽やかな話ぶりで仄々とした雰囲気が漂う。讃良は邸内の異質な空気を感じながらも、この朗らかな叔母といる時間が楽しくて仕方なかった。母とはここ暫く、会うことすら叶わない。

「お加減が悪くて臥せっておいでです」

宇津木は同じ言葉を繰り返すばかりだ。

〈お祖父さまはどうしていらっしゃるの〉

喉元まで出かかった言葉を幾度も飲み込んで、小さな掌を胸の前で硬く握りしめた。

〔三〕

石川麻呂の覚悟は既に決まっていた。向かう山田寺は自身の発願によって建立を進めている飛鳥の社寺だ。そこには長男の興志が責任者として滞在している。潔白の身になお弁明の機会まで奪われ、その発端となった讒言の主は弟の日向である。あの五年前の記憶が生々しく蘇ってきた。陰謀に加担し入鹿暗殺に手を貸した、穢れた過去の悔恨。いまその返り血を浴びる立場となってしまったのは、因果応報の節理なのかもしれない。見苦しい終末は元より望んではいない。妻と次男の法師《ほうし》、三男の赤猪《あかい》と娘たちを伴い長男のいる山田寺へ急いだ。

〈幼い末娘の姪娘だけは巻き添えにしたくない。何とか生き延びてほしい〉

迫りくる追手を躱しながら山田寺に辿り着いた石川麻呂は、抗戦を強く主張する息子たちに語りかけた。

「死んでも帝への忠誠は変わらない。あの世へ心安らかに参りたい」

その言葉を聞いた一同は涙を流し、共に殉死する道を選ぶのだった。寺の本堂が一族の自害の場となった。その場に押し入った敵兵たちは、整然とした一族の死に言葉を失い『剛毅果断にて威望高し』と称された石川麻呂の死に頭を垂れた。

真比古は駆け続けた。痩せ馬は荒い息遣いで悲鳴のような嘶《いなな》きを上げたが、真比古の鞭が止まることは無く、馬体からは湯気が立ち昇った。夕刻、やっと飛鳥に辿り着いた時、余りにも残酷な光景を目の当たりにする。山田寺から退去する兵たち、そして連れ行かれる家臣たち……陽が落ちるのを待って寺に忍び込み、僧侶たちに事の成り行きを話して懇願すると、やっと本堂への入室を許された。石川麻呂から手渡された、あの水晶玉の首飾りが身分の証しとなってくれたのだった。

一族の亡骸は僧侶たちによって手厚く供養されてあった。その中心に横たわる亡き主人の屍に、水晶の首飾りと遠智娘より託された鹿皮を手向け、震える手で合掌した。

〈遅くなり申し訳ありません。どうぞお許しください〉

真比古の耳には、

〈遠智娘たちを守ってやってくれ〉

敬慕して止まない主人の声が、聖霊となってこだましていた。


世間の様々な噂が遠慮なく人々の口の端に上る。

『石川麻呂さまは伊勢を目指された』

『いや、熊野だそうだ』

『帝の兵が隊を組んで飛鳥方向へ向かった』

宇津木は真比古の口から真実を聴くまでは、全ての流言飛語に耳を塞いだ。そして五日目の早朝、近くに行き倒れの男がいると采女たちが騒いでいるので駆け付けると、そこに髭が伸び泥だらけの真比古の姿があった。邸に運び入れ一昼夜寝ずの看病をした宇津木に、目を開いた真比古は絶え絶えに語り始めた。

「御一族の無念、如何ばかりかと存じます。不覚にも帰途に馬を盗まれ足で駆け続けてまいりました。ご報告が遅くなって面目もありません」

真比古の言葉、その一語一句を聞き漏らすまいとする宇津木の肩は大きく波打ち、余りにも無慈悲な結末に、きつく噛んだ唇は紫色に鬱血していた。

〈どのように奥さまにお伝えすべきか〉

苦しい判断が宇津木に突き付けられた。


遠智娘は窓辺に腰かけて外を眺めていた。そしてその後姿は覚悟を決め、すべてを悟った菩薩のように宇津木の目には映った。

「今年は春の訪れが遅いですね。飛鳥ではまだまだ寒さがお辛いでしょう。お可哀そうに」

宇津木が言葉を返せずに押し黙っていると、

「悪い知らせなのね」

遠智娘が窓の外に向けた視線を動かさずに言った。

「昨日、真比古さまが山田寺より戻り全ての経緯を伺いました」

讒言の主が日向であり、計略したのが中大兄皇子であるという世間の噂も包み隠さずに話した。小刻みに震えていた遠智姫の唇から微かな声が漏れた。

「あぁ、お父さまらしい。言い訳がお嫌いで潔い方でしたもの」

「……」

「宇津木、妹と娘たちには私から話します。でも中大兄さまのことは話さずにおきます。いずれ本人たちが真実に向き合わねばならぬ時が来るでしょう。だからその時までは知らせずにおきたい。さあ、もうお下がり。ご苦労でした」

そう言うと再び窓の外に視線をやった。

帳の向こうから、遠智娘の押し殺したような嗚咽が漏れ聞こえてくる。

〈どうか幻聴であってほしい〉

扉の外で宇津木は、詮無い願いを幾度も繰り返していた。

〔四〕

十代の中大兄皇子は遠智娘を最も早く妻とし、二人の間に生まれた第一子は大田皇女、翌年誕生したのが讃良である。難波宮で皇太子となった中大兄に傾倒する多くの豪族たちは、我先に自分の娘を後宮に送り込んだ。また傍近くに侍る女人たちの中に気に入った娘がいれば、若い皇太子が子を産ませるなど至極当たり前のことである。采女だった伊賀の郡司の娘伊賀宅子娘《いがのやかこのいらつめ》は、その美貌が中大兄の目に留まり、第一皇子である大友皇子を大化四年（六四八年）に出産していた。他にも、自らが謀反の疑いを掛けて処刑した異母兄の古人大兄皇子の忘れ形見、倭姫王《やまとひめのおおきみ》を引き取って後に妻とした。

年若い新妻を持てば古女房のもとへは足が遠のくのが世の常であろう。河内の邸宅にはもう幾年も訪れていない。ところが或る夜、皇太子の俄かの尊来《そんらい》があった。父を失った妻を慰める為か、自身の事件への加担を言い訳する為か、詫びる心があったのか……その真意を遠智娘自身も押し量ることはできないでいた。

石川麻呂の死後、その館には謀反の証拠は全く見つからず、唯一残されていた遺言には、『館の全ての物を中大兄皇子に進上いたします』と綴られてあった。その無実は証明され、讒言した日向は筑紫国へと左遷されたが、世間はこれを『隠流《しのびなが》し』と呼び、皇太子の指示により日向が起こした事件だと噂し合った。死後にやっと汚名を濯がれた石川麻呂。その娘である妻を慰撫するかのように、その後も幾夜か訪《おとな》いは続いた。遠智娘は父を見殺しにした夫を、成す術もなく迎え入れる他はなかったのである。

「私は信じません。お祖父さまは生きておられます。だってお庭で遊ぶと約束してくださったのよ」

讃良は大好きな祖父の死を母から聞かされると、まるで駄々っ子のように泣き叫んだ。だが自分の行動が母を苦しめると子供心に感じてからは、プッツリと泣き言を言わなくなった。讃良をそうさせるほど母の憔悴は甚だしく、見舞うことさえ憚られる日が続いたが、唯一の安らぎは姪娘と園庭を散策する時間だけだった。

「牡丹の花が綺麗だこと。ここのお庭が好きだと、父上はよく仰せになっていたわ」

明るく振る舞う姪娘だが、父や兄姉たちとの突然の別れに、眠れぬ夜を過ごしていた。

「あのね、今日は皇女さまたちにお別れを言わなくてはならないの」

姪娘が突然に切り出した。

「中大兄さまが、独りになった私をお引き取りくださることになったの。いつまでもお姉さまや、お邸の皆さんにご迷惑は掛けられませんもの。私は難波宮に参ります。けれどお二人と過ごした日々を、決して忘れませんわ」

姪娘は努めて明るく振る舞ってはいるが、十歳の娘にも父の死の影が重く圧し掛かっていた。だが後ろ盾となる一族を全て失った姪娘にとって、他の選択肢など有りはしない。

〈私のような弱い立場では、貴女を守ることはできそうもありません。皇太子さまのもとに行けば、新しい道が開けるかもしれない〉

姉から諭されて、妹は覚悟を決めたのだ。その姉自身も苦しんでいた。まだ少女と言っても良い幼い妹、亡き父からその身を託された妹を、修羅の場に送り出さねばならない。

〈どうか私と同じ思いだけはせぬように……〉

覚悟を決めた姉は、ありったけの晴れ着を妹に持たせて餞別としたのだった。

出立の朝となり庭先には輿が用意された。難波宮までは真比古が同行する。飛鳥から戻った後、真比古は男手が足りない邸の警護や雑用、そして情報収集のような仕事をこなしていた。亡き主人から託された姪娘の行く末を、一刻でも長く見守りたいと自ら名乗り出て許されたのだ。

輿に乗り込む直前、駆け寄った讃良たち姉妹に姪娘は笑顔を見せた。でもその笑顔はどこか悲しげで、讃良は掛けようとした言葉を思わず飲み込んでしまった。去っていく後ろ姿を名残惜しくいつまでも見送ったが、姪娘が後ろを振り向くことは一度も無かった。

中大兄皇子のもとに引き取られるということが何を意味するのか、十歳の少女にも大凡の察しはついていた。この数年後、明朗で賢い娘に成長した姪娘は、中大兄の妻となり二人の皇女を儲けることになる。御名部《みなべ》皇女と阿閇《あへ》皇女。姪娘が産んだ二人の皇女が、讃良の生涯に大きな関わりを持つ時がやって来るなどと、この時は未だ誰も知る筈もなかった。

〔五〕

石川麻呂の死から一年が過ぎた今も、この邸では時が止まったままだった。一度ならず二度までも日向に陥れられた父と娘。自ら命を絶った父の潔さが、より一層の哀れを誘った。

〈日向などの為に自ら命を捨てるような父上ではない。きっと背後にいる中大兄さまの存在を無視することができなかったのだろう。夫が最愛の父を罠に嵌めるなど、想像したくもない〉

一族の命を奪った首謀者が夫であるという現実に、遠智娘の心と体は悲鳴を上げていた。

そして気掛かりはもう一つ、まだ幼い二人の皇女のことである。実家の後ろ盾を失った今、中大兄に頼るよすがしか無い子供たちなのだ。皇女たちは大人たちの剣呑な空気を感じ取って、子供ながらにも気を遣っているのが手に取るように解る。これまでのように甘えたり我儘を言うことが無くなった。六歳になったばかりの讃良は特に変わった。急に大人びた。屈託が無かった讃良の変貌ぶりが心配でならない。

〈父上さま、私はどうしたら良いのでしょうか〉

病み煩いは遠智娘に容赦なく追い打ちを掛けた。吐き気と嘔吐に繰り返し襲われ、床から起き上がることができなくなってしまったのだ。

「おめでとうございます。ご懐妊と思われます」

渡来人の老医はこう見立てた。もしやという遠智娘の予感は当たってしまった。この腹の子は紛れもなく中大兄の子だ。置かれた状況下で、敵の子を宿してしまった自らを蔑み追い込み、その不安定な体調が遠智娘の精神を蝕むのに時間は掛からなかった。この尋常でない状態のまま、子を産むことなどできるだろうか……病状は周囲に伏せられ、讃良たちは母に会えぬままの幾月かが過ぎていった。

蒸し暑さが残る初秋の未明、臨月より二か月も早く、遠智娘は難産の末に男の子を出産した。未熟児として生を受けたこの赤子は片手に乗るほどの小ささで、すぐには産声を上げなかった。死産を覚悟した産婆が蚊の鳴くような産声を聞いた時には、すでに夜が白み始めていた。

『皇子さま誕生』

常であれば喜ぶべき慶事なのに、その場の誰もが母子の行く末に暗然とした思いを抱きながら、憂愁の表情を浮かべていた。

中大兄にとって第二皇子にあたる赤子は、『建《たける》』と名付けられた。三年前に授かった大友皇子は、母の身分からその立場は微妙であるから、蘇我氏の血筋である母を持つ建皇子が後継者として最も正当性がある。そんな日嗣皇子と皇太子との対面は、建誕生から数週間が経った頃やっと実現した。遠智娘の心の乱調や、皇子の幼弱な成長の報告がその足を鈍らせたのだろうか、時期を逸した皇太子の訪いを、冷たさの表れと周囲は受け取った。案の定、型通りに遠智娘を見舞い赤子を一瞥した中大兄は、無言で足早に帰っていった。

その後の皇子の発育にも、周囲の不安は続いた。

『皇子さまは耳が聞こえておられるのか？　大きな音にも反応されない。そろそろお声を発しても良い頃なのに、遅いのではないか』

乳母や采女たちの薄氷を踏むような日々が繰り返され、それでも建は初めての誕生日を迎えることができた。だがその成長と我が身とを引き換えに、母の遠智娘が亡くなった。美しく優しく、他者を思いやって生きた人生に突き付けられた凄惨な仕打ち。身も心も極限のなかで子を産み、戦い続けた女の短い一生を静かに閉じたのだった。

同じ屋根の下に居ながら母に会えずにいた姉妹は、その亡骸と対面することになってしまった。痩せて小さくなった母の体、でも苦痛から逃れたかのような清らかな死に顔。大田皇女は母の遺体に縋り付いて泣きじゃくり、側を離れることができなかった。

「母上さま、母上さまぁ」

身を切られるような姉の慟哭が止まらない。讃良は姉のそんな姿を目の当たりにしても、一滴の涙も流せなかった。自分たち母娘をこんな有り様にした人物を、『父』という名の虚無の塊を、心の奥底から憎み恨んだ。そしてこの悔しさを全身に刻み付けるように、変わり果てた母の姿を凝視し続けた。

〈お祖父さま、お母さま、私は許しません。お二人を、そして姉をも苦しめた人を……私は決して許さない〉

顔もはっきりと分からない『父』という虚像に対し、『憎悪』という感情が初めて芽生えた母の死だった。そして寄る辺のない姉妹と幼い弟が、濁世にポツンと取り残された。

第三章　確執

〔一〕

乙巳の変の後、皇極天皇は息子の中大兄皇子に譲位を促したが、皇子自身は天皇の同母弟である軽皇子を推した。

〈中大兄の思惑とは一体何なのか〉

軽皇子は猜疑心の塊となった。極めて当然である。入鹿を罠に嵌め、自らの手で一刀のもとに斬り捨てた中大兄皇子だ。様々な腹の探り合い、裏切り、復讐が跋扈する宮廷から少しでも遠ざかりたい。軽皇子は三度にわたり即位を固辞した。

〈自分はその器に非ず〉

丁重に辞退の旨を伝えた。彼は三十歳も年下の甥の末恐ろしさに怯えていたのである。次なる口実として中大兄の異母兄の古人大兄皇子を推挙したが、古人大兄も弟を恐れて出家し吉野に隠遁してしまった。そんな紆余曲折の末、即位を余儀なくされた軽皇子は孝徳天皇となったのである。

中大兄が皇太子、先の天皇である姉が上皇となり、皇后には中大兄の妹の間人《はしひと》皇女を迎えた。そして飛鳥から難波宮に遷都したのである。左大臣には最愛の妃である小足媛《おたらしひめ》の父で孝徳帝が最も信頼する舅の阿倍内麻呂を、右大臣には乙巳の変で功労のあった蘇我石川麻呂を任命して『大化の改新を推し進めた』とされる。だが実権は皇太子と内臣となった中臣鎌足の手中にあった。

中大兄に対する天皇の疑心暗鬼はすぐさま現実のものとなる。即位して数か月も経たない頃『古人大兄皇子に謀反の動きあり』という密告のもと、中大兄の差し向けた兵により古人大兄が吉野の地で殺害されたのだ。天皇は震え上がった。

〈次は我が身か〉

息を凝らして唯々諾々と過ごす日々が続く。

それから四年後、天皇が唯一心許せる舅で左大臣の阿倍内麻呂が亡くなった。その僅か数日後のことである。右大臣石川麻呂謀反の密告が、事もあろうか弟蘇我日向によって為されたのである。しかも討伐の命令は、蚊帳の外に置かれていた自分の名のもと下されたと言うではないか。

〈なんと恐ろしい。もう嫌だ〉

宮廷で中大兄に会う度に、思わず目を逸らして関りを避け続けた。天皇が最も恐れていたのは、愛する小足媛が生んだ四歳の有間皇子の身の安全である。

〈このままでは、この子の命も危ない〉

老年に差し掛かっていた天皇は、孤立無援の中で異常なほど中大兄に怯えていた。

白雉四年（六五三年）中大兄は突然、飛鳥宮へ戻ることを進言してきた。孝徳が不承不承即位した折り、難波への遷都を交換条件にしたのには理由があった。この地は父茅渟王《ちぬのおおきみ》から引き継いだ勢力地盤であり、周囲に多くの支援者がいたからである。だが『難波遷都』以降、天皇の意思による政策など何一つ行われていない。それどころか、唯一の約束事をいとも簡単に翻してきた中大兄に対してこれを固辞すると、上皇と皇后を引き連れて飛鳥に戻ってしまったのだ。

『強者に靡く』『勝ち馬に乗る』の例え通り、大半の家臣たちが皇太子に付き従って去っていき、難波宮は数えるほどの家臣だけが残る名ばかりの都となってしまった。特に皇后の間人皇女が兄と共に出ていったことは、天皇の自尊心を深く傷つけた。皇后という箔付けの為にだけ宛てがわれた三十以上も年下の妻である。一夜の褥を共にすることはおろか、手を握ったことさえない。公の場で隣に座る皇后の視線が、夫である天皇に向けられたことなど唯の一度も有りはしないのだ。何をしても諌められないと本人が一番良く知っており、皇后の身侭《みまま》な振舞いは目に余るものがあった。

〈宮廷で最も偉いのは天皇の貴方ではなく、皇太子である私の兄ですよ〉

皇后の冷たい目がそう言っている。そんな女には何の愛情も未練もないが、〈皇后にも逃げられた天皇〉という風聞だけは、如何にしても許し難かった。

人々が声を殺して囁き合う、あの悍ましい醜聞は真実なのだろうか。

『皇太子と皇后は同じ腹から生まれた御兄妹なのに、只ならぬご関係らしい』

眉をひそめて囁かれる噂は、宮廷の者なら誰一人知らぬ者はいなかった。当時は一族の血の結束を以って、その存在を誇示する為の近親婚は至極当たり前に行われていた。だが同母兄妹の婚姻は認められていない。中大兄と間人皇女は舒明天皇を父とし皇極天皇を母として生まれた兄妹である。そんな二人にまことしやかに囁かれる噂は、早くから天皇の耳にも伝わっていた。

〈全てを飲み込んで耐えてきたこの身を、あの兄妹は事も無げに踏みにじった〉

腸が煮えくり返るのに耐え、森閑とした宮廷でひとり悶々と過ごす日々。孤独な天皇は悔しさと惨めさに苛まれ続けた。

もう若くはない天皇はやがて病となり、その翌年に難波宮で没する。臨終の床に十四歳になったばかりの有間皇子を呼んで懇懇と言い聞かせた。

「良いか、中大兄皇子には気を付けよ。決して高い地位を望むではないぞ。解ったか」

この世で授かった唯一人の我が子への心からの警告。それが思いの丈の遺言となってしまった。

〔二〕

『孝徳天皇、難波宮にて崩御』

この知らせが飛鳥の地に届くと、多くの家臣は次の天皇は中大兄だと確信した。来るべき時に備えて難波から皇太子に付き従い、飛鳥へ移ってきたのだ。だが人々の推測は大きく覆されることとなる。中大兄は齢六十を越えた母を斉明天皇として重祚させ、自らは皇太子の地位に留まったのである。世間ではこの声明を受けて様々な憶測が飛び交った。

〈兄である古人大兄皇子や舅の石川麻呂を死に追いやった罪過か〉

〈孝徳天皇を難波宮に一人取り残した不埒な振舞いもある〉

〈間人皇女さまとのご関係こそ恥の極み〉

〈いやいや、遡れば入鹿暗殺も謀反ではないか〉

誰も口にこそ出さないが、中大兄に対する不信の念は思いのほか大きかった。

〈その風評を躱す時間稼ぎの為、年老いた母親を暫定的に利用したのだ〉

飛鳥の地に重苦しい空気が漂う中、斉明元年（六五五年）飛鳥板蓋宮《いたぶきのみや》への遷都が施行された。

真比古は世間の噂をいち早く邸に持ち帰って宇津木に報告した。後ろ盾を失った幼い皇女たちを守るのは、今は自分たちしかいない。母の死から二年が経って、二人の皇女は目覚ましい成長を遂げていた。姉の大田皇女はさらに美しく嫋やかに、母と瓜二つの姿態となっていた。妹の讃良は既に姉を追い抜くほどの背丈となり、快活さと賢さが抜きん出ている。

〈お辛いはずなのにこんなにも立派にお育ちになって、麻呂さまや遠智娘さまが、きっと喜んでおられる〉

そんな宇津木の気掛かりは、もうすぐ五歳になる建皇子のことだった。幼い頃懸念していた言葉が今以って不自由で、喉の奥で声にならない声を僅かに発するだけで、言葉が口を衝くことは一度として無かった。

そんな皇子はまるで精霊のように無垢で純真で初々しく、誰もが思わず手を差し伸べてしまう。

「皇子さま、危のうございますよ」

「建さま、お気をつけて」

「走られてはなりません」

周囲の大人たちが過敏に接するなか、讃良だけは違っていた。幼い頃から大好きな庭に弟を連れ出して、広い植込みや花畑そして池の畔を駆け回って遊ぶ毎日。華奢な建はその細い足で姉の後を追い掛けては幾度も転んだ。小さな手足に擦り傷ができるたびに、宇津木は冷や冷やさせられる。

「讃良さま、建さまにお怪我をさせては困ります。もう少しお慎みになってくださいませ」

そんな宇津木の忠告もどこ吹く風で、来る日も来る日も姉弟は野外を駆け回った。腫れ物に触るような采女たちと違って、自分を対等に扱ってくれる快活な姉との時間が、建は堪らなく好きだった。それは繊細で敏感な建の感性が、唯一解き放たれる空間だったからなのか、

「建、これは蓮の花よ。ハ・ス、ハ・ス。これは桃の木よ。モ・モ」

幾度も幾度も建の目を見つめては、言葉を生まれさせようと繰り返す姉。そんな姉弟の姿を目にする度に、宇津木の胸は締め付けられた。

〈こんな安穏な日々が、いつまでも続きますように〉

だが姉弟が皇太子の後嗣であるという出生の事実が、いつかは訪れるであろう別れを予感させた。そしてその時は、思いも掛けず突然にやって来た。


飛鳥宮への遷都が行われ様々な行事や饗応の宴などが落ち着くと、斉明天皇は急に手持ち無沙汰になった。政務は息子の皇太子が行う。誰一人、天皇のもとに意見を聞きに来る者など居はしない。それどころか、決定事項を知らされることさえ殆ど無い。

〈老齢のこの身には、それが丁度良いのかもしれない〉

そう自分に言い聞かせながらも、退屈な日々が物足りず恨めしかった。そんな折り、予てから気になっていた三人の孫のことが天皇の脳裏を過った。中大兄は多忙を言訳に、妻が亡くなってから三年もの間、子供たちのことをなおざりにしている。二人の皇女はさておき、建という皇子の存在が気になって仕方がない。采女が生んだ第一皇子の大友はいるが、氏素性の優越が何にも増して重んじられる皇位継承では、蘇我氏の母から生まれた建皇子こそ嫡子であるという思いが天皇を強く駆り立て

た。建は俗世に咲く白蓮のように純粋無垢な皇子と聞く。今もって言葉を話せないという噂も、天皇の心に後ろめたさを感じさせた。

〈不幸にさせた償いを私がせねばなるまい〉

天皇は皇太子に代わって、自分が孫たちを引き取ると決意したのだ。


「いやよ。いやです。私は行きたくなどありません。いつまでも此処にいたい。此処が良い」

讃良は宇津木に反抗した。宇津木に食って掛かっても仕方がないことも、宇津木だって同じ気持ちであることも痛いほど解ってはいる。でも言わずにはいられない。祖母である天皇が自分たち姉弟を飛鳥宮に引き取るという知らせが届いたのは、飛鳥遷都からまだ間もない頃であった。

〈何も心配せずに姉弟三人で来るように。采女たちはこちらで手配するから、屋敷の使用人はすべて職を解いて国元に帰すように〉

そう書状にしたためられてあった。飛鳥宮に行くということは宇津木との別れを意味する。それは讃良にとって手足をもぎ取られるほど辛いことだ。

「他の道は無いのですよ。皇女さま方は天皇さまのお血筋、その将来はご自分の思い通りにはならないのです。まして私には讃良さまをお幸せにする力などありません。天皇さまの御心にお任せするのです」

宇津木はいつになく強い口調でそう言った。

「でも宇津木はこれからどうするの。また会うことはできるの。いや、宇津木と別れるのは嫌！」

讃良の大きな瞳が宇津木を睨み付けている。

「讃良さまと過ごした日々、本当に楽しゅうございました。私は幸せ者です。素晴らしいご一家のもとでお仕えすることができて……。天涯孤独な私を讃良さまのもとに導いてくださったのは、お祖父さまの麻呂さまです。そして麻呂さまにお仕えしていた真比古さまと知り合うことになりました。私の身の振り方を心配された真比古さまが『これからの半生、お二方の菩提を弔いながら共に暮らそう』と申してくださいました。吉野の南端に十津川という山郷があります。四方を険しい山々に囲まれた真比古さまの故郷です。その地で二人して山仕事をし、僅かばかりの畑を耕して暮らしていくことに決めました。そして讃良さまたちのお幸せを遠くからお祈りしてまいります。ですから私のことなど心配なさらずに、どうか飛鳥にお越しください」

讃良は宇津木の言葉に優しく背中を押された思いがした。

〈宇津木は自分の行く道を自分自身で掴んだのだ。私も自分の将来を自分で切り開いていかなければならない。そして宇津木に甘えてばかりの自分を終わらせなければいけない。それが宇津木への恩返しなのだ〉

讃良は宇津木の胸に飛び込んだ。いつもと変わらずに暖かく柔らかい胸だった。この胸でどれほど泣き、どれほど慰められただろう。

「宇津木は幸せになれるのね。これから幸せになれるのね」

夕焼けを背に、語ることを必要としない二人の姿があった。やがて夕景が仄暗い薄闇となっても、二つの影は時が止まったかのように、じっと動かずにそこにあった。

出立の日がやって来た。

「庭にある私の背丈ほどの山桜の木。私が生まれた時にお祖父さまが植えてくださった小さな苗木が、今は私の背丈ほどになったわ。あの山桜をこれからは宇津木の側で育てておくれ。吉野には沢山の桜の木があると聞く。あの山桜も吉野に返してあげたい」

讃良から宇津木への最後の願いであり餞別であった。

幼い弟の両の手を左右から優しく握った姉妹は、互いを庇うように歩き出した。去っていく三つの小さな後ろ姿に、傍近く仕えた者たちの涙が止まることはなかった。

〔三〕

「おー、よく来た。首を長くして待っておったぞ」

天皇は上機嫌で三人の孫たちを迎えた。昨日この飛鳥宮に着いた讃良は緊張して良く眠れなかったが、天皇の満面の笑みと昂ったその口ぶりに、緊張の糸がゆっくりとほぐれていくのを感じた。

天皇が宝皇女と呼ばれていた若かりし頃、その美しさは世の評判であった。目鼻立ちが際立ち、艶やかなその美貌は男たちを釘付けにした。

『花ならば紅牡丹の如く』と取沙汰されたほどで、六十を越えた今も往時の面影がそこはかとなく漂う。その天皇が孫たちに胸襟を開いてくれているのを、敏感な讃良が感じないはずがない。

〈この方が私たちのお祖母さまなのだ〉

久方振りに心癒される心持ちになった。

「大田でございます。どうぞ宜しくお願いいたします」

「鵜野讃良です。お目に掛かれて嬉しゅうございます」

「それからこれが弟の建です」

自己紹介を済ますと、大田が弟の背をそっと押して前に進ませた。不安気に振り返る建に讃良が、『さあ』と頷きかける。建がおずおずと二・三歩進み出ると、天皇は自ら立ち上がって建皇子に近寄りその背を優しく抱きしめた。

「建か、会いたかったぞ」

少年の純真な瞳がそうさせるのか、天皇は建を抱いたまま側から離そうとしない。

「宮中の者にお前たちを紹介する宴席が、近く設けられることになろう。その時までに新しい晴着を用意させようと思うが、大田は何色が好きか？　大田は色白で優しい面立ちゆえ、薄桃色などはどうだ」

「はい、ありがとうございます」

高揚して天皇は続ける。

「小袖は天色にして領巾《ひれ》を濃い紅色にすれば猶の事映えると思うが、よし決まったぞ。次は鵜野じゃ。鵜野は何色が似合うかのう」

嬉しそうな天皇の目がこちらを真っ直ぐに見つめている。讃良は祖母の折角の好意を無にしてはいけないと解ってはいたが、思わず本心が口を衝いて出た。

「私は晴着はいりません。その変わりお許し頂きたいことがございますが、申し上げて宜しいですか」

折角の計らいに異議を唱えられたことなど、今まで唯の一度もない天皇は面食らった。だがそこは度量の大きな女帝である。

「申してみよ」

包み込むような言葉が返ってきた。

「はい。あの、宮廷のお庭が余りにも大きくて綺麗でびっくりしました。あのお庭を自由に散策できるお許しを頂きたいのですが」

キラキラ光る讃良の目を見て天皇は笑い出した。

「ホッホッホッ。鵜野は女子にしておくのは勿体ないほど快活な娘のようだ。良い、許します。好きな時に好きなだけ見て回れ、そして元気に遊び回れ」

「ありがとうございます」

「ただし建を連れて遊び回ってはならぬぞ。建は日嗣の皇子によって、必ず私に許しを申し出てからにせよ。良いな」

あっさりと許可をもらった後に、しっかりと釘を刺されてしまった。

「建には独楽やお手玉を用意させよう。それから晴着も立派な物を用意いたすとしよう。日嗣の皇子として相応しい物をな」

しばらく振りに気持ちを昂らせた天皇は、この上なく上機嫌であった。

その時、今までとは違う空気が辺りに漂って、痩身で背の高い一人の女性が部屋に現れた。背筋がゾクッとするような異彩を放ちながら、女性は天皇の隣りに無表情なまま押し黙って座った。

「間人皇女、ちょうど良いところへ。孫たちを紹介いたそう」

間人皇女と呼ばれた女人は、その氷のように冷たい視線をゆっくりと三人に向けた。

「姉の大田、妹の鵜野讃良、それからこれが建皇子。中大兄の子たちじゃ。母が亡くなったゆえ、これからは私が面倒をみることといたす。其方も宜しく頼みますよ」

そして姉妹に向かってこう続けた。

「間人皇女は私の娘で中大兄にとっては妹に当たる。其方たちにとっては叔母ということになるゆえ、可愛がってもらえ」

「はい、宜しくお願いいたします」

声を揃えて挨拶する姉妹を一瞥すると、間人皇女は抑揚のない小さな声で、

「宜しく」

と言うと目を逸らせてしまった。讃良は直感した。

〈なんて美しい方。でもきっと冷たい方に違いないわ〉

その肌は白磁のように滑らかで人工的な美しさを湛えていた。そこには文句の付けようの無い彫刻の如き目鼻立ちが、絶妙に配置されている。切れ長の目、母親譲りの高い鼻、血のように赤く薄い唇。その細見の体つきから、讃良はある生き物を連想した。

〈まるで白蛇が、鎌首を持ち上げて赤い舌を出しているみたいだ。私は母や姉のような優しい美しさが好きだわ〉

思わず皇女を上目遣いで睨みつけていた。

間人皇女は前帝の皇后であった時から、同母兄である中大兄皇子との関係が実しやかに噂されていた。兄という名の情人が他の女に産ませた子など、恐らく顔も見たくないのだろう。以心伝心、互いに快く思わぬ相手というのは、自然と伝わってしまうものだ。

〈苦手な方だわ、これからが大変〉

間人皇女を目の前に、不安そうな面持ちの讃良がいた。
〔四〕

飛鳥宮に来てからひと月が過ぎた頃、漸く父との対面の日が決まった。皇太子である父は政務に多忙であるが、こんなにも長く子供たちとの面会を先延ばしにする皇太子に天皇は立腹していた。

〈一日も早く子供たちと会ってやりなさい〉

幾度催促しても梨の礫、母親の言葉に素直に従うような息子ではない。天皇は鎌足を呼んで不満を吐露した。すると瞬く間に対面の日が決まったのだ。

「私はただのお飾りの天皇。散々私の頼みを無視しておいて、鎌足の言葉には直ぐに従うとは腹立たしい。私は出席しませんからね」

間人皇女に愚痴をこぼすことで、皇太子にささやかな抵抗を見せた。中大兄が大友皇子を可愛がっていることは、周囲の者たちから再三にわたり聞かされている。大友皇子は今年八歳になる随分と利発な少年らしい。それでも天皇は断じて大友を認めたくない。それは偏に、母の身分が気に入らないからだ。だからこそ〈建皇子に早く対面させたい〉天皇にとって寵愛する孫への老婆心であった。

この日に先立って天皇から讃良に晴着が贈られた。折角の好意を断って我儘を言った自分なのに、優しい心配りをくれた祖母に感謝しながら新しい晴着に袖を通した。山吹色の大袖に淡黄の小袖、そして若草色の領巾は大柄な讃良によく似合った。

大勢の重臣家臣、そして皇太子の妃や采女たちが居並ぶ大広間を、姉弟は緊張の面持ちで舎人に導かれながら玉座の前へと歩んでいる。建は怯えるように二人の姉たちの手を強く握りしめていた。姉たちとて張り詰めた周囲の空気に息もできないほどだ。四方から注がれる数多の好奇の眼差し、八方から聞こえてくる興味津々の囁き声。それらが寄せては引く波のように辺りに充満していた。

玉座の前まで来ると、舎人は三人を残し引き下がっていった。目の前には二脚の玉座が置かれてある。天皇と皇太子の物だと誰もが確信する中、重臣の一人がこう言い放った。

「本日、天皇さまはご気分が優れられず、ご臨席なされません。間人皇女さまが代わりにお言葉を述べられます」

讃良は唯一頼みとする祖母が臨席しないと知って、一段と心細さが増した。天皇は列席を拒むことで、皇太子に対してささやかな抵抗を見せたのだ。この一報に弥が上にもざわつく広間は、皇太子と間人皇女が登壇すると一瞬にして静寂と化した。

讃良の目は、父の姿を生まれて初めて捉えた。赤子の自分をたった一度抱いてからも、邸を訪れたのは数えるほどだったと聞いている。夜半に来て早朝には帰っていくその人物は、人伝てに聞かされた唯の空疎な存在だ。初めて相まみえる父に対して、何の感慨も高揚も湧きはしない。ただ『父』という呼称だけの幻が今、目の前に実存していた。長身で無駄な肉付きのないその姿態は、隣に座る間人皇女にも共通する身体つきで、二人が兄妹というのが良く解る。

〈妹が白蛇ならば、父はマムシだ〉

讃良はこの期に及んで、こんな突飛な発想をすることで自身を鼓舞していた。

「大田皇女さまです」

家臣の声で我に返った讃良は、深々とお辞儀する姉の落ち着きを横目に捉えていた。姉はいつ何時も決して慌てない。

「大田でございます。宜しくお願いいいたします。この度は……」

姉の挨拶が済むのを待たず、父である皇太子が立ち上がり下段してきた。そして大田の顎に手をやりグッと自分の方に向けたのだ。この唐突な行動には、然しもの大田も動転して言葉が止まってしまった。長身の父を間近で見上げる格好になった大田は、居たたまれずに目線を落とした。感受性の強い讃良にとって、人を値踏みするようなこの振舞いは嫌悪感以外の何物でもない。姉が受けた屈辱に憤りを覚えて〈次は自分だ〉と思わず身構えた。案の定、視野に無骨な男の手が伸びてきたその瞬間、『パシッ』本能的に強くそれを払い除けていた。

「ああっ！」

人々の口から一声に驚愕が漏れ出て広間の空気が一瞬にして止まった。

〈やってしまった〉

後悔こそあったが、もう元には戻れない。遥か頭上から見下ろしてくる父の視線を、小さな体でもって一心に受け止める。そして自分から視線を逸らせるなど死んでもしないとムキになっていた。父娘の睨み合いが続く場面は、誰も口を挟むことを憚る時空間と化していた。

どのくらいの時間が経っただろう。讃良にとって、永遠に終わりがない程の長い時間であった。その時〈あっ〉讃良は気付いた。

〈この目、この人の目。黒く大きく見開かれたこの瞳は私とそっくりだ。幼かった日、池の水面に映った自分の顔を見た瞬間、母とも姉ともまるで違う自分の目に気が付いた。そうか、私の目はこの人から受け継いだものだったのだ。それは私がこの人の娘だという証しなのだろうか〉

衝撃と絶望とが綯交《ないま》ぜになって、怒涛の如く襲ってきた。咄嗟にくるりと踵を返すと、全速力で広間を飛び出していた。間髪入れずに建が讃良の後を追う。小さな細い足では、姉に追いつくことなどできっこない。でも建は姉を追った。その建を追って大田皇女も早足に退出していった。

慌てふためく采女たちの喧噪を尻目に、居丈高な声が響き渡った。

「放っておけ！」

声の主の恐ろしさは誰もが知るところだ。居並ぶ衆人は皇太子の激高を予感して物音ひとつ立てず、辺りは張り詰めた空気に支配されていた。しかし人々の萎縮振りを楽しむかのように、皇太子は含み笑いを浮かべているではないか。

「あの鼻っ柱の強さ、女にしておくのは勿体ない。わしが馬や弓矢で鍛えれば、屈強な味方に育つだろうに、実に残念だ。まあ、女子でもあの肝の座り方は将来が楽しみだ」

と言い捨てて退席していった。

緊張から解き放たれた広間では、あちらこちらで騒めきが起こる。

「血を見なくて良かった」

「生きた心地がしなかったよ」

「あれが男であったら、どうなっていたことか」

「いや皇太子も人の子だ。我が子には甘い」

そんな無責任な会話が随所で交わされるなか、中臣鎌足だけは全く別の事を考えていた。彼の脳裏には、血気盛んだった若き日の記憶が走馬灯のように去来する。石川麻呂に近づいて利用した挙句、彼を陥れた忌まわしい古傷。その苦々しい過去を踏み台にして手に入れた現在の地位。

〈あれが石川麻呂の孫娘か〉

後悔とも憐憫とも違う、捉えどころのない閉塞感が鎌足を支配していた。一人また一人と参会者が退出していった閑散とした大広間で、一人残った鎌足の瞼の裏には、皇太子に対して見せた少女の敵対の姿が焼き付いていた。父に真っ向から盾突いた、あの幼い娘の先行きが末恐ろしい。

〈あの皇女はいつの日か必ず、父親に爪を立ててくる〉

鎌足の眉間に深い皺が寄せられた。

讃良は走った。迷路のような宮廷の中を、ただ当てもなく走り続けた。少しでも遠くへ離れたい。あの『父の目』に気づいた瞬間から、逃れようのない縁を突き付けられてしまった。不変の事実だが、絶対に認めたくない親子の血の縁。それが無ければ自分はこの世に存在しないという現実。頭の中を駆け巡る祖父と母の無念の死。息が切れそうになった時、見慣れた小さな部屋の前にいた。建と遊んでいた時に見つけた、隠れ場のような狭い部屋だ。讃良は部屋に入ると大きな柱の陰に座り込んでしまった。激しい息遣いと共に襲ってくる慟哭を懸命に堪えたが、もうそれは喉元まで込み上げてきている。

〈泣くな、泣いたら負けだ〉

その思いとは裏腹に、大きな瞳は溢れる涙をこれ以上溜めておくことができなかった。スーッと一筋が頬を流れ落ちたその時、頬に何か冷たいものが触れるのを感じた。見上げた視線の先、涙でぼやけた視界に建が立っている。そして讃良の涙を小さな掌で拭っていた。

〈どうやって此処まで来たの。その足で私を追ってきたの。建ごめん、ごめんね〉

讃良は無言で建を強く抱きしめると、堰を切ったように号泣した。もう止まらない。止めることなどできはしない。宮廷中に響き渡らんばかりの泣声を上げた。祖母にもらった新調の晴着は涙と鼻水でぐしょぐしょに濡れ、領巾は皺苦茶になって床に散らかっている。しゃくり上げる讃良の背を、建の稚《いとけな》い手が優しく撫で続けていた。

大きな泣声を聞いて采女たちが駆け付けた時、部屋の前にいた大田皇女がそれを無言で制した。その大田の目にも薄っすらと光るものがあった。

〈これは私たち姉弟だけにしか解らないことですから〉

そう言いたげな大田の顔は、いつもの柔和な表情と違って威風に満ち神懸ってさえいた。

〔五〕

〈痛っ！　あー痛い〉

初めて経験する酷い頭痛で讃良は目覚めた。

〈そうだ、昨日大泣きしたからだ〉

もう少し床に居たいと寝返りを打った時『天皇さまがお召しです』との知らせが届いた。

〈あんな事を仕出かしたのだもの、きっと大目玉を食らうだろう。でも早すぎる。きっと誰かが告げ口したんだ〉

朦朧とする脳裏に間人皇女の顔が浮かんだ。

〈白蛇だ、白蛇が言い付けたに違いない〉

急いで身支度をして祖母の部屋へ向かった。すると振り向いた祖母は讃良の顔を見るなり、大声で笑い始めたのだ。狼狽して立ち尽くす讃良にお構いなく、祖母の笑いは暫く止まりそうもない。

「あぁー笑った。久しぶりに大笑いさせてもらったわ。鵜野は豪胆で痛快な娘よの。実に愉快じゃ。ハッハッハッ……」

その時の中大兄の顔を拝みたかったものだ。気が進まぬゆえ参列を見送ったのが実に悔やまれる。

肩透かしを食らった展開と、豪快な祖母の女丈夫ぶりに唖然となった。

「お祖母さまから頂戴した晴着を台無しにしてしまいました。申し訳ありません」

「なに、晴着などこれから何枚でも用立ててあげる。それよりも鵜野は父が嫌いか？」

祖母から直球の問いが投げ掛けられた。

「えっ、いいえ。あの……」

今の自分の思いをどのような言葉にすれば良いか、答えが見つからない。祖母は優しく微笑んでいた。

「中大兄に逆らえるのは、宮廷では鵜野一人かもしれないぞ。鵜野には鵜野の思いがあることがはっきりと解った。それで良い。あっ、そうそう思い出したぞ。皇太子に逆らった者がもう一人居った。私の息子の大海人皇子、中大兄の弟皇子よ」

〈大海人皇子さま〉

讃良が初めて耳にする名前だった。それに父に弟皇子がいるとは、今まで一度も聞いたことが無い。

〈大海人皇子さまってどんな方なのだろう。父に逆らったその皇子さまに、お会いしてみたい〉

そんな讃良の思いを見透かすように天皇は言葉を続けた。

「大海人は政が嫌いなようだ。兄が誘ってもなかなか首を縦には振らぬ。本人は政よりも天文や陰陽道などの修学に興味があるらしい。いずれは皇太子の片腕になってもらいたいと誰もが申しているのに、当の本人は歌を詠むのも好きで、宮廷歌人との付き合いも多いようだ。中でも額田王《ぬかたのおおきみ》という当代随一の女流歌人とは恋仲らしく、三歳になる女の子もいると聞く。兄弟の仲がこれからどのようになるのか、母親としては唯一気掛かりなことじゃ」

讃良は祖母の饒舌な話し振りに思わず引き込まれていた。

〈大海人皇子さま。思いの儘に生きていらっしゃる皇子さまに、お会いしてみたい〉

讃良の夢想癖がまたまた湧き上がってきた。

「この話はこれで終わりにしよう。そうそうアケビの実が手に入ったから食べぬか。建がもう直ぐ此処に来る、大田も呼んでやれ。皆で食べようぞ」

祖母の計らいに心が癒された。天皇は部屋にやって来た建を晴れやかな笑顔で膝元近くに呼び、アケビを小さな口元に運んでやった。安心しきって祖母に甘える弟は最近、頓に明るくなった。祖母と弟の晴れやかな表情に触れながら口にしたアケビの果肉は、ねっとりとして優しい甘さだった。その甘美さに舌鼓を打つうちに、讃良の頭痛は知らぬ間にすっかり治っていた。

第四章　邂逅

〔一〕

斉明三年（六五七年）祖母のもとで過ごし始めてから三度目の春、その間に火事で板蓋宮が消失し仮住まいの川原宮へ移転、更に新しく造営した後飛鳥岡本宮への移転、そしてその宮も火災に遭うという度重なる災難が続いた。だが讃良自身は平穏で充実した日々を送っていた。母の薄幸な後半生、そして祖父の理不尽な死、それらの記憶を封印し前を向くことで、自分の生きる道を模索し続けていたのだ。

身の回りの世話をする女たちの中で、近頃讃良が一番気に入っているのが、手児奈《てこな》という山背国秦氏の血を引く中年の采女である。何故ならば、彼女が無類のお喋り好きだからだ。その話題が廷内の風説風評から男女の俗っぽい噂まで、硬軟織り混ぜて実に多岐にわたっている。

〈宮廷の事情を知っておくことが何よりも重要だわ〉

この年齢で天才的なまでの直感力を持つ、讃良なりの戦略だった。

今朝も讃良の髪を梳きながら嬉しい情報を話してくれた。それは久方ぶりに聞く姪娘の近況である。祖父の死後、幾月かを共に過ごしたあの懐かしい叔母の近況……。中大兄に引き取られ難波宮に去っていった姪娘の後姿が、今でも鮮明に脳裏に焼き付いている。あれから都が飛鳥に移り、姪娘は中大兄の妻となった。持ち前の明るく前向きな性格で、姉が苦しみ抜いた中大兄との婚姻も、幼い頃の出来事だったこともあって難無く乗り越えてしまった。そして自らの生きる道を見つけたのである。

その姪娘が讃良たちに会いたがっていると言う。あれから何年も経つが、共に過ごした日々が昨日のことのように思い出された。春の庭園で愛でた絢爛たる白牡丹の花、時を忘れて交わした他愛の無いお喋り、辛さを微塵も見せなかった叔母の笑顔。その存在が、母の病に塞ぎがちだった心をどれ程癒してくれたことだろうか。

「お会いしたい。すぐにでもお会いしたいわ」

その翌日には面会が実現し、流石に手早い手児奈の仕事ぶりに驚嘆した。

姉と二人訪う道すがら、胸の高鳴りを抑えきれずに手土産の薄衣をしっかりと抱えた。

「本当にお久しぶり。お元気そうで何よりですわ。お二人が天皇さまのもとに来られたのは存じておりましたが、お目に掛かる機会がなく月日が経ってしまいました」

昔のままの朗らかな笑顔がそこにあった。

「姪娘さま、お懐かしい」

大田も感慨深げに声を詰まらせる。

「まあ綺麗な夏衣。これからの気節に丁度良いわ。ありがとう」

渡された手土産に、姪娘は若妻らしく微笑んだ。

「私は昨年皇太子さまの妻にして頂き、平穏な日々を過ごしております」

優しく大らかな面立ちは数年前と少しも変わっていない。与えられた運命に従順に生きている若い叔母の姿は、柳が風を受け流すしなやかさに似ていた。


「昨日は如何でございました。楽しゅうございましたか？」

手児奈は自分が役に立つことが嬉しくて仕方ない。

「ええ、久しぶりにお会いできて本当に懐かしかったわ」

讃良の言葉に手児奈の得意満面の笑みがこぼれた。口まめで少し出しゃばりなところはあるが、悪い人間ではない。人の役に立てるのがこの上なく好きなのだ。上機嫌な手児奈のお喋りは止《とど》まる所を知らない。

「昨夜建さまがお熱を出されて、天皇さまは寝ずの看病をされたそうですよ。今朝はお熱もすっかり下がられたとか。建さまがお可愛くて仕方ないのですね。『心配するから姉君たちには知らせるな』と言われましたけれど……まあ私としたことが、喋ってしまいましたわ」

「えっ、建が熱を……知らなかったわ。お祖母さまは『建が命よりも大切』といつもおっしゃっていてよ」

讃良のこの言葉に、手児奈の顔つきが戸惑いへと変わっていった。

「あの、申し上げて良いやら、申し上げぬ方が良いのやら、思案していたのですが」

いつに無く手児奈の歯切れが悪い。

「何なの？　悪い話も知っておかねばなりません」

「はぁ、まあこれは、下々の者たちが申している下世話な噂話でございますから、皇女さまがお気になさることではないのですが……」

「解っていますから、早くおっしゃい」

「実は、天皇さまの建さまへの御寵愛振りが余りにも深いので、建さまは皇太子さまと妹君の間人皇女さまの間にできた不義のお子だと、そんな非礼なことを申す者がおりまして……」

全部を言い終わらぬうちに、讃良の表情がみるみる強張っていった。その急変振りに手児奈の声は蚊の鳴くように小さくなる。

「いいえ、誰もそんな話を信じる者などおりません。全く恥知らずなことでございます」

と言ったきり押し黙ってしまった。

二人の間には気不味い沈黙が流れ、暫くして讃良がきっぱりと言い切った。

「建は亡き母が命を削って産んだ子です。姉と私が赤子の時から慈しんできた弟です。これ以上に、どんな証しが必要ですか」

「申し訳ございません。いらぬことを申してしまいました」

〈お喋りが過ぎて、皇女さまの御不興を買ってしまった〉

手児奈はいつに無く意気消沈していた。

「手児奈、言い兼ねることも正直に話してくれる者こそ、真の味方だと私は思います。さぞや言い難きことだったでしょうね。ありがとう。嘘か誠か信じるか信じないかは、人それぞれの徳が判断するでしょう。今日はもうお下がり」

手児奈の胸は熱くなり、羞恥と慙愧の念が激しく交錯した。深々と頭を下げて退出する傷心の背中に、明るく弾む讃良の声が掛けられた。

「宮中の庭は今、躑躅《つつじ》の花が満開だと聞きました。明日にも見てみたい。供をしてくれますか」

「はい、是非お供させてください」

そう答えた手児奈は足早に自室に戻ると、年甲斐もなく大泣きしてしまった。

〔二〕

麗やかに晴れ渡った春の昼下がり、讃良と手児奈の姿は川原寺に向かう小路にあった。宮庭に咲く紅い躑躅の花に魅せられて、つい足を延ばしてここまで歩いてきたのだ。脇道から少し奥に拓けた草地があり、辺りから藤の濃厚な香りが漂ってきた。近づくにつれ濃度を増す藤の香に誘われて野草を掻き分け進んでいると、遠くに人影が見えた。判然としないが、それは若い男女と小さな子供が楽しげに戯れる姿のようである。

「あっ、大海人皇子さま！」

手児奈が驚きの声を上げた。

「皇女さま、大海人皇子さまでございますよ。ご一緒におられるのは、額田さまと十市《とおち》さまですわ」

讃良は以前、祖母から聞かされていた大海人皇子の名を思い出した。兄である皇太子の誘いを断り、自由闊達に生きているという皇子。そして横にいるのが額田王という恋人なのだろうか。未だ幼い少女が両親の周りを走り回っていた。余りにも睦まじい親子の光景に、讃良の足が思わず止まった。幸福を絵に描いたような光景を目の当たりにさせられて、羨望と憧憬の感情が一気に溢れ出た。

自身を幼い十市に重ね合わせ、父と母とで過ごす幸せな時空間を想像の彼方に膨らませていた。だが欲しくても得られなかった至福の夢は今、心の片隅で音を立てて空回りしている。

「ご挨拶なさいますか」

手児奈の声に我に返った次の瞬間、即座に踵を返した。

「お邪魔になってはいけない。さあ戻りましょう」

去り際に今一度振り返った時、十市を抱き上げる大海人皇子の姿が目に映った。その途端、ずっと抱き続けてきた『父』という幻想と大海人の姿がピタリと重なり合った。母は天皇、兄は飛ぶ鳥を落とす勢いの皇太子。この上ない身分に生まれながら、政治との関わりに背を向けて生きているという皇子。

〈大海人皇子さまってどんな方なのかしら。そしてこれから私は、あの方とどう関わっていくのだろう〉

何故か気に掛かる『叔父』という存在が、讃良の心の大きな領域を占め始めていた。

〔三〕

巫女として斉明天皇に仕える額田王は、その卓越した歌の才で宮廷中の羨望の的であった。優れた詩才と豊かな感性、薫り高い色香に満ちた額田王の歌は、力強い調べにも溢れている。女は政略結婚や血脈の為に子を作る道具とみなされていたこの時代に、額田王は大海人皇子との自由恋愛で結ばれて子を成した。そして今も大海人の後宮に入ること無く、歌詠みとしての生業を貫いている。品格ある美貌も相まって、額田王を知らぬ者は朝廷中に居ない。無論、中大兄の耳にも早くから評判が聞こえており、その女が弟の恋人だという事実が兄の誇りを甚だしく傷付けていた。

〈それ程の女、是が非でも自分の思いの儘にしてみたい〉

手に入らぬ物などこの世にないと豪語する権力者に、絶世の佳人は横恋慕されてしまったのだ。

一度は体よく辞退の旨を申し入れたが、それで引き下がるような相手ではない。額田は覚悟を決めた。

〈このまま断り続ければ、大海人さまのお立場が危うくなる。いや、お命に係わるかもしれない〉

自身の才能と信条に自負を持つ女は、凛然と決意した。

『皇太子さまには妻としてではなく歌詠みの巫女として、その施政のもとお仕えいたしましょう。私は決して後宮に入ることはいたしません。それでも宜しければ仰せに従います』

死をも覚悟したこの交換条件を、皇太子はいとも容易く受け入れた。

〈子を産ませる為の女ならいくらでもいる。しかし好奇心を擽《くすぐ》り、自尊心を満足させる女など滅多にいはしない〉

皇太子は生まれて初めて、自身の意思で手に入れたいと思わせる女人に出会ったのだった。だからあらゆる条件に目を瞑ってでも、弟から引き離すことに固執した。こうして額田王は十市皇女を連れて、中大兄のもとに下ったのである。

手児奈からこの話を聞かされた讃良は、自分の事のように憤慨した。あの日、藤房の下での睦まじい親子の姿が思い出されて、憤りは更に膨れ上がった。父の非情な仕打ちに、その存在を拒絶する感情が一段と強まっていく。しかしこの出来事が、自分の今後の人生に大きな関わりを持つなどとは想像もしていなかった。

中大兄皇子の機嫌はすこぶる良い。あの額田王を我が膝元に屈服させた優越感が、これまでの血で血を洗う辟易とした日々を忘れさせてくれる。

〈しかしこれだけの女を奪い取ったからには、この儘という訳には行かぬ。大海人に女を与えねばなるまい〉

中大兄は自身の娘を大海人に差し出すことを思い立った。それには恰好の娘がいる。大田皇女だ。蘇我氏の血を引く美しく嫋やかな第一皇女。これ程に条件が揃っている候補は他にはいない。

〈だがそうなると鵜野は誰に嫁がせようか〉

思案を巡らせたが適当な相手が思い当たらない。古くは山背大兄王一族が滅ぼされ、自らの手で葬り去った古人大兄は後胤の皇子を残していない。あとは孝徳の子、有間皇子だが、

〈何やら有間は気鬱の病と称して、紀伊の地に引き籠っているらしい。そんな疑わしい動きのある皇子に嫁がせる訳にはいかぬ。いっそのこと、鵜野も共にくれてやるという手もあるが……〉

中大兄の頭の中に入鹿暗殺当夜の記憶が蘇ってきた。この手で初めて人を斬った昂奮からか女人を求めて遠智娘を訪うた夜、生まれたばかりの赤子を初めて見た。乞われるままにその娘を抱いた瞬間、今までスヤスヤと寝入っていた赤子が、突如火の点いたように泣き出したのだ。目交《まなか》いに青筋を立て、まるで父親を拒絶するばかりの泣声だった。〈血塗られたその手で、穢らわしき手で触るな〉と言わんばかりの号泣に、二度とその娘を抱くことはなかった。

そして再会の日、この手を払い除けて自分を睨みつけてきた妹娘……。

〈暴れ馬のようなあの娘を、大海人に押し付けてしまうのも悪くはない〉

奸智に長けた中大兄の頭脳が激しく回転した。讃良の運命は、父の邪悪な一存と思い付きで決まったのである。


姉妹二人を大海人に嫁がせると聞いた天皇は、可愛い孫娘たちが息子の妻になるので大喜びである。

〈遠くに行かせずに済んだ。いつでもすぐに会える。それに大海人も兄の娘を妻にすれば、これからは兄弟手を携えて政を行ってくれるに違いない。建は私が大切に育てるから安心しておくれ〉

天皇から嫁ぐ旨を聞かされた大田は、一回り以上年の離れた叔父の妻になる不安に揺れた。一方讃良は、物を交換するように姉と自分を嫁がせる父が忌々しかった。だがそれ以上に、大海人との新しい生活には不思議と胸が弾む思いもあった。

「讃良、いつ迄も側にいてね」

「お姉さまとご一緒で本当に良かった」

姉妹が共に暮らせる安堵の思いは何事にも代え難い。大田十四歳、そして讃良十三歳。父の大きな影に翻弄されながらも、人生の第二幕が始まろうとしていた。

〔四〕

実家を失っていた姉妹は、婚姻に伴い夫に引き取られて宮廷近くの大海人の館に入った。初めて間近で対面した讃良の目に、大海人は父よりも少し年上に映った。父は長身で引き締まった体躯だが、大海人は中背でゆったりと恰幅が良く、悠々たる風情を漂わせている。

「ご兄弟なのに全然似ていらっしゃらないわ」

讃良は率直にその思いを手児奈に語った。

「まあ、思ったことをすぐ口に出されてはなりません」

一刀のもとに斬り捨てられたが、新しい環境で手児奈が側にいてくれるのは心強い。「気に入った采女を連れてお行き」という祖母の心遣いで、讃良は手児奈を連れて嫁いできたのだ。

妻になったという実感など未だない十三歳の少女は、宮廷よりも小ぢんまりして伸び伸びできるこの館が大層気に入った。讃良の部屋からは桜の木が良く見える。桜は今その葉を黄金色に染めて秋の名残りを告げていた。

〈宇津木はどうしているだろう。宇津木に託した山桜は元気に育っているかしら〉

見知らぬ土地で暮らしている宇津木を思うと、母や祖父と過ごした幼い日の記憶が蘇ってくる。

〈私が妻になったと知ったら、宇津木は何と言うかしら。あれほど手を焼かした娘が妻になるなんて、きっと笑っているに違いないわ〉

十津川に住む宇津木の暮らしをあれこれと思い描きながら、真比古との平穏な日々を目の前の桜に託して祈った。

桜がその葉を一葉一葉と散らしていき、静謐な枝幹を寒風に晒す季節となっても、初対面の日から大海人と逢うことはなかった。そんな生活が慣れっこになっていた冬晴れの夕刻、手児奈が慌てて部屋に駆け込んできた。

「讃良さま大変でございます。今宵、大海人皇子さまがお越しになります。さあお化粧直しなさってくださいませ。お召し替えもいたさねば……」

話すそばから着替えの準備に取り掛かり、主人以上に興奮している手児奈の手と口は止まりそうもない。

「まあまあ大変。皇女さま、お急ぎくださいませ」

だが当の讃良は至って呑気であった。

〈皇子さまと何をお話ししよう。何をお聞きしよう〉

好奇心と探求心が次から次へと溢れ出した。


「宮中で雑多な用向きが重なって、長く会うことが叶わなかった。どうだ、此処での暮らしは？　足りない物、欲しい物はないか」

優しい面差しが讃良に向けられている。

「皇子さまは妻である私にも、そんな慈しみのお言葉を掛けられるのですか」

その余りにも率直な物言いに大海人は意表を突かれた。

〈妻と呼ぶにはまだ幼いこの娘は、真っ直ぐに言葉を投げ掛けてくる。こんな娘は初めてだ〉

父親と言った方が良いほど年嵩の夫と、向こう見ずな幼い妻の思いは、一瞬にして融合し合った。

何でも聞かずにはいられない癖は骨の髄まで染み付いていて、相手が誰であろうと生来の質問癖が止まることは無い。

「皇子さまは月や星、それからお天道さまのことがお詳しいと聞きました。お教えください。冬はどうして星が美しいのでしょう。それに、星はいつも同じ空に無いのはどうして？　お月さまは形が変わるし、不思議が一杯です」

「山のような質問に一体何から答えよう」

大海人は思わず大きな声で笑った。つられる様に、讃良も肩をすくめてはにかんだ。

「ほら見てごらん。あの空に輝く月や星、そして天道の動きから生まれた『暦』を、海の向こうからやって来た百済の僧が伝えてくれた。その暦に沿って我々は毎日を生きているのだ」

「こ・よ・み？」

「そう。朝が来て陽が昇り、夕方には陽が沈む。それが繰り返されて季節も春から夏、秋から冬へと移ろっていく。その繰り返しを記したものが暦だ。解るか？」

「ええ、何となく」

「それで良い。私は天文や占いを学んできた。鵜野が知りたいのなら少しずつ教えよう」

親子のような二人の後姿が、窓際で飽かず夜空を見つめていた。

そして語り合ううちに、空が白み始めてきた。

「語り明かしてしまったようだ。もう直ぐ夜が明ける。さあ少し休みなさい。私も部屋に戻ってしばらく横になろう」

「はい、楽しゅうございました。こんなに沢山お話を聞くことができて……」

讃良の少し眠そうな顔も、大海人にとっては一服の清涼剤のようであった。

「まあ呆れた。一晩中語らっておられたのですか。初めてのお夜伽でしたのに」

手児奈は大きく溜息をついた。

「何がいけないの。だってとっても楽しかったわ」

「皇子さまは呆れて、これからは皇女さまのもとにはお越しにならないかもしれませんよ」

「そんなことないわ。今度は星占いのことを話してくださるって、お約束したのよ」

その余りの屈託のなさに、手児奈は自分のせっかちな気質を自省した。

〈しっかりなさっていても、まだ十三歳でいらっしゃる〉

手児奈の杞憂は、嬉しいことに見事に外れてしまった。三日も経たずに大海人は讃良のもとを訪れたのだ。讃良にとって好奇心を満足させる絶好の学びの場がまたやって来た。質問は山ほどもある。

讃良の興味を最も引いたのが『漏刻《ろうこく》』の話であった。大海人は天文による暦の知識を買われて、時を駆使する水時計の造営を進めているそうだ。そしてその水の流れを水路で繋いだ先に、噴水を作る計画があると言う。祖母の天皇も宮殿や運河造りなどの造営には積極的で、『漏刻』は中大兄肝いりの事業だそうだ。兄からの政への誘いを辞退してきた大海人にとっても、水時計の建設は大いに心惹かれる任務だったのである。

「まあ、水時計？　水を使って時を知るなんて、すごいわ。そこへ私をお連れくださ い」

讃良の好奇心は最高潮に達した。

「よし、完成したら連れていこう」

「嬉しい。一番初めに私をお連れくださいね。お約束ですよ」

讃良の大きな瞳がひと際輝いた。

〈こんなにも真正面から自分を見つめてくる女人が今までいただろうか。知り得る女人は常に目を伏せ、躊躇いがちに自分に接してきた。あの確固たる自我を持っている額田でさえ、こんなに明け透けと心を晒しては来なかった。まだ幼いと言えばそれまでだが、それだけでは説明がつかない忌憚の無さは一体何なのだろう〉

大海人にとっても、讃良と過ごす時間は気の置けない大切なものとなっていった。

その夜も二人は語り明かした。そのうち椅子に腰掛けたままウトウトする讃良を寝台に運ぶと、自分の着ていた袍衣を幼い妻に掛けてやった。しばらくその寝顔を見ていた大海人だが、小さな寝息を確認すると足音を殺して部屋を出ていった。

讃良は夢を見ていた。幼い自分が祖父に慈しまれている。祖父に甘え祖父を慕い、その腕に抱かれている。何の不安も何の心配もない少女の自分。目覚めた遅い朝、まだ気怠さの残る脳裏には夢の続きなのだろうか、祖父への追憶と大海人への親愛が綯交ぜになっていた。

〈幼い頃に包まれていた優しさと同じだわ。結婚とはこういうものなのかしら？〉

その後も、三日にあげず訪れてくる大海人の優しさに陶酔した。

讃良は大海人に相応しい妻になりたくて、様々なことを学びたがった。海の向こうの大国唐のこと、百済から伝わった仏教のこと、聖徳太子が行った政治のこと。次から次へと繰り出される質問に、大海人は驚嘆しながらもその会話を楽しみ、まるで父娘か子弟かのような互いの関係に満足していた。

躊躇なく質問を投げかける讃良にも、唯一つ聞くのを憚ることがあった。それは額田王のことだ。姉と自分が嫁いできたのは、父が額田王を弟である大海人から奪い取ったことに端を発している。〈皇子さまはどうして父からの申し出を受けられたのだろう。今でも額田さまのことをお忘れになっていないはず〉

喉元まで出掛かったこの問い掛けを、幾度飲み込んだだろうか。口にしてしまえば、今の幸せが音を立てて崩れてしまいそうで怖かった。聞きたいけれど聞けないもどかしさを、少し大人びた讃良は胸の奥深くに仕舞い込んだ。

第五章　玉の緒

〔一〕

「皇女さま、姪娘さまがお見えでございますよ。ただいま大田さまのお部屋におられます。昨年の春以来、ちょうど一年振りにございますね」

　手児奈が嬉しそうに部屋に入ってきた。

「まあ姪娘さまが。すぐに参ります」

　突然のこの訪問客に讃良の心は浮き立った。小走りに姉の部屋へ向かうと、そこには懐かしい姪娘の笑顔があった。

「讃良さま、お久しゅうございます。お二人が大海人さまに嫁がれたと聞いて、一刻も早くお祝いにと思っておりましたのに、大変遅くなってしまいました」

　立ち上がった姪娘は随分ふっくらとして貫禄さえ感じられた。

「いいえ、こちらこそ早くお目に掛かりたいと、いつも姉と話しておりましたの」

　讃良のすっかり大人びた物言いに、姪娘も嬉しそうにその手を握ってきた。

「たった今、大田さまに申し上げていたところなのですけど、私子供を授かりましたの。五か月に入ってやっと気分も落ち着いてまいりましたので、若葉が鮮やかで日和の良い今日、出掛けてまいりました」

「まあ、それはおめでとうございます」

「私たちの弟か妹になるのね。本当に嬉しいこと」

大田も声を弾ませた。

「私は昨年皇太子さまの妻にして頂き、子を授かることもできました。この子がどんな人生を送るのか、今は期待と不安が半々ですけれど……」

まだそれほどには大きくないお腹に手を当て、愛おしげに視線を注ぐ姪娘の面立ちは、既に母のそれになっていた。

「この新緑が紅葉となる頃に生まれてくるこの子の為に、一日一日を感謝して過ごしてまいりますわ」

姪娘の華やいだ仕草に大田も嬉しそうに微笑んだ。

だが讃良の脳裏には、父の顔が浮かんでいた。

〈この赤子もあの人の血を受け継いで生まれてくるのだ。こんなにも近くにいながら、父と娘が逢わずにいることの不可思議。私はその奇異な境遇を当たり前のように受け流している。果たしてこのままで良いのだろうか〉

自分とは違って、与えられた運命に従順に生きている姪娘の姿は、讃良の目に眩しく映った。

「このお部屋から二上山《ふたかみやま》が綺麗に見えますのね。緑が美しいわ」

姪娘が窓辺に進むと、大田も肩を並べるように寄り添った。

「あの雄岳と雌岳の間に日が沈む暮れ方は、本当に神聖な気持ちになります。夕日が美しい日には、讃良を呼んで一緒に眺めていますのよ。あの山の向こう側に、私たちが育った河内の邸があったのですもの。懐かしいわ」

しみじみと語る大田の髪を、木の芽風が優しく撫でていった。讃良も窓辺に近づいて二上山の遥か向こうに、幼い頃の記憶を蘇らせていた。悲しい過去、苦しかった日々は次第に淘汰されていき、懐かしい記憶だけが少女の頃の回想に誘ってくれた。

〔二〕

火急の知らせが、雨続きの梅雨寒の朝に届いた。心穏やかな日々に安居していた讃良にとって、耳を疑う悲痛な事実が突き付けられてしまった。

『建皇子、逝去』

手児奈がその訃報を伝えた時、讃良は直ぐにその意味を解せずにいた。

〈つい先日、宮中にお祖母さまと建を訪ねたばかりではないか。その時はいつもと変わらずにいたのに。何故、そんなことがあるはずがない〉

悲報を受け入れられないまま姉の部屋に駆け込んだ時、姉は着替えの真最中だった。

「讃良、何をしているの。早く着替えなさい。急ぎ宮中へ行かねばなりません」

そんな姉の言葉さえ、俄かには聞き入れられない心持ちであった。

駆け付けた宮中で弟の小さな遺体と対面して、初めて動かぬ事実を突きつけられてしまった。だがその死に顔は、今にも眠りから目覚めそうに穏やかだ。思えば生まれつきひ弱な子であった。母の苦しみをその腹の中で幾月も受け止めて、自らの言葉を奪われ、生まれ出てから一度たりと母の手に抱かれることのなかった弟。この世の穢れとは無縁の世界で、八年に満たない年月を懸命に生きてきた可哀そうな弟。

〈建、貴方は誰からも愛され、誰をも憎まず純真無垢のまま神に召された。優しい貴方はお祖父さまとお母さまのもとに旅立つことで、自分の役目を果たそうとしたに違いない〉

小さな亡骸の清白さは、死をも浄化させる安寧《あんねい》の証しのようであった。

「皇子さまは昨日の夕餉の折りにお食事を喉に詰まらせ、すぐに薬師を呼びましたが、その甲斐なく明け方近くにご逝去なされました」

年配の采女が重い口を開いた。

「ああ、どんなにか苦しかったでしょうね。それを小さな体で耐えたのですね」

大田はもう目覚めることのない弟の顔に優しく触れた。まだ僅かに温もりが残っているような錯覚さえする。

「お祖母さま、いえ御上は如何されています」

「はい、昨夜からずっと建さまに付き添っておいででしたが、息を引き取られてからはお労しいほどお泣きになり、お傍を離れることはございませんでした。余りのお嘆き振りに、周りの者が無理矢理お部屋にお連れ申しました」

采女の言葉を聞かずとも、祖母の悲嘆ぶりは容易に想像できる。

「すぐにもお会いせねばなりません。お体が心配です」

大田が讃良を促し退出しようとすると、年配の采女がその足を止めた。

「私如きが申し上げる非礼をお許しください」

「えっ？」

真意を図りかねた姉妹はこの采女と部屋の片隅に額を寄せた。

「天皇さまはお嘆きの余り、お心持ちが不安定であらせられます。夕餉の席でお世話をしていた若い采女が役目を怠ったせいだと申されて、娘を謹慎させ今は沙汰待ちとなっています。まさか命までもとは存じますが、お気持ちが揺れておられるので憂慮いたしております」

意を決しての言上、己の分際で口にすべきでは無いと百も承知である。だが万が一、血が流れるようなことがあっては幼い皇子の死に禍根が残る。大田は彼女の覚悟の進言を受け取った。

「解りました。御上にとっても建にとっても、勿論その娘にとっても、最善の道を探してみましょう」

天皇は寝台で老いた体を横たえていた。晩年に手に入れた愛しい孫皇子。儚く露と消えた掛け替えのない孫。激しい憔悴感が年老いた天皇の様子から伝わってくる。無言で褥の側に進み寄ると、薄ぼんやりと開いた祖母の目が姉妹の姿を捉えた。

そして、乾いた口元から絞り出すように、微かな声が発せられた。

「私が代わってやりたい。こんな老人が命永らえて何の慰みがあろうか。建に代わって、この身が死出の旅に出たかった」

「建はきっと、いつまでもお祖母さまのお傍近くにおります。あんなにも可愛がって頂いたのですもの、建は幸せでした」

大田の言葉に、枯れ果てたはずの祖母の涙が又しても溢れ出した。

「近いうちに私にもお迎えが来る。その時にはどうか、建と同じ墓に葬っておくれ。そうすれば永遠に建と共にいられる」

「そのようなこと、申されますな」

大田の目には、今日初めて涙が溢れた。

「今申したことは天皇である私の遺言と承知せよ。私と建を同じ墓に合葬する旨、これは皇太子に今すぐに伝えておくように。私の遺言であるからして、決して違えてはならぬと心得よ」

哀しみに打ち拉がれていた老女は、威厳と風格に満ちた天皇の口調に戻っていた。

「大田、鵜野。これからも姉妹仲良く、建を偲んで生きるのですよ」

祖母の両の手が姉妹の腕を力強く握りしめた。

「お祖母さま、建の傍にいた若い采女のことですが……」

大田は去り際に緊張の面持ちで切り出した。

「建の世話をしていた娘、お沙汰待ちだという娘のこと、私にお預けいただけませんか」

天皇は直ぐには解せない表情を見せたが、

「あぁ、あの采女か。誰が悪い訳ではない。それは良く承知しておる。だが心のやり場が無くてな。相分かった。大田に預けよう」

「お聞き入れいただき、ありがとうございます」

深く頭を垂れた姉の高潔な姿に、讃良の胸は打ち震えた。

〈お姉さまは優しく美しいだけではない。お強い方だと今日初めて思い知らされた。必死に蘇我家の家長のお務めを果たされている〉

讃良の心には、その流れる血より更に濃い蘇我家の誇りが蘇ってきた。

〔三〕

若い采女は名を半布里郎女《はふりのいらつめ》といった。年は讃良と同じ十四歳。自分の目の前で起きた容易ならぬ事態に、気が動転しても致し方ない年齢である。大田は宮中から住まう館に郎女を伴った。部屋に着いてからも郎女の体の震えは止まらず唇はその色を失っている。そして大田と二人きりになると、郎女は激しく嗚咽した。

「申し訳ありません。私の不用意から建皇子さまを……」

そう言うと後は言葉が続かなかった。しばらくの間、娘のむせび泣く声と降りしきる雨とが部屋中に共鳴していた。泣声が収まるのを粘り強く待っていた大田が静かに口を開いた。

「人の死は宿命です。建の死も以前から決まっていた定めなのです。母と祖父のもとへ旅立つことを、神はあの子の天命とされた。ですから貴女が自分のせいだと思うことはありません。もとより貴女が責を負う必要などないのですよ。建はきっと貴女に感謝していることでしょう。身近でお世話してもらったことを喜んでいるはずです。姉の私からも礼を申さねばなりません」

大田は自分の妹にするように優しく郎女の手を握った。

「皇女さま」

郎女は泣き腫らした目を真っ直ぐ大田に向けた。

「私は御上より貴女の身の振り方をお任せ頂きました。ここで私に仕えてくれますか。それとも国許に帰りますか。貴女自身で選ぶが良い。郷里はどこです？」

郎女は身を硬くしておずおずと口を開いた。

「美濃です。父は美濃の礪杵《とき》氏の郡司さまにお仕えしております」

「で、お母君はご健在か。親御がおるのなら国許へお戻り。その地で幸せにおなり」

「勿体ないお言葉、私のような役立たずの者に……」

郎女の目には又しても大粒の涙が溢れた。

「母御が待っておられよう。美濃の地で建の冥福を祈っておくれ。そして良き人と結ばれ元気な子を沢山産んでおくれ。それが貴女の務めです」

夕刻になると雨は上がり、久しぶりに明るい西日が部屋に差し込んできた。その夕映えのなか、頬を茜色に染めた郎女の子供っぽい笑顔が弾けた。


建皇子は吉野の北西にある今城谷《いまきだに》の殯宮《もがりのみや》に安置された。殯とは本葬されるまでの仮安置の場であり、死を物理的に確認する場でもある。様々な儀礼の執り行われるなか、天皇は最愛の孫皇子に贈る三首の歌に哀悼の思いを託した。その調べにはいかに皇子を寵愛していたかが伺われて、多くの者たちが天皇の胸中を慮った。

半布里郎女は建の殯からひと月が経ち、季節が夏に移ると故郷の美濃へ帰っていった。大田はできる限りの品々を郎女に持たせ『国許の両親を大切にするように』と別れの言葉を添えた。その姿を見てきた讃良は、今般の姉の対応に羨望の眼差しを持ち続けていた。

〈私は何もできなかった。お姉さまはきっとお母さまのなさり方を、しっかりとご覧になっていらしたのだわ〉

賢く利発だと言われ続けてきた自分の自負とは、こんなものだったのか。『驕慢』の二文字が音を立てて崩れていく思いであった。

建が身罷ってからというもの、心なしか気弱になっていた讃良に、大海人から心の慰めとなる品が届けられた。絹織りの袱紗に包まれたガラス玉の念珠である。銀鼠、薄桃、黄蘗《きはだ》そして瑠璃色など、様々に光沢を放つ小さな粒が玉の緒で繋がれている。

「大海人皇子さまがお手持ちの中で最も美しいガラス玉を選ばれて、大田さまと讃良さまの為に念珠を二つ作られたそうです。建さまの御供養の為に、お二人に贈りたいと仰せになられたそうですよ」

手児奈が大海人の采女からの言伝を添えた。讃良がガラス玉の念珠を窓辺にかざしてみると、夏の日差しの中で多彩な色と形のガラスの粒が、まるで虹のように妖しく煌めいていた。

〔四〕

最愛の建皇子の死から幾月かが過ぎても、天皇の気持ちは一向に晴れなかった。心ばかりか体も言うことを聞いてくれない。

〈六十も半ばを迎えて何の面白きことがあろうか。一刻も早く建の傍に行きたい〉

そんな天皇の様子に誰もが慰めの言葉を掛けるのさえ憚り、宮中には重苦しい空気が漂っていた。

鬱屈とするまま秋は深まり、天皇は有間皇子の表敬訪問を受けた。丁度一年前、甥の有間が心を病んだと聞かされていたが、療養の為に訪れた紀伊の牟婁《むろ》の湯から戻ってきた甥は、すっかり英気を養った様子でその地の景勝を称賛する言葉を口にした。

「牟婁の湯を目にしただけで、すっかり病が癒えました」

久方ぶりに会う甥は、以前にも増して目元涼やかな若者となっていた。

「牟婁の湯とはそんなにも良き所であるか？　この私の心身も癒されるであろうか」

藁にも縋りたい思いで天皇は問い質した。

「御上、是非とも行幸なさってくださいませ。きっとお心癒され、必ずやお元気になられます」

真っ直ぐな有間の瞳に見つめられると、それだけで老天皇は元気になったような気さえした。こうして高齢の天皇の体を考慮して、船旅での牟婁への行幸が決まったのである。


山越えて海渡るともおもしろき　今城の中は忘らゆましじ

旅をして楽しいこともあるだろうが、今城の殯宮にいるあの子を忘れることはない……天皇は牟婁への途上でも、最愛の孫皇子に思いを馳せていた。

中大兄の妃ら大勢が旅に同行する中に、臨月のお腹を抱えた姪娘の姿もあった。

〈逝く者があれば生を受ける者があるのが世の定めならば、建皇子と入れ代わるように生まれ来ようとしているお腹の我が子。早世の建皇子と父を同じくするこの子が、男であってくれたなら〉

姪娘はそう願う気持ちを心の奥底に押し隠し、予断を許さない身重の体を押して行幸に加わったのである。

中大兄には多くの妻がいたが、十歳の大友皇子も前年に誕生した川島皇子も、母の身分が低く後継者としての立場は脆弱である。姪娘の腹の子がもし男であれば、皇太子の嗣子ということになる。臨月の身で出産の危険を冒しながらも、皇太子の身近で子を産むことが肝心だと考えた姪娘の切なる願いは叶わなかった。生まれたのは女児で、紀伊南部の出生地から御名部皇女と名付けられた。

またしても嗣子誕生の期待は泡沫と消えてしまった。失望と同時に中大兄の次の一手は実に素早く、都の留守官蘇我赤兄《あかえ》のもとへ早馬による伝令を走らせる。密書の文面には次のようにしたためられてあった。

『予てよりの指示通り早急に事を進めよ』

〔五〕

赤兄のもとに中大兄からの使者が到着した時、暦日は十一月に移っていた。密勅を受けた赤兄の心は鉛のように重く、課せられた謀略の尋常ならざる恐ろしさに、神経質な赤兄の貧乏揺すりが止まらない。

乙巳の変により滅亡した蘇我総本家。その傍流である赤兄の兄弟たちは、その後もしぶとく生き残ってきた。蘇我家頭領の石川麻呂は異母弟の日向の讒言により無残な死を遂げ、日向も九州筑紫の地に左遷の身となった。残った分家の連子《むらじこ》・赤兄・果安《はたやす》の弟たち三人はそれ以降、中大兄の顔色を伺いながら生き伸びてきたのだ。中でも蘇我赤兄は日和見の巧みさと口達者な才能で中大兄に取り入り、その信頼が殊のほか厚い。今回は何が何でも成し遂げねばならぬ密命である。天皇の行幸中、都の留守官を拝命した矜持を胸に、重い腰を上げて向かったのは有間皇子の邸宅がある生駒の市経《いちぶ》だった。


有間皇子は父である孝徳帝逝去の後、宮中で息を潜めるように生きてきた。時に狂人を装い時に病と称して、自身の存在を少しでも希薄にすることを術として今日まで過ごしてきたのだ。母とその実家の後ろ盾を亡くし、兄弟もいない有間を慮った父の今際の際の言葉が、繰り返し皇子の耳に聞こえてくる。

〈中大兄には気をつけよ。決して高い地位を望むではないぞ〉

若さから沸き出でる情熱を止めるのは容易いことでは無い。

〈何故こんなにも理不尽を飲み込みながら生きねばならない。もう辟易とする〉

生まれ落ちた境遇を呪うしかできない自分に、尚のこと腹が立った。

「有間皇子さま、ご健勝で何よりです。しばらくお会いいたさぬ間に益々ご立派になられて、宮中の者たちの噂は誠でしたな。有間皇子さまは人格、度量など全てを兼ね備えておられる、まさに為政者の器であると。いやいや、声が少しばかり大き過ぎましたかな。しかし紀伊の地までは聞こえませんでしょう。ハッハッハッ」

淀みのない赤兄の言葉が耳に心地よく響いてきた。

「いえ私など浅学非才の身です。病も癒えたばかりの、気力にも乏しい小者にございます」

父の死から四年、何度も繰り返してきた常套句で赤兄を躱しはしたが、幾多の修羅場を生き抜いてきた赤兄の方が役者が数段上だった。

「いいえ、皇子さまのご英知と生まれ持った風格の大きさに、数多の者が畏敬の念を抱いております」

赤兄の饒舌は止まらない。

「多くの者が有間皇子さまを待望しております。またとない御目文字の機会ですから、是非とも申し上げたき儀がございます」

赤兄は声を潜め、無遠慮に有間の側に身を寄せた。

「実に困ったことです。近頃の天皇と皇太子の政策には多くの者が苦しんでおります。天皇は大掛かりな都造りの為に、御所の倉に人々の財を集めておられます。その財により香具山の西から石上山までの長い水路を造営して、何と二百隻もの舟で夥しい数の石を運び、都の東側に堤を築かれました。この治水工事に幾万もの民が駆り出されたのでございます。人々は疲弊し多くの者が今の施策に反感を持っております。宮が幾度も火災により焼失したのは、こうした不満分子どもによる付け火だろうとの噂もあり、このままでは民の心が天皇より離れるのは必定。国の未来は果たしてどのようになりますやら」

赤兄は涙を流さんばかりに訴えた。

「何と、そのような惨状があったのか」

「私の周辺の者たちも『先帝さまの御代が懐かしい。あの頃に戻りたい』と申して、そのお血筋である有間皇子さまを待望する声が、此処彼処から聞こえてまいります」

有間の心は激しく揺さぶられた。顧みられなかった父帝、辛い仕打ちを耐え忍んだ父の姿が思い出された。

〈今も父を思ってくれる民がいる。父を慕ってくれる人がいる。そんな人々の苦しみを、このまま放っておいて良いものか。自分にできることは何なのか〉

他聞を憚ってきた抑制の心に、瞬く間に火が点いた。これまでの人生で頼る者が居なかった有間の心の襞に、赤兄は実に狡猾に滑り込み一気に信じたる存在となっていた。鷲掴みにされた孤独で純真な若者の心には『正義』の二文字が浮かび上がってくる。

〈世の為、民の為、今こそ兵を挙げる時かもしれない〉


二日の後、有間の姿は赤兄の家にあった。その謀議の只中、有間の使っていた脇息がふいに音を立てて折れたのだ。不吉な出来事に有間は突として我に返り、同時に父の声が頭をよぎった。

『中大兄には気をつけよ』

思わず身震いした有間は赤兄にこう告げた。

『この話は無かったこととして、お互いの胸に一生涯収めよう。其の儀、必ずや誓い合おう』

そう述べた有間は足早に市経の邸宅に戻っていった。

上々の首尾が今少しの所で頓挫してしまった赤兄の脳裏には、中大兄の夜叉のような形相が浮かんできた。

〈不首尾となればこの身はどうなるか〉

答えは明白だ、突き進む以外の道は用意されていない。

その夜、赤兄からの指令を受けた物部朴井鮪《えのいのしび》が大勢の人夫たちを駆り出して、有間皇子の邸宅を取り囲んだ。動転する有間に告げられたのは『謀反を企てた罪』。その時初めて、赤兄による謀略と気付いたのである。

〔六〕

捕らわれの身となった有間皇子は、天皇が滞在する牟婁の湯へ護送されることとなった。自分の甘さに唇を噛んだが時すでに遅く、もはや抜き差しならぬ立場に追い込まれてしまった。護送の道中、椎の葉に盛られた飯を差し出された有間の心は既に決まっていた。辞世の句を詠み、出された飯を神に供えながら祈るのであった。

家にあれば笥に盛る飯を草枕　旅にしあれば椎の葉に盛る

すると、それまで波立っていた心が打って変わって穏やかになった。

〈この期に及んで申し開きなどする必要があろうか。命永らえても意義深い未来など有りはしない。

父上、申し訳ありません。貴方の最後のお言葉の重みが、今更ながらこの胸を締め付けます。かくなる上は潔く最期を迎え、父上母上のもとに参りましょう〉

翌朝中大兄の尋問を受けた有間は、今まであれほど恐れていた中大兄の目を真っ直ぐに見つめて、こう陳上した。

「天と赤兄のみが知ること、私が申し述べることは何もございません」

同席していた天皇は老いた足をよろけさせながら有間皇子に駆け寄り、その肩を引き寄せて涙をこぼした。前途ある甥の将来をこの手で奪わねばならない遣る瀬無さが、老帝の胸に突き刺さってきた。

斉明四年（六五八年）十一月十一日、都へ送還される藤白坂《ふじしろざか》の上り口で、有間皇子は絞首により処刑された。冬の日没は早い。茜色の残照を背景に、端正な有馬の横顔が影となって浮かび上がる。処刑人は思わず手を止めた。

〈美しい……そして何と残虐な〉

自らの思いを絶ち切るように顔を背け、目を逸らせて手にした縄紐を引ききった。享年十九。若い命は不条理な筋書によって、無惨にも絶たれてしまったのだった。

飛鳥にいた大海人にその報がもたらされた時、大海人は思わず首に掛けていた念珠を握りしめ、若くして散った皇子に鎮魂の祈りを捧げた。即位した孝徳天皇に拝謁するため難波宮を訪ねた時、まだ幼年だった有間皇子が無邪気に駆け回っていた。天皇がその姿を愛おし気に見つめていた過ぎし日の状景。高齢になってから授かった、たった一人の息子である。可愛くない訳はない。往時の親子の姿が昨日のことのように目に浮かんだ刹那、一陣の冷たい風が首筋を吹き抜けた。思わず首を竦めた大海人は、今置かれている自身の立場に思いを巡らせた。

〈兄上には大友皇子と昨年生まれた川島皇子がいるが、容易く後継者にする訳にはいかない。嗣子に恵まれないことで兄上は焦っておられる。有間皇子はその標的とされたのかもしれない。無念なことだ。実に無念なことだ。だがこれこそが、私が最も忌み嫌う政治というものだろう〉

強く念珠を握りしめた大海人の指には、その翡翠玉が深く食い込んでいた。

第六章　漕ぎ出でな

〔一〕

新しい年が明けて天皇一行が紀伊行幸より戻ると、宮中では有間処刑の事実などまるでなかったかのように日々が過ぎていった。天皇は三月になると中大兄と大海人、二人の息子を連れて吉野に行幸し、その二日後には近江の平浦にも行幸の足を延ばす。悲しみに満ちた前の年を忘れんとするように北国の蝦夷《えみし》征討を命じ、同時に東国蝦夷への饗応を精力的に行った。そこには老い先を視野に最後の力を振り絞る、老天皇の痛々しいまでの姿があった。

〈自分の代で以って、朝廷を脅かす地方の勢力を削いでおきたい〉

天皇は強硬な振舞いが目立つ中大兄の治世に心を砕いていたのだ。

そしてこの年、将来の朝廷に大きな影響を与える一人の男子が誕生した。斉明五年（六五九年）鎌足の次男として生を受けたその子は、百済の渡来氏族である田辺史大隅に預けられ、その姓から『史《ふひと》』と名付けられた。史の出生には実に多くの疑惑と数々の噂が付き纏う。中大兄が妃の鏡王女を忠臣の鎌足に下賜し、彼の正妻となったこの女人が史の本当の母親ではないかという閑談である。

〈下賜された時、既に中大兄の子を宿しておられた〉

〈史は皇太子の御落胤ではないか〉

口さがない噂は尾ひれ羽ひれを付け、節度なく人々の口の端に上った。すでに皇太子の子を孕んでいた鏡王女を下げ渡される場での、手前勝手な中大兄の言葉が今でも耳の奥から離れない。

噂を耳にする度、鎌足は一年前のあの日を否が応にも思い出す。すでに皇太子の子を孕んでいた鏡
王女を下げ渡される場での、手前勝手な中大兄の言葉が今でも耳の奥から離れない。

〈生まれる子が男であれば其方の子とせよ。女ならば我の子とする〉

この密約を腹の底に納めて鎌足は嘘を付き通した。鎌足には与志古娘が生んだ長男真人がおり、十歳の時に出家させ今は唐に留学させている。史は真人の同母弟であると、鎌足は動じることなく論を張り通した。男児誕生の報告のため中大兄に拝謁した折り、

『ほう男か。それは良かった。大切に育てよ』

思わせぶりに声を掛けられニタリと笑った皇太子を前に、抱えてしまった秘密の大きさに今更ながら苦悶した。

〔二〕

「鵜野、水時計がもう直ぐ完成する。以前の約束どおり見に行くか？」

大海人が晴れやかな笑顔で訊ねてきた。

「はい勿論でございます。ようやくでき上がるのですね。皇子さまが尽力された水時計ですもの、一刻も早く見とう存じます」

讃良の返す声も弾んでいた。水時計を見られる喜びに、大海人が自分との約束を覚えていてくれた嬉しさが交錯して、

「では明朝、出発いたそう」

大海人の言葉に大きく頷いた。

斉明六年（六六〇年）の麗やかな春日和の早朝、飛鳥寺の北側にある水時計に向けて、大海人は自分の馬に讃良を同乗させて出発した。大きく揺れる馬の背で、大海人の逞しい体にもたれ掛かり、その温もりを感じながらの相乗りは夢のような時間であった。

水時計は天文で定められた暦を用いて民に時を知らせる為、中大兄の指示によって着工した大掛かりな工事である。完成まで実に五年に及ぶ歳月を要した。途中から天文や暦に詳しい大海人にも声が掛かり、実質的な責任者として携わってきたのだ。堀を巡らせた石積みの四角形の基壇の上に立派な楼があり、その二層部分に時を告げる巨大な梵鐘が吊るされてある。近くには饗応の間も造られていて、讃良はその壮大さに目を見張った。

「ここから北へ水路を掘り、その先にある迎賓の館に繋げて噴水を造る計画も進んでいる。天皇と皇太子の都造りの野望は途方もない」

「まあ、楽しみなこと……」

だが大海人の顔は必ずしも晴れやかではなかった。

「多くの民が工事に駆り出され疲弊している。それを思うと喜んでばかりはいられない」

独り言のように呟いた大海人の視線は、遠方で土に塗れながら重い石を運ぶ人夫たちの姿に注がれ

ていた。

「お姉さまも是非お連れしたかったわ」

讃良は館に戻ると、すぐに姉の部屋を訪れて水時計の話を始めた。昨夜、共に出掛けようと姉を誘ったのだが、大田は気分が優れないと辞退していたのだ。目にした物全てを話さずにはいられない妹の興奮冷めやらぬ話を、姉は優しく頷きながら聞いてくれた。讃良の独擅場《どくせんじょう》が一息つくと、大田がおもむろに口を開いた。

「讃良、貴女に話しておきたいことがあるの」

「えっ？　お体の具合が悪いの」

心配して覗き込んだ大田の頬が、ほんのりと紅潮している。

「私、皇子さまのお子を授かったの。ここ最近、気分が優れなくて薬師に診てもらったら『間違いなくお子を宿しておられる』って言われたわ。皇子さまにはまだ申し上げていないけれど、讃良には先に言っておきたかったの」

「……」

讃良は返す言葉を失っていた。

「ねえ讃良、喜んでくれるでしょう」

「……」

「私たち二人きりの姉妹ですもの。讃良が喜んでくれるのが、一番嬉しいわ」

愛おし気にお腹に手をやる姉の姿に、奇妙な胸のざわつきを覚えた。

大海人には十市皇女という娘がいる。その後地方豪族の娘が男児を産み、養育係の高市県主《たけちのあがたぬし》一族の名から高市《たけち》皇子と名付けられたと、あの情報通の手児奈から聞かされていた。それを只々事実としてのみ捉え、ありのままを受け入れてきたはずだが、何故か今回だけは違っていた。

〈妬み、嫉み、やっかみ？　いいえ、そんなはずは無い。だってお姉さまは私が一番尊敬する方。これまでどんなに姉と比べられても、こんな気持ちになったことなど一度もなかった。何で心から祝福して差し上げられないのだろう〉

自己嫌悪に苛まれてその場に居たたまれず、

「お体を大切になさってね」

辛うじてそう告げると自室に戻り、一人暮れゆく空を見つめていた。

「鵜野、水時計は気に入ったかな？」

数日後、部屋を訪れた大海人が闊達に笑いながら訊ねてきた。いつもの讃良なら間髪入れずに答えが返ってくるのだが、今日はどうも様子がおかしい。俯いたまま押し黙っているその後ろ姿に近づこうとした瞬間、讃良が大海人の胸に飛び込んできた。迸る嗚咽が体を伝わってくる。覗き込んだその瞳は、大粒の涙を溜めることができずにいた。これまで多くの会話を重ねてきた二人だが、今は一語の言葉も必要とはしなかった。それは言葉以上の感情を讃良の全身が体現していたから……。そして二人はその夜、誠の夫婦となった。讃良十六歳。好奇心と探求心に満ちた少女が妻となった春の夜が、ゆっくりと更けていった。

〔三〕

五月、水時計の完成披露が多くの客人を招いて執り行われた。大和朝廷に忠義を誓った蝦夷や渡来した百済人などで賑わう宴の中心に、今まさに得意の絶頂にいる中大兄の姿があった。母を国の筆頭に据え、自身は皇太子という自由な立場で思うが儘に国を動かすことができる。上機嫌な皇太子の傍らに一人の重臣が近づき耳元で囁いた。

「越道君さまがたった今、皇子さまをご出産なされました。本日の盛況な宴と言い、重ねておめでとう存じます」

「はて覚えておらぬな。いや、あの折りの采女であろう。我の皇子は揃いも揃って采女の腹からしか生まれてこぬとは、困ったものだ」

そう言い残して百済の要人と世間話を始めた。重臣は誕生したばかりの皇子が不憫でならなかった。

その存在を否定されるように生まれた皇子は、志貴《しき》皇子と名付けられた。その後も宮廷における自身の存在を消し続けて生涯を生きることになる。ところが運命は世紀の壁を越えて、死後の彼に絶大なる存在価値を与えることになるのだが……。百十年後に用意されたこの歴史的事象を、この時誰が予測し得たであろうか。

〔四〕

勢威を誇る中大兄の目を覚ます火の手が、海の向こうで上がった。朝廷と長きに渡って交流があり、大陸文化の経由地であった百済が唐に滅ぼされたのだ。

長らく半島は高句麗・新羅・百済が並立する三国時代であった。高句麗と新羅が手を組んだ為、百済の義慈王《ぎじおう》は第五王子の豊璋《ほうしょう》を人質として大和朝廷に送り込んできており、百済と朝廷は長年にわたる同盟関係にあった。まだ若かった豊璋も、今では三十代となって朝廷内で知識人として珍重されている。

この時代になると唐と友好関係のあった新羅と、唐の圧力を受け続けた高句麗は袂を分かち、高句麗は百済と結ぶようになる。高句麗を攻めあぐねた唐は、戦術を変えて新羅と共にその矛先を百済に向けた。

生き馬の目を抜く覇権争いが繰り返された結果、斉明六年（六六〇年）七月、百済の義慈王はついに降伏する。しかし滅亡後も、百済の遺臣たちは反乱を続けた。その中心人物鬼室福信《きしつふくしん》は、大和朝廷の人質豊璋を旗頭として担ぐ為、王子の帰国と大和朝廷の軍事的支援を求めてきたのである。中大兄は半島への勢力拡大の野望から、この申し出を受ける決意を固める。朝廷内には反対の声が根強かったが、皇太子の後押しをしたのが天皇その人であった。齢六十六の斉明天皇は自ら陣頭に立って勝戦とすることに、天皇としての最後の偉勲を賭けたのである。

〈大国唐を相手にすることは必ずしも無謀なことではない。それが証拠に、我には阿倍比羅夫《あべのひらふ》が居る。北方の脅威であった蝦夷を討ち破ってきた、あの将軍比羅夫がいる〉

天皇は今まで幾戦も、その兵力で朝廷を支えてきた猛者に絶対的信頼を置いていた。

〈この戦に勝利すれば、半島での大和朝廷の勢力は絶対的なものとなる〉

老女帝は筑紫の海から出陣して三韓征伐を行ったという、伝説の神功皇后に自身をなぞらえていた。

「鵜野、いよいよ筑紫へ出立することとなった。身重の大田を頼んだぞ」

大海人からそう告げられた時、既に讃良の覚悟は決まっていた。

〈夫と共に筑紫に行く。今離れれば次またいつ逢えるか確証はない。それどころか万が一のことがあれば一生後悔する〉

讃良は即答した。

「皇子さま、どうか共に参らせてください。きっと姉も共に参るでしょう。そうなれば、私は姉の傍に付き添います」

止めても聞くような女人ではない。大海人は観念の笑みを見せてこう言った。

「鵜野は恐らくそう申すと思っていた。これより大田のもとに参って、其方の思いを伝えてこよう」

大田は臨月を迎えていた。船旅での出産は危険を伴う。しかも初産である。だが大田の様子に悲壮感は全くなかった。

「足手纏いでしょうが是非お連れください。皇子さまと讃良と、共に参りとう存じます」

事の重大さを本当に理解しているのかと疑うほど、大田は穏やかな表情でそう語った。それはやがて母となる女の、強さの現れでもあったのだろう。

こうして百済救援の為、多くの要人らが国内最前線の地、筑紫へ向かうこととなった。天皇、皇太子、大海人、大友、鎌足など朝廷中枢の人物にその夫人たち、間人皇女や額田王など、まるで飛鳥から筑紫へ遷都が行われるような大移動となった。この時二人目の子を宿していた姪娘は、体調が優れず飛鳥宮に残ると決めていた。そして麻布や赤子用の湯帳などを大田皇女に贈って、臨月での船旅を気遣った。

「私は飛鳥で元気な子を産みます。大田皇女さまのご安産を、心からお祈りいたしておりますわ」

一行は年も押し迫った十二月、まずは難波宮へ赴き軍備を整えてから、新年六日難波津を出港した。明日にも生まれるかもしれない大きなお腹を抱えた大田の傍らを、讃良は片時も離れずにいた。姉の懐妊を知った時、生まれて初めて感じた姉への嫉妬の心。そのやり場のなかった感情も、今は嘘のように消え失せていた。

〈無事に出産してほしい。お母さま、どうかお守りください〉

西へ海路を進めてから二日、船が邑久《おく》の海を航海中に大田は無事皇女を出産、その地から大伯《おおく》皇女と名付けられた。目出度いはずの皇女誕生を祝う声の中から、人々の本音が漏れ聞こえてくる。

「皇子さまであったら、一段と士気が上がっただろうに」

「いやいや女子で良かった。皇太子を差し置いて、先に弟君が嗣子を授かったら問題だぞ」

退屈な船上では尚のこと、人々の口に戸は立てられぬようだ。

船は各地で兵を集め、武器を調達しながら瀬戸内の海をゆっくりと進んだ。十四日伊予の熟田津に着き石湯行宮へ行幸した後、豊富な湯量の沸くこの土地で長期間の滞在を余儀なくされる。冬の厳しい寒さの中、長い船旅で老齢の天皇は疲労が重なり倒れてしまったのだ。人々にその事実は伏された

為、

〈何をグズグズしている〉

〈温泉へ物見遊山に来たのか〉

多くの兵たちの士気は下がり、不満が募って生活が荒んでいった。

薬師の懸命の手当てもあって、三月の中頃になると漸く天皇は起き上がれる程に回復した。もともと病気一つ知らずに長い年月を気丈に生き抜いてきた老天皇である。女帝は最後の気力を振り絞って立ち上がった。そして二か月余り停泊してきた熟田津を船出する。出航合図の月の出を待ちながら、船の舳先に立った額田王が天皇に代わって歌を詠んだ。


熟田津に船乗りせむと月待てば　潮もかなひぬ今は漕ぎ出でな

額田の神懸った優麗な姿と朗々と響くその唄声が人々を高揚させ、鳥肌が立つほどの感動が沸き起こった。皇太子は進む海路の彼方に視線を向けて聞き入り、天皇は震える手で杖を握り締めて涙を流さんばかりであった。まだ肌寒い初春の夕闇の中、讃良は瞬《まじろ》ぎひとつせずに額田王の姿を見つめていた。しなやかで強《したた》かな額田王という女人の才腕を今まざまざと見せつけられ、幻影の如き光景に酔いしれていた。

〔五〕

三月二十五日、娜大津《なのおおつ》に船を着岸させた一行は近くの磐瀬《いわせ》行宮に入ったが、天皇の体を気遣った皇太子は、すぐさま朝倉の地に新たな行宮の造営を始める。内陸に位置する緑深いこの土地で多くの木材を伐採して館が築かれ、庭には舟遊びの為の池もひと月余りを要してでき上がった。ところが完成した行宮に天皇が居を移した直後から、様々な怪奇現象が続く。遷居の夜半、豪雨と共に雷が宮に落ちた。それを皮切りに鬼火を見たという者が大勢現れて、近従たちが相次いで病死した。人々が、

『朝倉の社の木を切った祟りだ』

と声を潜めて囁き合っていた矢先、天皇の容態が悪化して、あっと言う間に身罷ってしまったのだ。実に呆気ない最期であった。六十七年の波乱の生涯、旺盛な実行力、圧倒的な存在感。その全てを一瞬で以って脱ぎ捨てて、飛鳥から遥か遠い遠征の地で没した。

『七月二十四日斉明天皇崩御』

知らせを受けると、磐瀬行宮で遠征の準備を進めていた皇太子と鎌足が、兵を率いて朝倉宮に駆け付けてきた。その時、間人皇女が皇太子の胸に縋りついて、人目憚らず泣き出した。思えば孝徳天皇に嫁ぎ皇后となった後も、常に母と共にあった 間人皇女。今日までの長い歳月、同じ屋根の下で暮らしてきた母と娘。衆人には想像もできないほど、長く深い母娘の縁であった。常に無表情で人を寄せ付けない気位の高い間人皇女。その能面のように冷々たる面立ちの妖女が、全身を震わせて嗚咽する姿には鬼気迫るものがあった。

讃良の目の前には、死してなお風格と貫禄に満ちた天皇が横たわっていた。

〈華やかで艶やかな方だった。初めてお目に掛かった時すでに六十歳を越えておられたのに、まるで満開の牡丹の花のようだと思った。そして母を失った私たち姉弟を本当に可愛がってくださった。取り分け弟の建のことは、目に入れても痛くないほどに愛してくださった〉

讃良の脳裏に祖母との沢山の思い出が蘇ってきた。そしてこの悲しみの場にいる多くの者が、生前の天皇の姿に思いを馳せていた。

若い頃からその美しさに、多くの男たちが恋焦がれたと言う。そして天皇自身も恋多き人であった。皇極帝であった時代には、二十歳近く年下の蘇我入鹿との親密な間柄が取り沙汰されたこともある。その入鹿が面前で息子の中大兄に切り付けられた時も、眉尻一つ動かさなかった女帝。助けを求める血だらけの入鹿の手が自分の裳裾を掴もうとした瞬間、何の躊躇もなく背を向けてその場から退出していったという女帝。天皇の位を弟に譲った後も重祚という前代未聞の決断を果敢に行い、批判を浴びながら一歩も引かなかった大々的な都造り。そして今回の筑紫遠征。その人生で多くの殺戮を目の当たりにし、幾人もの若い命が自分を追い越して散っていく姿を見送ってきた。

中大兄は直ぐさま殯宮を造らせたが、遠い遠征の地であることから仮の設えを余儀なくされ、木皮の付いたままの丸太を組んだ簡素な造りとなった。そこに天皇の遺体を安置させた皇太子は、殯宮に籠って喪に服したのである。

八月一日夕刻、天皇の亡骸を磐瀬行宮へ移す時が来た。遺体はその後、船で難波津へ運ばれ飛鳥の川原を正式な殯の地とする。間人皇女が亡骸に付き添って出立し、皇太子の代理として殯の一切を執り行うこととなった。そして鎌足がそれを補佐する為に同行した。

葬列を見送った人々の中に、
〈朝倉山の頂に大きな笠を纏った鬼の姿を見た〉
〈山頂に現れた鬼が葬列を見下ろしていた〉
と話す者が大勢現れた。天皇の死とそれにまつわる怪奇現象が朝廷の今後を暗示しているようで、皇太子のみならず大海人の心も漠たる不安に苛まれていた。母親という支点を失った兄弟の均衡が、大きく揺らぎ始める予兆なのだろうか。そして夫のその心の乱れを、勘の鋭い讃良が見逃すことはなかった。

〔六〕

悲しみと緊張とで張り詰めていた人々の心持ちも僅かに落ち着きを取り戻してきた頃、讃良は姉の部屋で大伯皇女を抱いていた。難波津を出立して二日後に船中で生まれた皇女は今、可愛い盛りである。旅と転居の繰り返しの中、母である大田は懸命に赤子を守り育んできた。

〈お姉さまは本当にご立派でいらっしゃる〉

そんな姉の手助けになればと、時間の許す限り可愛いい姪のもとを訪ねていたのだ。今日も赤子を抱こうと顔を近づけた瞬間、

〈うっ！〉

胃の腑がむかついて強い吐き気が襲ってきた。赤子の放つ乳臭さが今日はたまらなく不快だ。

〈祖母の葬儀の疲れが今頃になって出てきたのだろう〉

と決め込んでいると、姉が耳元で囁いた。

「讃良、もしかしておめでたかもしれないわ」

「えっ？」

想像もしていなかった言葉を耳にして、讃良は狼狽えた。自分にとって未知な体験をしている姉がいち早く薬師を呼んでくれ、その診立てに、

「讃良おめでとう、良かったわね。でも今少し、大海人さまには伏せておきましょう。しばらく様子を見てからね」

讃良は言われるが儘に頷いていた。

〈自分は強い。何でもできる〉

これまでの根拠のない自信は、すっかり影を潜めてしまった。こうなった以上、頼りは姉の存在だけである。

この年は残暑が厳しいうえ慣れない土地での初めての妊娠で、讃良の情緒は不安定の連続だった。その原因は激しい悪阻《つわり》である。ほとんど起き上がれずに終日を過ごし、近くに呼ぶのは手児奈だけだ。大海人が折角見舞ってくれても、煩わしささえ感じてしまう。そんな自分に尚のこと嫌気がさした。

〈お姉さまはあんなに華奢でいらっしゃるのに、こんなことはなかったわ。妹の私は大柄で病気にも無縁なのに、何故こんなに具合が悪いのだろう。女の体とは、何と魔訶不思議なもの〉

今日も僅かばかりの水粥を口にして長い一日を耐え、手児奈が手に入れてくれたスモモの赤い実に本能的に歯を立てた。するとその甘酸い果汁に思わず喉が鳴り、空っぽの胃の腑が音を立てて動き始

めた。

筑紫に秋風が立ち朝夕が凌ぎやすくなる頃には、お腹の膨らみもだいぶ目立ち始めてきた。すると今までが嘘のように悪阻が収まって、俄然食欲が湧いてきたのだ。目覚めた瞬間から食べ物のことが頭を離れない。

〈あれを食べたい、これも食べたい〉

と我儘を言って手児奈を呆れさせた。

「讃良、食べ過ぎては駄目よ。転ぶといけないから、ゆっくり歩くのよ。これから寒くなるので体を冷やさないようにね」

姉の思いやりの言葉に、有難さを噛みしめる日々の連続だった。


その年の初冬、讃良は男子を出産した。まる一昼夜かけての難産だったが、なんとか無事に初産の不安を乗り切った。

「讃良、皇子さまですよ。大海人さまもたいそう喜んでおられるわ。良く頑張ったわね」

姉が枕元に赤子を連れてきてくれたが、ひどく赤い顔をした皺だらけの我が子を目にした途端、驚愕のあまり声を失い失神するように眠りに落ちてしまった。赤子は養育係の日下部吉士の名から草壁《くさかべ》皇子と命名される。大海人にとって、嗣子としての資格を持つ初めての皇子の誕生となった。

〔七〕

遡ること、この年（六六二年）の五月、中大兄皇子は豊璋王子を百済の鬼室福信のもとに護送するため、百七十艘の軍船を朝鮮半島に送り出した。そして百済に帰国した豊璋は百済王となり、遺臣たちと共に唐・新羅軍と戦ったが、次第に豊璋王と鬼室福信の意見が衝突して百済軍の統制は乱れていった。

中大兄は翌年三月、阿倍比羅夫を将軍とする二万七千の大援軍を送ったが、その到着を待つことなく豊璋が謀反を起こした鬼室福信を殺害するという事件が起きてしまった。もはや百済軍は内部から瓦解を起こしていたのである。

八月になると百済の本拠地周留城《するじょう》が連合軍によって包囲され、白村江《はくそんこう》の海上も数多くの唐の屈強な軍船で埋め尽くされた。潮流に逆らって進軍する大和朝廷の第三派軍船団は、八月二十七日になって漸く白村江に到着し、待ち構えていた唐の水軍と激突した。だが敵軍の圧倒的な戦力と周到な準備の前に、僅か一日で大敗を喫することとなる。半数以上の軍船を失った朝廷軍が、残兵や亡命を望む百済の貴族たちを乗せ、這々の体で博多湾に戻ってきた頃には九月も末になっていた。その間に豊璋王は高句麗へ逃げ出し、ここに百済は完全に陥落したのである。

称制の中大兄を戴く大和朝廷が対外的危機に陥るなか、大田は二人目の子を出産しようとしていた。初子は出航二日目の船の中で、そして今回は朝廷の行く末が危惧される動乱の中で、大田は静かにその日を迎えた。

まだ敗戦の知らせが届かない真夏日、磐瀬行宮に大きな産声が響き渡った。そして采女たちの興奮した声があちこちで沸き起こる。

「皇子さまご誕生」

「元気な男のお子です」

暗く張り詰めた空気を切り裂くように、讃良の部屋にもその大きな産声が聞こえてきた。

〈お姉さま、良うございました〉

安堵する讃良だが、その手に抱いていた我が子の顔を思わず覗き込んだ。生後一年に満たない草壁はよく高熱を出して讃良を冷や冷やさせる。片や大きな産声を上げて自分の存在を誇示している赤子。讃良は両の腕に力を込めて我が子を包み込んだ。あたかも親鳥が雛鳥を外敵から守り抜くように……。

この日産まれ出た皇子は、出生地である娜大津から大津と名付けられた。その力強い産声の如く、大津《おおつ》皇子の生涯は勇猛果敢で豪胆なものとなっていく。

第七章　兄と弟

〔一〕

朝廷軍大敗の知らせを受けた中大兄は、すぐさま次の行動に移った。独断で敢行した戦の惨敗には、多くの豪族が不満分子と化していると聞く。そこで飛鳥入りを断念して息子の大友皇子と僅かな側近だけを伴い、海路を難波に向けて出立した。ゆるゆると進んだ往路とは打って変わり、船は瀬戸内の海を一度も停泊すること無く白波を蹴立てて航走した。鎌足の待つ難波宮への復路は、危急存亡の秋となっていた。

難波宮に着いた中大兄を、鎌足が唯一人出迎えた。唐軍がすぐさま攻め入ってくることを視野に入れた国防が時下の課題である。前もって所払いされた宮廷の一室で、先に重い口を開いたのは鎌足であった。

「この度は不肖私奴の軍略により、勝利が至上命令の戦が不首尾となり誠に申し訳ございません」

鎌足ら重臣の言葉に耳を貸さず、参戦を推し進めた張本人は中大兄である。年嵩の参謀は腸が煮えくり返るのを微塵も見せず、平身低頭して詫びた。そうしなければ収まりがつかないことを、中大兄を熟知する鎌足は知り過ぎる程知っている。恐らくは中大兄自身も、鎌足の茶番と承知の上での定石の振舞いなのだろう。常套句が口を衝いた。

「其方一人のせいではない。まずは今後の対応が先決だ。其方の意見を聞こうか」

乙巳の変の後も、数々の難局を狡知奸智の限りを駆使してきた有無相通ずる両人である。次々と策が練られた。

筑紫の大宰府に防衛の出張機関である水城《みずき》を築き、対馬・壱岐・筑紫に防人《さきもり》を配置して狼煙台を置くことが即刻決定した。更に鎌足は続ける。

「都を近江に移しては如何でしょうか。飛鳥の地は難波津からの侵入で容易に攻略される可能性が高く、一方内陸に位置する近江には雄大な淡海《あわうみ》（琵琶湖）があります。陸路で東西や北に向かうことも容易ですし、多くの百済人を住まわせる広い土地もございますれば、何かと厄介な難民らも御《ぎょ》し易いかと」

「うむ」

中大兄の反応は頗る良い。

「さらに外患が内憂を誘発いたさぬようにせねばなりません。有力豪族たちの不満が爆発する前に、官僚側に取り込むことが不可欠。その為には多くの者たちに冠位を与える必要があります。現在の十九の冠位を増やし、中級の者たちにも与えては如何かと……。さすれば不満も収まりましょう」

「冠位か？」

「はい、豪族の中には大海人皇子を待望する声が高まっていると思われます。弟君を担ごうとする者が現れる前に手を打たねばなりません」

鎌足は中大兄の方にぐっと身を寄せ乾いた声で囁いた。

「大海人皇子は『生かさず殺さず』が肝要かと存じます」

　中大兄の大きな目が怪しく光った。

「古人大兄さまや有間皇子のような結末を、最早人々は許しますまい。何しろ大海人皇子は皇太子さまの実の弟、しかも御両親ともに天皇という尊いお血筋なれば、人心が大海人皇子に靡くことは何としても避けねばなりません」

「うむ、我には未だ嗣子がおらぬ。飛鳥に残した姪娘が生んだのも女であった。大海人は私の娘たちに二人の皇子を産ませたと言うに、我が世継ぎに恵まれぬとは、何という巡り合わせだ」

「そこでございます。嗣子を持つ大海人皇子への期待が高まる前に、こちら側に取り込んでは如何かと存じます」

「策はあるか？」

「さる筋より面白い話を聞きましてございます」

　鎌足は昔語りをするように滔々と話し始めた。

　これは高市郡に住む夫婦の話である。この夫婦は子供ができないことを悩み、長年に渡って観世音菩薩に祈願を続けてきた。ある夜赤子の泣声が聞こえたので外に出てみると、柴垣の上に白い垂れ布に包まれ香薫を放つ男の赤ん坊が置かれているではないか。夫婦は観世音菩薩の思し召しと感謝してその子を大切に育てたところ、明晰な頭脳と優れた人徳の少年に成長したという話である。

「して、その子は幾つになる」

「十に届くばかりかと存じます。その子を皇子さまのお手元で養育なされば、近い将来有能な人材となりましょう」

「成程」

鎌足は中大兄の反応を探りながら持論を畳み掛けた。

「ここからが本題にございます。これを機に草壁皇子をお引き取りになって、その子と共に養育されては如何でしょうか。大海人皇子のお子を皇太子さまのお手元に置かれるということはつまり……」

鎌足の次の言葉を待たず、正面を見据えたまま中大兄はこう言い放った。

「人質か」

「御意。ご教育の為の有意義な申し出となれば、これ以上の口実はございません。それに兄君のご厚意を大海人皇子とて、ご辞退はできますまい」

「だが厄介な者が一人おる」

「はぁ？」

「鵜野だ。あの娘は一筋縄ではいかない、手強いぞ。姉の方の皇子はどうだ。大田ならば納得させるのも容易い」

「お言葉ではございますが、大田皇女はつい先日ご出産されたばかり、乳呑児では何かと厄介が多かろうと存じます」

「うーむ、解った。大海人が筑紫より戻り次第、直ちに進めよ。それ迄にその観世音菩薩の申し子とやらを引き取る手立てをいたせ。住まわせる居館も用意せねばなるまい。一層のこと、足を運ぶのも難儀な奥山が良かろう」

「はっ、早速に取り掛からせましょう」

空が白んできた。中大兄は一段落ついた安堵からか長旅の疲れからなのか、脇息にもたれて目を閉じたまま微動だにしなくなった。鎌足は虚無な表情のまま深く一礼すると、退出口へと向かっていった。

〔二〕

中大兄が去った筑紫の地は、各地から集めた兵や百済からの難民でごった返している。身元整理や帰還地の調整が必須で、その任務は総指揮官の大海人に委ねられていた。貧乏くじを引く役回りを、大海人自身は出産直後の大田の体を考えて快く引き受け、飛鳥帰還までの日々を煩雑で気の休まらない務めに明け暮れていた。讃良も二歳の皇女と嬰児を抱える姉の面倒を見ながら、決して丈夫ではない我が子との生活を、仮寓の地で耐えねばならない。先行きの不安と中大兄への不満がくすぶる筑紫での暮らしは、優にひと月にも及んだ。

大海人の一行が筑紫を離れ難波津に着いた頃には、吹く風が身に染みる初冬となっていた。産後の船旅は大田皇女にとって厳しいものであった。長女の出産は、何より祖母である斉明帝の不退転の覚悟を糧に気持ちも高揚しており、行程も緩やかであった。だが今回は祖母を失い、その上敗戦という絶望の淵での帰路である。二人の幼子を抱えて体調の優れない船旅にも、辛抱強いその気質から誰にも告げずに精一杯明るく振る舞っていた。ところが到着した難波宮で倒れると、床から離れることができなくなってしまったのだ。

「お姉さま、ごめんなさい。気遣って差し上げられなくて」

讃良は自分を責めたが、姉は床の中で優しく微笑んでいる。

〈心配しないで、大丈夫よ。足手纏いな私の方がいけないの〉

姉の瞳がそう語りかけてきた。讃良はできる限り姉に寄り添った。これまでの年月を、支え合って生きてきた二人きりの姉妹である。でも今は傍に、姉の産んだ子供たちがいる。そして寝息を立てて眠る我が子がいる。

「この子らがいれば、これからはきっと良いことがあるに違いない」

自分にそう言い聞かせる讃良に、思いも掛けぬ事実が告げられた。

「鵜野、草壁を兄君にお預けすることにした」

大海人からの衝撃の言葉に、讃良はその場に崩れ落ちた。返す言葉が見当たらない。

〈何で。どうして〉

混乱の中、大海人の言葉は何時になく強い口調であった。

「鵜野、今は耐えること、その選択しかない。これが最善の選択だったと、後々には言わせて見せる。我を信じよ。草壁の為にも今は耐えてくれ」

讃良は射るように大海人を見上げてこう言った。

「人質ですか？　草壁は人質として父のもとに行くのですか」

この質問に大海人が答えることは無かった。讃良の肩を持って立ち上がらせ、

「我を信じよ」

再びこの言葉を残して去っていく夫の大きな背中も、この時だけは苦渋の塊に映った。

草壁皇子の住まいが飛鳥東部にある岡山の中腹に完成した。容易に足を運ぶことが困難な岡宮と称

された館に、中大兄は草壁養育の為に有らん限りの人材を集めた。百済から渡来の学者、僧、薬師の他に唐で学んだ留学生もいる。弟皇子の嗣子を預かると尤もらしい口実を掲げた以上、意地と誇りに掛けて最上級の体制を見せつけたのだ。しかし中大兄自身は難波宮を離れることはせず、人里離れた岡宮周辺には多くの護衛の者を配した。それは大海人や彼を担ごうとする豪族たちが、岡宮に近づくのを警戒したからに他ならない。

この冬の寒さは厳しく、山中での暮らしが案じられた。唯でさえひ弱な息子に、讃良は暖をとる為の肌着や鹿の毛皮の上着などを用意した。そして熟練の乳母と選りすぐった采女たちの同行を差配して、母としてでき得る限りの支度を整えた。皇子はまだ二歳にも満たない。自分の暮らしが変わるなど、露ほども理解できていない。だから猶のこと、無邪気な様子の我が子が不憫でならなかった。

天智称制三年（六六四年）が明け、草壁皇子を迎える使者がやって来た。中大兄が差し向けたお供衆が居並ぶ中心に、一人の利発そうな少年の姿があった。少年は小さな草壁皇子の前に進み出て恭しく頭を垂れた。

「草壁皇子さま、共に勉学しお傍でお仕えできますこと、光栄に存じます」

十歳の少年の優しい微笑みが、幼い皇子を包み込んだ。普段は臆病で人見知りの草壁が、瞳を輝かせて自ら少年の手を繋ぎに行ったのだ。その姿を目の当たりにした讃良は大きく背中を押され、少年の清々しい面差しは波立つ彼女の心を一瞬にして鎮めてくれたのだった。その時『我を信じよ』大海人の声が言霊《ことだま》となって耳の奥に響いてきた。

〔三〕

草壁皇子を人質に取ると、中大兄は大海人が飛鳥に入ることを許し、百済難民の住居の確保や新宮造設のための役割を飛鳥の地で担うことを弟皇子に課した。体調が回復したばかりの姉と幼い子たちと共に、讃良は夫に従って三年ぶりに飛鳥の地を踏んだ。飛鳥の地は何も変わっていなかったが、讃良を取り巻く環境は怒涛の如く様変わりしてしまった。

草壁を奪われた讃良にとって、姉に甘える子供たちの姿を目にするのは胸が張り裂けそうに辛い。そんな時決まって目に浮かぶのは、草壁の手を引いた少年の、あの真っ直ぐな眼差しである。少年の生誕や成長のいきさつは大海人から聞いていたし、何よりも手児奈から耳にタコができるほど聞かされていた。だが実際に目にした少年は、その想像を遥かに超えた典雅な情調を身に纏っていた。

〈人見知りの草壁が、あんなにも自然に受け入れたあの少年。彼と共に成長し勉学することは、草壁にとって喜ばしい巡り合わせなのかもしれない。私自身もこの境涯を受け入れて、草壁と共に成長せねばなるまい〉

何事にも興味津々で大人たちを質問攻めにした少女の頃、嫁してからは夫の話を貪り聞いた過ぎし日々、まだまだ知らぬこと、知りたいことが山程もあるではないか。讃良が唐の歴史や学問を学びたいと大海人に申し出ると、早々に百済人の学識者四比億仁《しひのおくに》を勉学の師として迎え入れてくれた。この後の億仁の教導によって、讃良の類まれな才能は更に磨かれていくことになる。それは唯の女でも唯の妻でもない、大海人の片腕となる女人誕生の端緒となる得難い場となった。飛鳥宮と岡宮と、物理的な隔たりを越えた其々の場所で、母と子の濃密な時間が刻まれていった。

二月、中大兄と鎌足が考案してきた冠位二十六階が『甲子《かっし》の宣《せん》』として大海人皇子の名のもとに発令された。白村江の大敗や近江遷都で不満燻る豪族たちを宥める為に『大海人皇子による命』という名目を鎌足は利用したのだ。今まで無冠であった者や不遇をかこつ者たちにも、何某かの冠位が与えられることとなったが、そんな小手先の政策では今や情勢は抑え切れなかった。突発で私勝手な近江遷都に、民衆の我慢はとっくに限界に達している。飛鳥宮の貴重な建造物は移転のため取り外され近江に運ばれていった。大海人が精根を傾けたあの水時計も解体され、中核部のみが近江に運ばれてしまった。斉明帝の命で過酷な土木工事に携わってきた人々の怨嗟の声が、瓦解する飛鳥の地に響き渡っている。その年もまたその翌年も、新宮造営と溢れかえる百済難民たちの移住作業に、人々は駆り出され酷使されることになった。

内憂外患、先の見えない不安に国中が混沌とする天智称制四年（六六五年）一人の高貴な女人が静かにこの世を去った。父母を天皇に持ち自身も皇后でもあった間人皇女は、硬質で妖しいばかりの佳人であった。その神秘性から、実兄である中大兄との関係が長きに渡って取沙汰され、その存在を更に謎めかしていた。斉明帝とは一卵性母子のように暮らしてきた皇女にとって、母の死は身を削られる出来事だったに違いない。以降は公の場に出ることを憚り、母の殯宮に行くことだけを拠り所としてこの四年を生きてきたのだ。心を閉ざし続けた痩躯は更に痩せ細り、妖気さえ漂わせた。母が太陽ならば娘は正に青白い光を放つ月の如く存在して、太陽が沈んだ今、月もその輝きを自ら放棄したような皇女の死であった。中大兄は三百人を超える人々を得度させ、最愛の妹の供養としたのである。

百済からの難民を近江の蒲生や東国に移住させたが、未だ多くの難民たちで溢れ返り、敗戦の後始末は困難を極めた。大宰府に造設した水城や防人の配置で多くの民が厳しい任務に就き、近江宮の建設にも膨大な労働力が駆り出された。人々の不満は極限に達していたが、中大兄は我関せずに計画を遂行していく。唐や新羅が攻めてくる気配は全く無い。両国は海を渡る危険を回避して、挟み撃ちが容易な高句麗攻めへと舵を切ったのである。

〈これで内憂外患の一方が消えてくれた。後は大海人さえ抑え込んでおけば、豪族らとて容易には動けまい〉

そう踏んだ中大兄は周囲の雑音を尻目に、一路近江遷都に邁進した。

「わが手中には草壁がいる。鎌足は恐ろしい策士だ。『大海人は生かさず殺さず』か。成程、旨いことを言うものだ」

中大兄は底知れない会心の笑みを漏らした。

〔四〕

天智称制六年（六六七年）の年が明けてひと月も立たない寒冬の未明、一進一退を繰り返していた大田皇女の容態が急変して、二十四歳の若さで落命した。二人の幼子を残しての後ろ髪を引かれる死であった。

遡ること数日前。采女たちを人払いした部屋で姉妹二人きりになると、大田は寝床に伏せったままで苦しげに切り出した。

「私はもう近江へは行けそうにありません。二上山を望むこの飛鳥の地でこの命を終えたい。死ぬことは少しも怖くはないけれど、幼い大伯と大津のことだけが心残りです。まだ六歳と四歳のあの子たちが不憫で仕方ない。讃良、どうかあの子たちを貴女の子として育ててください。頼れるのは貴女だけ、信じられるのは讃良、貴女だけです。お願い」

最後の力を振り絞ってそこまで話し終えると、握りしめていた念珠を差し出した。

「この念珠、大海人さまから頂いたこの念珠を大伯に渡してください。きっとあの子を守ってくれるでしょう」

「お姉さま、近江には行かず飛鳥に残りましょう。子供たちと共に、私もこの地を離れません。お姉さまとずっとご一緒に……」

妹は姉の痩せ細った手を握りしめ声を殺して泣いた。そしてこれが姉との最後の会話となってしまった。

昏睡の日々が続き、そのまま大田皇女は逝った。生まれてから今日まで、常に讃良の憧れと思慕の対象であった姉。身罷った夜は子供たちを自分の部屋に預かり、姉と大海人を二人だけにするようにと采女たちに命じた。

〈皇子さまはご自分のせいだと、我が身をお責めになっているはず。二度にわたる出産後の船旅、そして看病すらままならなかったご多忙のここ数年……。せめて野辺送りのその日まで、お二人だけの静かな時を過ごして頂きたい〉

讃良が姉に送る最後の慮りであった。そして幼い大伯皇女の手に形見の念珠を握らせた。

近江大津宮が完成し三月の遷都に先立つ立春の候、中大兄は斉明帝と間人皇女を飛鳥の西に位置する小高い丘に葬り、母の遺言による建皇子の合葬も執り行った。多くの木々に囲まれた陵墓は華やかだった母と最愛の妹、そして薄幸の我が子を偲ぶ実に立派な造りであった。併せて大田の亡骸もこの丘の中腹に埋葬された。

〈祖母や弟の近くに眠らせてやりたい〉

大海人の申し出を、中大兄が容認したものであった。

近親者の埋葬を終えて心の踏ん切りを付けた中大兄にとって、念願した遷都がいよいよ現実のものとなってきた。人々の家移りの行列は引きも切らず、日々長蛇の列が飛鳥から近江へと続く。こうして讃良も転宅の日を迎えた。大好きだった部屋からの景色……まだ固い桜の蕾が春の風に揺れている。

〈もうこの桜を見ることはないのだろうか〉

夫と夜明けまで語り合ったこの部屋の思い出が余りにも鮮明で、新天地となる近江には気乗りがしない。大伯皇女六歳、大津皇子四歳。幼い二人を両の腕に抱えながら輿に揺られる道すがら、大津が幼い口調で訊ねてきた。

「新しい都からも、あのお山は見えるの？」

大津が指さした方角には、二上山が緩やかな稜線を描いていた。

「今度の都からは大きな湖が見えますよ」

元気付けようと答えた讃良の目を見て、

「いやだよ。あのお山が見えないと母上はきっと寂しがるよ」

四歳とは思えぬ物怖じしない大津だが、母の死を理解するにはまだ幼過ぎる。二人を抱きしめる讃良の目には堪えていた涙が光った。

「いつかまた、飛鳥に戻ってきましょうね」

それは自身にも言い聞かせる為の、強い決意の言葉でもあった。


茫々たる淡海を望む地に造営された近江宮は、東方が吹き抜けになった広間に朱塗りの柱廊が並ぶ開放的な造りである。朝日に煌めく湖面が見渡せる大広間は実に壮大で、今までの宮殿とは趣を異にする造形美に、見る者は、

『中大兄皇子が心血を注いで造り上げただけのことは有る』

と感嘆の声を洩らした。しかしこれだけの都を僅か三年で完成させた背景には、多くの民の苦役が覗く。近江宮は人々の辛労辛苦を礎石とし怨嗟の声を纏って屹立する、虚飾の都と言っても過言ではなかった。

翌年天智七年（六六八年）一月三日、中大兄は満を持して即位し天智天皇となる。皇太子として二十三年、斉明帝死後は称制として七年の長きにわたり、何故頑ななまでに即位を避け続けてきたのか、天皇の胸の内を押し量ることは困難だ。敢えて言うならば、真しやかに噂された実の妹間人皇女の存在である。天皇に即位すれば皇后の座に何れかの夫人を立てねばならない。

『他の女人が皇后となる姿を、愛する妹には見せたくなかった』

とするのが大方の当て推量というところだ。その枷が取り払われた今、天皇は倭姫王を皇后の位に就けた。中大兄の異母兄、古人大兄皇子の娘である倭姫王は、後宮の中で最も身分の高い女人である。次期天皇候補であった父を中大兄の策謀によって失い、そののち仇の妻となった倭姫王は、二十余年の長きに渡って後宮の深窓で身を潜めるように生きてきた。自らを主張することも他人を羨むこともせず、子供に恵まれなかった境遇もあって、極めて影の薄い存在であった。皇后となってもそれを自負することなく実に淡々としている。古参の女官が新しい衣裳を作るよう勧めても、「必要ない。要らぬ」の一点張りだ。夫でありながら同時に父の仇敵でもある天皇への、無言の抵抗なのだと讃良は斟酌していた。

倭姫王への皇后授与と時を同じくして、大海人が皇太弟の地位に就いた。周囲を納得させ得る後継の嗣子を持たない天皇が、最もその存在を恐れているのが大海人であることが明白な人事となった。さらに天皇は幼い皇女二人、大江皇女と新田部皇女を大海人のもとに差し出した。特に新田部は未だ十歳にもならない少女である。持てる手駒を惜しげもなく弟の妻としたのは、人気が高い大海人封じの布石に他ならない。讃良にとって二人の皇女は異母妹に当たるが、初めて顔を合わせた少女たちだ。二人への手ほどきや采女たちへの目配りなど、手児奈でさえその貫禄に目を見張る讃良は、この年二十四歳の春を迎えた。

〔五〕

絢爛たる玉座に腰を下ろした天皇は、大勢の皇子や皇女、各地の豪族たちから入れ替わり立ち代わり即位の拝謁を受けていた。その中に大海人の第一皇子、高市皇子の姿もあった。九州豪族の宗像徳善の娘を母として生まれた高市は、大和の豪族高市県主に今日まで養育されてきた。母の身分の低さからこの年齢まで公の場に出ることはなかったが、身の丈の立派な十四歳の皇子に成長していた。初めて謁見の場に臨んだとは思えぬほど、思慮深く深沈たる風情が漂っている。

『ご自分の立場を弁えてお生きください』

養父からの教えを素直に受け止め育ってきた。

〈弟にこのような頼もし気な皇子が居ったとは、庶子とは言え隅に置けないぞ〉

鋭敏な天皇の直観が働いた謁見となった。

高市皇子が退出しようとした時、一人の皇女が母親らしき女人に伴われて現れた。中年の女人は臈長けて美しい人であったが、高市はその後ろを少し俯き加減に歩く、若い女人に目を奪われた。すれ違いざまに娘が髪に挿していた山吹の花の黄が鮮やかに目に映り、同時に甘やかな春の花の香りに鼻孔を擽られた。振り向いてその姿を追っていると、重臣が高らかに謳い上げる声が響いてきた。

「額田王さま、十市皇女さまぁ」

「おお十市、美しゅうなったな」

天皇の上機嫌な声が続く。

〈十市さま。父上と額田王さまとの皇女、私の姉に当たるお方〉

高市は初めて目にした二歳年上の異母姉に、今まで感じたことのない胸の高鳴りを覚えた。それは慎み深く控え目に生きてきた少年が、初めて知った淡い恋心であった。

大海人も亡き大田皇女の野辺送りを終えた報告に、大伯皇女と大津皇子を伴い天皇の謁見に臨んでいた。

「大田の忘れ形見の皇子と皇女にございます。まだ六歳と四歳の幼少ですが、どうぞお見知り置きのほどを」

はにかんで頭を下げる大伯皇女。大津は父に頭を押さえられるまで天皇の顔をじっと見つめていた。大津を目にした天皇はこう尋ねた。

「大津皇子、新しい宮は好きか？」

大津は幼さの残る口調で、しかしはっきりと答えた。

「ここからは母上が好きなお山が見えません。私は近江より飛鳥が好きです」

取り巻く重臣たちが息を呑んだ。幼いとは言え、天皇肝いりの宮を否定したのは大津が初めてである。色めき立つ周囲を物ともせず、大海人が息子を制止する気配は全くない。

「ほう、湖は嫌いか」

天皇の矢継ぎ早な問にも、大津の答えに淀みはなかった。

「湖を初めて見ました。この湖のことをもっと知りたいです」

僅か四歳の子の度胸と利発さに天皇は唸った。

〈幼い頃の我も、このような怖いもの知らずであったそうな。気に入った、いや実に気に入った〉

母を失ったこの姉弟を引き取り、自分の手元で育てようと即決したのだ。

〈我が色に染めてみたい逸材だ。いい面構えをしておる〉

その翌日、天皇は大海人のもとに使者を遣わした。

『母を失った大伯皇女と大津皇子を天皇が引き取り養育する旨、それに伴い草壁皇子は大海人のもとに帰す』

としたためられてあった。そしてその続きの文面に大海人は目を疑った。

『高市皇子を養父より引き取り我が元にて養育する』

大海人は怒りで体の震えが止まらなかった。

〈どこまで私を縛り付けたら満足か。このような理不尽な下命にも、大人しく従えと言うのか〉

兄の疑い深い気質は充分心得ている。だがこれ以上、自分を押し殺してまで生きる意味があるか、
大海人は深く苦悶した。喉元まで出掛かっている反骨の二文字を、如何に捻じ伏せるべきなのか……

その為に被る仮面を必死で模索していた。

大海人とは正反対に、讃良の心は弾んでいた。
〈草壁が戻ってくる。岡宮に送り出したのは四年も前のこと。六歳になった我が子に早く会いたい〉
若葉が芽吹いて陽ざしが柔らかさを増した頃、草壁は讃良のもとに帰ってきた。多くの舎人たちに
警護されての出立時とは打って変わり、僅かばかりの従者に囲まれての簡素な帰京となった。それは
内気で気弱な草壁に飽き足らなくなった天皇の、露骨なまでのやり口であると容易に察しが付く。今
の天皇の関心時は、手中にした大津皇子の養育へと移っていたのだ。
初めて目にする近江宮の賑やかな光景に、侘しい岡宮で過ごしてきた草壁は怯える様子を見せてい
た。讃良にとって昔と変わらず心許ない溺愛の対象であるが、背丈も伸びてすっかり大人びたその面
差しに、思わず声が震えた。
「お帰りなさい、待っていましたよ」

草壁の背後に控える少年の澄み渡った瞳には見覚えがある。出立の折り、草壁が自ら手を繋ぎに行ったあの少年だ。少年はおどおどする草壁を促して讃良のもとへ誘った。

「草壁皇子さまと共に過ごした年月、私は皇子さまの優しいお心と穏やかなお人柄に触れてまいりました。どうか久しく皇子さまらしい人生を送られますように。私はこれより得度し出家の道を歩みますが、皇子さまと過ごした年月を決して忘れはいたしません。皇子さま、さあ母上さまのもとに」

草壁はそれでも訝っていた。無理もない。別れた時は僅か二歳。母子の空白を早く埋めたいと、抱きしめる手に思わず知らず力が籠った。

「もう何処にも行かせはしません。皇子、私の皇子」

啜り泣く母と、その感情を小さな体で精一杯受け止めようとする息子。その姿に深々と一礼して、少年はひっそりとその場を離れた。

この少年こそ、後の世に法相宗の祖と謂われ、奈良時代までの長きに渡って仏教界の最高位に君臨した義淵《ぎえん》僧正その人である。門下には行基、良弁、玄昉など数多くの僧が居並ぶ。義淵は幼い日に草壁皇子と共に過ごした日々を生涯忘れることは無かった。天皇家より賜った思い出の岡宮に岡寺を創建し、少年の日に草壁皇子と繋いだ小さな手の感触を老僧となってもなお偲び続けた。そして遍く人々の終焉を見送り、神亀五年（七二八年）観世音菩薩の申し子は没するのである。

一方天智天皇は、第一皇子の大友が学識深い青年に成長するにつれ、期待と寵愛を更に深めていった。だが母の身分が後継者としての立場に色濃く影を落としている。そこで大海人と額田王の娘である十市皇女を、大友の妻とすることを思い立った。大友二十歳、十市十六歳。絵に描いたような似合いの二人である。

「この婚姻により皇太弟さまとの血脈はさらに万全なものとなりましょう。可愛い娘である十市さまの夫となる大友皇子に、大海人さまとて手出しはできますまい。それに唐は新羅と共に高句麗と戦っておりますれば、わが国に攻め入るなど有ろう筈がございません」

鎌足の言葉に満足気に頷く天皇の顔には不敵な笑みが覗く。

〈打つべき手は全て打った〉

淡海の雄大さに酔いしれる奇才権力者には、一欠片の不安さえなかった。

〔六〕

木々が若葉を湛え草花が萌立つ五月五日、立夏を待ち兼ねたように、蒲生野《がもうの》の地で大規模な薬狩《くすりがり》が行われた。近江に遷都し天皇に即位した天智帝が、その存在を内外ともに広く知らしめる為の宮廷挙《こぞ》っての大行事である。蒲生野は淡海を船で渡り、さらにその奥に広がる原野である。この広大な土地に多くの百済難民を住まわせていたが、それでも未だ充分に広い草地が広がっていた。

この日多くの諸王・臣下たちが天皇に従って蒲生野に参集し、男たちは鹿を追い女たちは紫草を摘む。その鹿の角には薬効があり、紫草もまた薬用として用いられる。まだ明けやらぬうちに出立した一行の誰しもが、久々の野外での気晴らしを存分に謳歌していた。高らかな笑い声をあげて伸びやかに紫草を摘む女人たちの傍らを、馬に乗り弓矢を携えた男たちが駆けていく。日頃の宮廷内での抑圧を払い除くように、男も女も思うが儘に羽を伸ばした。娘の十市と連れ立って、膝丈の可憐な紫草に手を伸ばした額田の耳に、昂った采女たちの声が聞こえてきた。

「大海人皇子さまですわ」

「まあ、何と雄々しいお姿でしょう」

額田が目をやった先に、大海人の姿は見えなかった。だが時を巻き戻したかのように、若き日の記憶が鮮明に蘇ってくる。

〈はや十年の春秋が過ぎてしまった。異なる道を歩む今も、昨日のことのように鮮やかなあの方との思い出〉

歳を重ね色褪せ移ろいゆく己が姿態を端然と受け入れてはいるものの、心は寸分たがわずに若い頃に戻ってしまう。額田はこの世で唯一人愛した人の姿を、もう見えなくなった遥か草原の彼方に、いつまでも捜し続けていた。


日が没した近江宮の正殿では、大規模な祝宴が開かれていた。楽の音に合わせ傀儡《くぐつ》たちの舞が繰り広げられる大広間では、酔人たちが狩の成果や目当ての女人の自慢話を競い合っている……正に無礼講の夜宴だ。会衆の騒めきで掻き消されそうな声は更に大きくなり、広間は種々雑多な空間と化していた。

そんな喧噪を切り裂くように、

「キャー！」

讃良の耳に甲高い女の悲鳴が聞こえてきた。同時に騒然としていた辺り一辺は潮の引く如くに静まり返り、皆が悲鳴の方角に目をやった。それらの視線は全て天皇の玉座に注がれている。人だかりを掻き分けて近寄った讃良の目に、刀の柄に手を掛けて仁王立ちする天皇の鬼のような形相があった。何とその下段では、大海人がいきり立って天皇を見上げているではないか。ざわざわと囁き声が聞こえてきた。

「大海人さまが長槍を手にされた」

「何、皇太弟が長槍を……」

「玉座の御前を槍で刺したぞ」

讃良は自分の耳を疑った。だが父と夫が長槍を挟んで対峙している現実は微動だにしない。舎人らは抜刀の構えを見せ、誰もがこの場で血を見る覚悟を決めていた。

その凍り付いた空間に、まるで三文芝居かと錯覚させる、男の大仰な声が響いてきた。

「此れは此れは、大海人さまともあろうお方が剣舞の最中に槍を落とされるとは、御酒が過ぎましたかな。いや思い出しました。先刻より執拗に盃をお薦めしたのは、この私奴でございましたな。嫌がる皇子さまに『是非とも手前の酌を』と、幾度も幾度もお注ぎいたしました。流石の大海人さまも、あれでは槍を持つ手も乱れましょう。誠に申し訳の無いことをいたしました」

鎌足の声だ。いつもの鎌足とは様子を異にする声高で饒舌な語り口調で、天皇に向かって膝を付き一段と芝居掛かって言上した。

「皇太弟さまをお切りになるなら、見境なく酒を薦めました私奴を先にお切りになるのが、筋というものでございましょう。この鎌足、御上に切られますなら本望にございます」

言葉尻を大袈裟に締め括ると、この稀代の策士は睨み合う兄弟の真ん中で、額が床に着かんばかりに平伏したのだ。

その時何処からともなく、高らかな歌声が正殿に響き渡った。

あかねさす紫野行き標野行き

歌いながら進んでくるのは額田王だ。行く手の人波が左右に分かれて額田の前に次々と道ができる。

野守は見ずや君が袖振る

大海人の間近まで進んできた額田は最後の一節を歌い終えると、大海人に無言で訴え掛けた。
〈さあ、私の歌に相聞歌でお応えください。そしてその歌に、兄上への忠誠を忍ばせるのです〉
会する者たちは皆、大海人と額田王の嘗ての関係を承知している。勿論それに天皇が深く関わっていることも周知の事実だ。当然のこと誰もが好奇の目を注ぎ、強張った静寂の中で息を凝らして成り行きを凝視していた。

大海人は目を閉じてから一つ深く息をついた。そしてカッと目を見開き、自分を見下ろしている天皇に向かって、こう歌い出したのだ。

紫草のにほへる妹を憎くあらば　人妻ゆゑに我恋ひめやも

『貴方のものとなった女人に何で恋しましょうか。この人は貴方のものです。そしてこの国は兄上、貴方のものです』

眼前の天皇に向けて、自分の心情を滲ませてこう詠んだ。額田の思いを汲み取ってそれを歌に託した大海人は、その後深く兄に頭を垂れた。

『貴方は未練たっぷりに、私に袖をお振りになったのかしら』

額田は故意に、思わせぶりな言葉を歌い掛けることで以って、大海人の心境を引き出させたのだ。天皇、大海人、額田、三者の間で交わされた歌の真意を読み取れる者など他にいるはずも無く、四十近い元恋人同士の相聞歌に、広間は再び騒めきが起こった。

「額田さまの歌に大海人さまが未練たっぷりの歌を返された」

「唯今の相聞歌、貴公はどう解されましたかな」

「十年一日というが、両人のお心は昔の儘ということか」

口さがない会衆の声が、あちらこちらで軋めき合った。

それまで天皇の隣の御座台で表情一つ変えなかった皇后倭姫王が、傀儡の首領を呼び寄せて何事かを耳打ちした。すると途絶えていた楽の音が再び響き渡り、その音に合わせて滑稽に舞う傀儡たちが素早く大海人の周囲を取り囲んだ。鉛白粉に紅も艶めかしい傀儡女が、大海人の手を取って踊りながら中庭に連れ出していく。だが皇后は何事もなかったかのように、穏やかな笑みを浮かべていた。

成り行きの全てを注視していた鎌足が、すかさず天皇の間近に進み寄って耳打ちした。

「お堪えください。いま弟君を切れば我らの計画は全て水泡と帰します。大海人皇子は生かさず殺さず……目指す国政の為に、どうか刀から御手をお放しください」

すると天皇のこめかみに青黒く浮き立っていた血管が血を通わせ始め、刀を握り締めた五指も漸く弛緩を取り戻した。舎人らが次々と戦闘態勢を解くなかに在って、鎌足の真顔だけは変わることがなかった。

大海人の命が担保された瞬間、讃良の背筋に冷たい戦慄が走った。緊張の糸が切れて、小刻みに震える手で人々を掻き分け出口へと急ぐ。

『昔の恋人の歌を聞かされて、讃良さまはお気の毒なことだ』

『焼け木杭《ぼっくい》に何とやらと言うが、鵜野皇女さまも立つ瀬がないな』

そんな幻聴と好奇の目に晒されながら、やっとの思いで部屋に辿り着いた。春とは言え未だ薄ら寒い夜半である。ぐっすりと眠っている草壁の寝顔に安堵の息を付いて窓辺に身を寄せると、視線の先に蒼白い光を放つ月の姿があった。上弦の月だ。薄雲を纏った月がぼんやりと西の空に懸かっているのを目にして、ふと億仁の言葉を思い出した。

〈讃良さま、上の弓張月は天命の隆盛を表します。この後は望月に転ずることから、その月に願いを掛けますれば、必ずや慶福なる未来が約束されましょう〉

百済からの渡来人億仁は高い教養を持ち、学問指南の為に讃良の傍近くに仕える信頼できる男だ。嘗て大海人から天文や暦などを教えられた記憶もあり、この上弦の月こそ未来を指し示す道標だと直感した。

〈どうか大海人さまの行く末にお力をくださいませ〉

讃良が願いを懸けると、俄かに雲が流れ始めた。そして弓張月の輪郭が冴え冴えと夜空に浮かび上がってきた。

大海人も中庭で同じ月を見つめていた。傀儡たちは素知らぬ顔で楽の音がする方に戻っていき、今は近習たちが主人の周囲を固めている。西天の月を見上げながら大海人は自問した。

〈酒が過ぎた訳ではない。無論、鎌足から酒を薦められた覚えもない。ただ兄の顔を見ているうちに、今までの鬱積した思いが堰を切って溢れ出した。思えば唐との戦に反対する進言をにべもなく無視され、挙句に敗戦の後始末を一手に背負わされた筑紫での無念の日々。あの地で豪族や民の不平不満を抑えるのは実に困難な役回りであった。そして草壁を人質として差し出すと、たちまち手の平を返すように大津と高市をよこせと迫ってきた。先般、玉座に深々と腰掛けて自分を見下ろしながら、『大海人、一差し舞え。舞って見せろ』と邪険に長槍を放り投げてきた兄に向かって、思わず槍を突き刺していた。僅かな自制の心がその穂先を寸分狂わせて槍は床に刺さったが、あの時の自分は紛れもなく兄である天皇の命を狙っていた。もはや兄と同じ道を歩むことは困難となった。どちらが上弦の月となり、どちらが下弦の月となるか。互いの進む道が大きく分かれることは必定となってしまった〉

この時代にこの境涯に、兄と弟として生を受けた二人の優れた皇子の分水嶺となった夜を、月が無言で照らしていた。

第八章　隠棲

〔一〕

「皇子さまぁ、待って。置いていかないでぇ」

山辺皇女が追ってくる。

「さあ川島皇子逃げるぞ、あの娘を撒こう。男だけで冒険しよう」

近江宮に隣接する草原を大津皇子は川島皇子と一緒に駆けている。天智八年（六六九年）母を亡くし天皇のもとに引き取られてから二度目の夏、大津は六歳になっていた。天皇の皇子で六つ年上の川島とは何故か気が合い、冒険するのも語り合うのもいつも一緒だ。

天皇は殊のほかお気に入りの幼い大津に許嫁を決めた。自分の皇女たちの中でも、群を抜いて美しい山辺皇女である。

「大津よ、将来は山辺を妃とせよ。私の自慢の娘だ。まだ幼い二人だが、きっと似合いの夫婦となろう」

天皇は子供のいない皇后の養子にと考えるほど大津を気に入っていた。そこで掌中の珠である山辺皇女を大津の許嫁としたのだ。山辺は有間皇子謀殺の手柄から天智に重用されている蘇我赤兄、その赤兄の娘が生んだ皇女である。同じ近江宮で育った二人は馴染みの遊び相手であり、同い年の山辺は大津の恰好の揶揄の的でもあった。今日も男同士で遊びたい皇子たちの後を、幼い足を縺れさせながら追いかけていたのだ。

「やっと撒いたぞ。山辺はいつでも一緒に遊びたがる。男同士で話したい時もあるのになぁ」

大津には言葉とは違って、山辺を煩わしがっている様子は微塵もない。

「さあこの木に登って遠くを見よう。飛鳥が見えるかな。二上山が見たいな」

いつも率先するのは年下の大津である。川島はそれを嫌がりもせず、むしろ二人の時間を楽しんでいた。川島皇子は小豪族の娘で後宮に仕えていた采女を母とする出生から、常に一歩下がって大津と接していた。と言うよりも律儀で実直な性格の川島は、物怖じしない大津の奔放さが羨ましくもあり、何しろ無条件に馬が合うのだ。

「皇子はお母上を亡くされて、お淋しくはないのですか」

「うん、淋しいよ。でも今では姉上を母君と思っている。姉上は母君にそっくりだって、皆が言うんだ」

「そうですか。皇子はお強い、そして大人でいらっしゃる。私など皇子よりも年嵩なのに、いつも悩むことばかりです」

「川島皇子、私は皇子を一番の友と思っている。いつまでも友達でいてくれるね」

「勿論です。私は何があっても、ずっと皇子の親友です」

「うん」

その時、少女の拗ねたような甲高い声がした。

「皇子さま見ぃつけたぁ。早くそこから降りてきてください」

今にも泣き出しそうな山辺皇女の膨れっ面に、二人の皇子は顔を見合わせて大笑いした。

〔二〕

近江京正殿で起きた流血覚悟の長槍事件から一年余、鎌足は憂慮の日々を送っていた。あの場は何とか兄弟の不協和音を抑えたが、もはや後戻りはできないほど天皇と皇太弟の関係は冷え切っている。それでも今は何とか両者の間を取り持ってはいるが、いつまでもこの儘という訳にはいかない。それに鎌足も五十の半ばを越えた。有らん限りの才覚と叡智を駆使し天皇を支えてきたこの体が、ここ最近俄かに軋み始めていたのだ。

「入鹿殺害から二十五年か。御上が中大兄と申されていた頃からあの方にお仕えしてきたが、私がいなくなれば一体誰が御上に諫言し、いかにしてあの御兄弟の間を仲立ちすることができようか」

鎌足の眉間に焦心苦慮の深い皺が寄せられた。

遡ること四年前、唐に留学させていた長男の真人を帰国後わずか数か月で病死させていた彼にとって、ここ数年は心休まる日など無かった。僅か十歳で遊学の旅に出した期待の長男の死は、鎌足をこの上なく気弱にさせていた。しかも次男史は自分の子ではない。抱えた秘密の重さが恨めしくもあり、墓場まで持っていく天皇との約束に気鬱が募る。

「明日は山科の御猟場で狩があるが、どうも気が進まぬ。何か口実を付けて断りたいところだが、そうもいかぬ」

大きく嘆息をついて、やっとの思いで立ち上がった途端、よろけて思わず脇息に手を付いた。秋の山科は遥か遠くの木々も下草も黄金色に染まり美しく輝いていた。淡海からそう遠くはないこの山科の地を気に入った鎌足は早々に自分の邸宅を建て、狩好きの天皇の為に猟場も造った。そして天皇は明日、この猟場へやって来る。自分が赴かない訳にはいかないのだ。

悪い予感は当たってしまった。鎌足の愛馬は名うての悍馬《かんば》で、それを乗りこなすことを常々自慢としてきた。だがこの日狩場で鞭を当てた瞬間、棹立ちした愛馬の背から振り落とされた鎌足は、腰と背中をいやというほど地面に打ち付けてしまったのだ。邸に運び込まれてからは、起き上がることはおろか食事もろくに喉を通らない。

病床に伏せる鎌足を見舞った天皇は愕然として言葉を失った。数日前とは打って変わった姿の鎌足が床に伏せっているではないか。彼は激しい痛みを堪えて絞り出すように訴えた。

「御上、白村江の折りには、私の軍略の誤りと外交の拙さからあのような敗北を喫しました。あの敗戦がこの鎌足、唯一の無念にございます。近江宮が末永く繁栄いたしますよう、あの世から見守らせて頂きます。どうか呉々も弟君と仲睦まじく有らせませ。懇ろになさいませ」

盟友の死を予覚した天皇は直ぐさま下知をなした。

『鎌足に大織冠《たいしょかん》を授け右大臣に任ずる。併せて藤原朝臣の姓を与える』

天智八年（六六九年）十月十六日、この詔を拝命した翌日、生涯を天智天皇に捧げた天下無双の腹心は、五十六歳でその一生を閉じた。

〔三〕

鎌足の死は天皇の猜疑心をさらに増大させていった。近江の地を都に選んだ理由の一つに、湖西の大友郷に勢力を持つ大友氏によって養育された大友皇子の存在がある。つまり我が子大友の後ろ盾となる大友氏を近傍に置く便益の土地なのだ。豪族たちの手前大海人皇子を皇太弟にしてはいるが、我が子が博識高く成長する姿を見るにつけ、何とか皇位を継がせたいという天皇の欲望は抑えようが無くなっていた。また昨年、大友と十市皇女との間に皇子が誕生し、その幼顔を目の当たりにするたびに、大海人の存在そのものが目障りになってきた。

近頃とみに胃の腑に不快な痛みを感じて苛立ちを抑え切れない天皇は、自ら施行した近江令を我が子可愛さの余り改正するという暴挙に出た。太政大臣という役職を新設し、大友をその位に就けたのだ。天智十年（六七一年）賀正のことである。同時に蘇我赤兄、中臣金を左右大臣に配し、赤兄の弟蘇我果安他二名を御史大夫として大友の周囲を固めた。太政大臣は国政の総合監督者とされ、これまで大海人が担ってきた職責そのものである。

徐々に朝廷から疎外されていく夫の立場を慮るにつけ、讃良の気持ちは更に父から乖離していった。天皇を父と思ったことは今まで唯の一度もない。幼い自分にとっての父は祖父石川麻呂であり、成長してからは夫を父のように慕い尊敬して共に歩んできた。讃良は心の中で『あの人』と父を呼んでいる。まさに今『あの人』と血の決別をする時だと耳元で囁く声がする。それが誰なのか何なのかは釈然としないが、紛れもなく自分を突き動かす何かがある。『あの人との決別』その日がそう遠くはないことを、讃良の卓越した感性が嗅ぎ取っていた。

大海人は側近中の側近である書根麻呂《ふみのねまろ》を呼んだ。書氏は漢の高祖劉邦《りゅうほう》の末裔とされる百済から渡来した氏族で、根麻呂は古くから大海人の傍近くに仕える、その信頼が最も厚い舎人である。

「根麻呂よ、美濃国の豪族たちに使者を送れ。密かに我がもとに集結せよと……」

白村江の敗北や遷都の強行で多くの民の犠牲の上に成り立つ近江宮は、独裁と強要に明け暮れる天皇への、静かなる反発が蠢いていた。その先鋒が美濃国である。美濃の豪族たちは子弟である村国男依《むらくにのおより》・身毛広《むげつのひろ》・和珥部君手《わにべのきみて》を、すぐさま大海人のもとに遣わした。また美濃に住む物部氏の一族、朴井雄君《えのいのおきみ》も彼らの一行に加わった。

大海人は幼少時、尾張海部《あま》郡の首長の娘を乳母として尾張氏に養育された生い立ちを持つ。この乳母の乳兄弟である尾張大隅にも使者を遣わし協力の要請をした。同母弟への皇位継承が慣例とされていた当時、人望の厚い皇太弟大海人への期待が高まることは必至であった。

「皆の者、遠路大儀。今まさに大和朝廷の重要な局面と相成った。各々の領地において兵の招集と武器の調達を急ぎ進められたし」

短い言葉ではあったが、集った全ての者が大海人の意を汲み取って力強く頷いた。

「皇子さま、我ら皇子さまと共に……」

「そのお言葉、お待ち申しておりました」

「早急に手配をいたします。ご安心を」

末席に控えていた根麻呂が口を開いた。

「駒田忍人《こまだのおしひと》を近江宮に忍ばせては如何でしょうか。信頼できる人物で、何よりも敏捷い男です」

同席の者たちが頷き合う。男同士で酌み交わす者、手酌を傾ける者、なかには涙ぐむ者もあり、杯を重ねるうちに夜は森々と更けていった。

男たちの謀議を悟った讃良は四比億仁を呼び出した。

「百済の民で選りすぐりの者を数名、手配してはくれぬか。大海人さまの手足となって働いてくれる者たちを集めよ。皇子さまご自身にも内聞に」

耳打ちに深く頷いた億仁は、無言のまま退出していった。

独りの部屋は秋冷えを実感させられる。衣をもう一重と手を伸ばした次の瞬間、突として起こった一陣の冷たい風に首筋を撫でられた。

〈今年の冬は厳しい寒さになるやもしれぬ〉

思わず身震いした讃良は素早く襟元を掻き合わせると、自身を鼓舞するように唇を噛みしめた。

〔四〕

病を患う天皇への萎縮なのか、それとも嵐の前の静けさなのか、宮廷の誰もが身を硬くし息を潜めていた。それは安寧の静寂ではない。まるで手負いの獅子が、本意ではない己の終焉を覚悟する姿のようであった。天皇の容体は悪化の一途を辿っている。脇息にもたれ掛かりながら、近習たちに指示を与える痩せ細った姿やその形相に、嘗ての精気は微塵もない。

『大友の世とする為、最後の大仕事を成す時が来た』

天皇の最後の仕事、それは弟皇子との一対一での対峙である。今朝、大海人のもとに使者として蘇我安麻呂を遣わし出仕の旨を伝えてある。

〈弟の真意を探らねばならない。その解答如何によっては、鎌足の遺言を破ることになるやもしれぬが、それも致し方あるまい。大海人は力を持ち過ぎた。そして人心の掌握が巧みだ。若輩の大友が敵う相手ではない。血を流すことも覚悟せねばならぬ〉

天皇は有らん限りの力で起き上がり身支度を整えた。横臥する姿など見せることは許されない。どうにか起き上がった途端、湖上を渡ってきた晩秋の通り風に、満身創痍の体が悲鳴を上げた。冷え切った手足とは裏腹に、いやな脂汗が額に滲んでいる。ここ数日の胃の腑の痛みは凄まじく、喘ぐように荒い息を吐くたびに体が前後左右に大きく揺らいだ。見かねて側近くに駆け寄った近習を煩わし気に手で払ったその時、舎人が大海人の到着を知らせてきた。

「皆、下がっておれ」

だがこの言葉とは裏腹に、数名の刺客を物陰に配置済みだ。事と次第によっては大海人目掛けて、躊躇なく斬り掛かる手筈になっている。その時ゆったりとした足音と共に大海人が姿を見せた。しばらく振りに目にする弟が一段と大きく見え、兄は思わず目を逸らしていた。

「兄上」

二人きりを確認した大海人は、兄に向かい親しみを込めてこう呼びかけた。

「お久しゅうございます。無沙汰をお詫び申します。お加減が悪いとお聞きしましたが、如何でございますか。数々の修羅場を乗り越えてこられた兄上なれば、病の方が恐れをなして退散いたしましょう」

口を衝いて出る言葉とは裏腹に、大海人は兄の急激な衰えを見逃さなかった。予想を遥かに超えて、痩せ衰えた天皇の体躯は着衣の上からでも骨ばった様子が窺える。元々高い頬骨の奥にある大きな眼は、その眼窩が恐ろしいほどに落ち窪み、殊更に妖光を放っている。大海人は次の言葉を発することができないでいた。

互いに腹を探り合う居心地の悪い沈黙を先に破ったのは天皇だった。

「大海人よ、私の命はもう長くはない。そこで皇太弟である其方に譲位する決心をいたした。同じ父母から兄と弟として生を受け、血を分けた天命は我らだけのもの。どうか私の意を汲んで、この申し出を受けてはくれぬか」

苦しげに声を発する兄を見上げる大海人の耳には今朝方、使者として出仕の旨を伝えに来た蘇我安麻呂の声が繰り返し響いていた。

〈よくよく御留意の上ご返答なさいませ〉

安麻呂は蘇我赤兄・果安の兄である蘇我連子の子で、父の代から天智に仕える豪族である。大臣であった父を七年前に亡くしてからは、同じ蘇我氏である叔父たちの出世を横目にしながら、年若の安麻呂は忸怩たる想いを抱き続けてきた。特に露骨なまでに天皇に擦り寄る、狡猾な赤兄の存在が何かにつけて忌々しい。自身の待遇への不満が募り、同じく不遇な立場に置かれた大海人への哀憐の情が、安麻呂を背信の行動に走らせたのだった。

「私は本日、お暇乞いに参りました。健康面の不安から、このままでは政に関わることは無理であると思い至り、予てより解脱の道を模索してまいりました。斯くなる上は倭姫王さまにご譲位なさり、大友皇子が皇太子として執政の職に就かれるのが最善の策かと存じます。私は既に剃髪する腹積もりでございますればお申し出の儀、丁重にご辞退させて頂きたく……役立たずの弟であったこと、深謝いたします」

「何、出家とな」

「何卒お許しを」

天皇はそれ以上、言葉を続けることができなかった。以前ならば猜疑の眼差しを逸らすなどするはずが無い。だが病に蝕まれ萎えた今の体では、拘泥や執着などという粘着性な気質は既に過去のものとなっていた。寧ろ大海人の言葉を額面通り受け取って、早々に決着を付けてしまいたい淡泊な自分がいる。

「私はこれより剃髪し、所有する武器の全てを朝廷にお返しいたします。隠棲の地は吉野になろうかと存じますが、彼の地で兄上の病気平癒と近江朝廷の繁栄を祈り、御仏に帰依する日々を送ります」

深く頭を垂れた大海人は、入室時と同様に悠然とその歩を進めて立ち去っていった。極限の緊張状態にあった天皇の心と体は、これを境に急速に衰えを見せ、死への坂道を転がり落ちていく。


大海人はすぐさま宮中において剃髪して法衣に身を包み、後継者の立場を放棄したことを世人に周知させた。隠棲地の吉野へは男だけで向かうつもりでいたが、讃良が自分も共にと言い張った。

「私は幼き日より父を父とは思わずに生きてまいりました。今この時こそ、父との縁を断ち切る時と考えております。天皇のお身体、もう長くは持ちますまい。皇子さまは君主の器にござりますれば、吉野の地にて来るべき時を待たれませ。私も草壁と共に参ります」

その余りにも直接的な物言いに大海人は驚愕したが、この女人に嘘は通じない。心の奥底をいとも簡単に見抜いてきた気丈な妻を、隠棲の地へ伴うと決心したのだった。

讃良は側仕えの手児奈を呼んだ。

「急ぎ吉野へ同行する采女を数名、選りすぐってほしい。若く健康な娘が良い。吉野の冬はさぞ厳しかろう。特に草壁の衣類を厳選せよ」

「讃良さま、どうか私をお連れくださいませ」

手児奈はすでに四十の坂を越えていた。だが長年に渡って讃良の側近くに仕えてきた自負の心は誰にも負けてはいない。逸る手児奈に讃良は指示を続けた。

「手児奈、其方にはこの地での役目があります。其方にしか頼めない重要なお役目が」

そこまで言うと声を潜め、

「良いですか、億仁殿との連絡を密にして彼の手の者たちを吉野への密使とするのです。それを仕切れるのは手児奈、其方の他に誰がいましょうか。頼みますよ」

讃良の手が手児奈のそれを強く握りしめた。その時手児奈の目に信頼を勝ち得た者の感激の涙が溢れ、中年女の底知れぬ覚悟と気骨が体中に満ち溢れた。

〔五〕

吉野へ向かう大海人の一行は豪族の子弟や舎人たち五十名程と采女は十名程となった。讃良と草壁の他に、大海人の手元にいた忍壁《おさかべ》皇子もこれに加わることとなる。忍壁は草壁の三歳年下で宮中の女官が生んだ皇子である。厳しい環境が予想される大人ばかりの暮らしの中、幼い草壁の遊び相手として讃良が同行させたのだ。

一行は馬と輿で、近江から山科を経由し宇治の河畔まで来た。天皇の下命により見送りに同行した重臣たちは左大臣蘇我赤兄・右大臣中臣金・御史大夫蘇我果安をはじめ、大海人の一団よりも遥かに多勢である。この仰々しいまでの歓送の隊列は、人徳ある大海人に対して天皇の用心深さがもたらす警戒心の現れであった。宇治川の橋を渡っていく法衣姿の大海人には隠し切れない風格が漂う。

〈このまま隠遁して終わる人物ではない〉

こちら岸で見送る多くの者が不穏な未来を予感していた。その気詰まりな空気のなか、思わず一人の官人が本心を呟く。

「虎に翼を付けて野に放ってしまった」……と。

赤兄は声の主を振り返って苦々しい表情を見せたが、その言葉への反論の術を、彼自身も持ち合わせてはいなかった。心地の悪い沈黙が辺りを包むなか、大海人たちの姿は宇治川の対岸に消えていった。

一行は早朝から日没まで、ほぼ一日を掛けて飛鳥の嶋宮に辿り着き、長途で疲れ切った体をその地に休めた。そして明日は今日より更に過酷な行程になることを、誰もが覚悟していた。飛鳥からは芋峠《いもがとうげ》を越えねばならない。馬と輿をこの地に残し、全員が徒歩での峠越えを強いられる。夜半から雨が降ってきた。十月の薄ら寒い空気の中、多くの者たちは疲労困憊の体を薄い衣で包んで泥のように眠っていたが、讃良はまんじりともせずに翌朝を迎えるのだった。

この日は飛鳥川沿いに進み、いよいよ峠道に分け入った。昨夜からの雨が止む気配は一向になく、一同の心を滅入らせた。山道は進むほどに細く険しくなり、とうとう二人の幼い皇子を舎人が抱き上げて歩く。讃良の両側には采女が囲むように付き添っているが、幼い頃から野や山里を駆け回って育った讃良には、采女たちの方が後れを取った。女たちの裳裾はぐっしょりと雨水を含み、歩くたびに泥が容赦なく跳ね返ってくる。鹿皮の履物も用をなさないほどに冷たく重い。讃良はひたすら、前を行く夫の背中だけを見据えて進んだ。折り重なるように繁茂する木々で、昼だと言うのに峠道は陰鬱なほどに薄暗く、幾重にも曲がりくねっていた。誰もが一言も発せずに黙々と歩を進めるのは、引き返すという選択肢のない往路だけの旅を覚悟しているからだ。

そうこうしていると、先頭を行く道案内の昂った叫び声が聞こえた。

「峠だ。峠を越えたぞ！」

その声に一同の志気が高まり雄叫びが上がる。視界が開けた遥か前方に、山々の連なりがうっすらと確認できた。すると嘘のように雨が小止みになり、鈍色の雲を裂いて晩秋の低い日差しが一行を照らし始めた。大海人の黄土色の法衣が雨雫をはらみ、黄金に光を放って目に眩しい。

〈やはりこの方は、人智を超越したお力をお持ちなのだ〉

讃良は思わず身震いした。

ここまで来れば、後は下り坂を行き吉野川沿いの道を進めば宮滝に出る。この地で吉野川は大きく蛇行していて、その川が作った緩やかな丘隆地に吉野宮があった。歴代の先帝たちが信仰の対象としてきた青根ヶ峰を望むこの地に、斉明二年（六五六年）造設された行宮である。何年も訪れなかった宮は幾分荒れ果ててはいたが、手を加えれば住むのに支障はなさそうだ。何れにせよ陽が傾きかける前に辿り着けたのは幸いで、旅支度を解いた一行は空腹を満たしてから、これからの暮らしの準備に明け暮れた。冬が間近まで迫ってきている吉野の山間で、今日から不自由な閑居暮らしが始まる。多くの者が先行きの不安と大海人への忠誠の挟間で揺れ動き、重く口を閉ざしたまま吉野での初めての夜を迎えることとなった。

讃良は幼い皇子二人の体調を気遣ったが、舎人たちが身を挺し必死に風雨から守ってくれたお陰で、何事も無かったかのように健やかな寝息を立てていた。草壁の寝顔に見入りながら添い寝するうちに、讃良も何時しか深い眠りに落ちていた。


翌日大海人は舎人たちを広間に集めて、こう切り出した。

「私はこれより仏道の修行に入る。よって私と共に修道をする者はこの地に留まれ。もし役人として身を立てたいと望む者あらば、戻って官司にお仕えせよ」

主人の突然の言葉に、誰一人として動く者はいない。大海人は再び言葉を放った。

「私に遠慮は無用である。仏道を行くか、役人として出世を望むのか、各々の道を選ばれよ」

そう言い終わると背を向け、目を閉じて瞑想に入った。

俯く者、隣人と怪訝気に囁き合う者など、互いの様子を伺う重苦しい空気のなか、一人の男がおもむろに立ち上がって深く一礼すると退出口へと向かった。それに多くの者たちが続き、瞬く間に半数近くの舎人がその場を離れていく。懸念の表情で大海人の側近くに駆け寄った根麻呂に対し、

「根麻呂よ、あの者たちに帰路の食料を与え、嶋宮に残してきた馬を使うことを差許すと伝えよ」

と慈愛の言葉が返ってきた。

「しかしながら、多くの者が去っていきました」

「私事の決断を彼らに押し付けるなど浅薄愚劣なり。真に仏の道を究めたい者のみが居れば、それで

良い」

「皇子さま」

根麻呂は湧き上がってくる感慨を抑え切れなかった。

〈何が何でも、この方をお支えせねば〉

不退転の覚悟が居残った者たちの魂を強く揺さぶった。

讃良は采女たちと共に、近江に戻っていく舎人らを見送った。その中に草壁を抱いて雨の峠道を懸命に歩いてくれた男の姿を見つけると、

〈あの者に果報が訪れますように〉

と心の中で深く礼を述べて、去りゆく背中に一心に祈るのであった。

〔六〕

隠遁の地で大海人は行宮に籠り、ひたすら修行の日々を送っていた。静かに流れる時間と静謐な暮らしが辺りを包み込む。ただ飛鳥から密かに食料や生活の品々を届けてくれる使者たちが、下界の様子を伝えていく。天皇の病状や大友皇子周辺の動きなど、知る限りの情報を隠棲の地に運んできてくれるのだ。その中に、手児奈から指示を受けた百済の間者たちの姿もあった。彼らは言葉少なであるが気の利いた品物を携えてやって来る。おそらく手児奈からの指示であろう、今日も冬を越す為の衣服や穀物を山のように抱えて行宮にその荷を解いた。一行の頭役である阿比多《あびた》という男が、近江に潜入している駒田忍人からの情報を讃良の耳に囁いた。

「天皇の御容態極めて優れられず。大友皇子さまは重臣らを集めて、天皇の詔と称し永遠不変の忠誠を誓わせたそうです。この詔を破れば子孫は途絶え家世も必ずや滅びると。皆が涙を流しながら誓い合ったとのことです」

讃良は静かに頷いて彼らを労った。

「ご苦労です。億仁殿と手児奈に伝えてください。大海人さまも皇子たちも、皆息災であると。そして配慮の品の数々、私がいたく感じ入っていたと。頼みますよ」

「はっ」

阿比多は配下の者たちと吉野から足早に去っていった。

今聞いた近江の様子を、大海人に伝えるべきか讃良は迷った。

「ご修行中の身に雑音はお入れいたすまい。ここは私の胸の内だけに納めよう」

今は未だ何処かしら長閑な空気がこの地に漂っている。異変などという言葉とは無縁の穏やかな自然の佇まいの中、緩やかに時が刻まれていった。


だがその静穏は予想外に早く破られた。天智十年（六七一年）十二月三日『天智天皇崩御』その一報は早馬により、駒田忍人の指示を受けた年若い男によって伝えられた。捕まることは死を意味する決死の覚悟で、近江宮を脱出してきたその若者の働きにより、吉野では翌日には天皇の死を知ることとなった。

大海人は祈った。ただひたすら祈った。兄に抱いてきた羨望と尊敬、そして対立と冷遇の日々。激しいうねりの中で兄と関わってきた過ぎ来し方。恋人を奪われ子を差し出し、失策の尻ぬぐいに右顧《うこ》左眄《さべん》した日々。それら全てが潮の引くように彼岸の彼方に消えていった。

兄の死を知ってから後も、全く動ずることのない大海人の修行と閑寂な日々は続いた。年の瀬も迫った冬の日、吉野山にある離宮日雄殿でうたた寝をしていると、一本の桜が満開の花を咲かせている夢を見たと言う。冬日に桜の夢を見たことを不思議に思い、離宮の監守である役行者の高弟角乗《かくじょう》に訊ねると、

『桜は花の王者、皇子さまが天皇の位に就かれる吉祥にございましょう』

と答えたと言う。そんな話をまるで他人事のように軽やかに話す夫は、今何を思っているのか。讃良もその胸の奥底を計り知ることはできないでいた。

〈この吉野の地で、この方の一生を埋もれさせるなど、決してあってはならない〉

偉才の誉れと汚名悪名と、功罪併せ持った傑出した天皇の死の向こう側に、新しい年はいったいどんな形相をしてやって来るのだろうか。誰しもが心中穏やかでないままに、激動の年は暮れていった。

〔七〕

吉野の新しい年は、絶え間なく降り続ける雪と共にやって来た。幾重にも積み重なる雪に阻まれて、飛鳥から食材を運ぶ者たちの足も滞りがちだ。厳しい寒さにひ弱な草壁皇子は高熱を出し、讃良の気掛かりは尽きない。残り少ない食料でやりくりし何とか雪解けの季節を迎えた頃、思いがけない来訪者が行宮にやって来た。初老の女が幼い子と大きな荷を背負った男を連れ、讃良に逢わせてくれと門守役の舎人に頼み込んでいる。その余りの必死さに、警戒心の強い舎人もすぐさま讃良付きの采

女に取次ぎを請うた。

「ウツギと申す者、お妃さまに御目文字を懇願いたし、只今門口に参っております。何でも遠い昔、皇女さまにお仕えしていたと申しておりますが」

「ウツギ？　もしやして、あの宇津木であろうか。十津川の地に嫁いでいった宇津木であろうか」

讃良の心臓が激しく脈打った。息をするのももどかし気に、狼狽した讃良の大きな声が響く。

「何をグズグズしている。早く、早く通さぬか」

叱責とも取れるその声色に、采女たちは裳裾を翻して退出していった。

〈宇津木が、宇津木が来てくれた。もう幾年逢っていないだろう。お祖母さまに引き取られて河内の邸を後にした時、私は十一歳だった。あれから長い年月が過ぎた。宇津木のことを忘れた訳ではないけれど、大きく様変わりする日々に、その懐かしさを置き去りにしていた〉

鼓動の高鳴りが自分の耳にも伝わってきた。

采女に案内された初老の女は、痩せ細った体で少し腰を屈め、髪には白い物が目立っていた。讃良は駆け寄って女の顔を間近で確かめた。

「宇津木、宇津木ですね」

そこには昔と変わらない、宇津木の優しい眼差しがあった。だが体を抱き握ったその手が、昔と余りにも変わり果てていて思わず胸が詰まった。幼い日に膨《ふく》よかだったその胸に、幾度顔を埋めて甘えたことだろう。その手はゴツゴツと節くれ立ち、指先はひどく荒れていた。讃良はその手を撫でながら必死で涙を堪えた。

「苦労したのですね。でもこうして逢うことが叶って、本当に良かった」

「讃良さま、私は苦労などいたして居りません。真比古さまと共に田畑を耕し暮らしてきた年月、本当に幸せでございました。慣れない仕事に初めは戸惑いましたが、土に塗れ汗を流して二人手を携えて生きてまいりました。楽しゅうございましたよ。この手はその証しにございます」

「そう良かった、本当に良かった。して真比古は息災ですか」

その言葉に宇津木の顔が見る間に曇っていった。

「夫は一昨年に身罷りました。朝から夜遅くまで働き詰めの日々に足腰を痛めて、晩年は起き上がれぬ儘にございました。ほら、讃良さまからお預かりした山桜の木、大きく育って春には美しい花を咲かせます。夫は今、あの山桜の下におります。桜の苗木を初めに贈られた讃良さまのお祖父さま、麻呂さまの思い出と共に、安らかに眠っております」

「まあ、あの桜が……」

「ここは未だ春が遠いようですが、十津川では固い蕾がそろそろ芽吹き始めました。今日はあの山桜を一枝手折ってまいりました」

その時、入口近くにいた少年が、手にしていた桜の枝を無造作に差し出した。草壁より少し年上と思われるその子は、冬だというのに肌は浅黒く散切りにした髪を荒縄で括っている。この寒さの中、半袖の薄い衣服で十津川からの遠路を歩いてきたというのか、枝を持つ手は霜焼けで赤紫色に腫れていた。

「私たちは子には恵まれませんでした。そこで子沢山の夫の兄から、一番末のこの子を養子として貰い受けたのです」

少年はお下がりと思われるブカブカの服を着ていた。だが少しもむさ苦しい様子は無い。古い衣服だが丁寧に継ぎ接ぎが当てられ、きちんと水洗いがなされている。恐らく宇津木の手による物だろう。

「さあ、ご挨拶をなさい」

「ウン」

「ウンではありません。ハイとおっしゃい」

そう窘める宇津木の言葉と面差しに、幼い頃よく叱られた記憶が蘇ってきた。

「良いではありませんか。子供とはそうしたもの、元気であればそれで良い。草壁はよく熱を出すので心配が尽きません」

讃良の眉根が曇った。

「皇女さま、宜しければこの子を、草壁さまの下人としてお傍に仕えさせては頂けませんか。生きていく為の知恵や辛抱など、幼いながら持ち合わせております。何しろ野山を駆け回って育ってまいりましたから。きっと皇子さまのお役に立ちましょう」

「でも貴女はどうなるのです。一人きりになってしまうではありませんか」

「今日までずっと、村の衆に助けられて生きてまいりました。私は大丈夫です。それよりもこの子に真比古さまの志を継ぐ道を、同じ道を歩ませてやりたいのです」

「解りました。草壁には元気な遊び相手が必要です。預かりましょう。名は何と言う？」

強い眼差しで讃良を見つめていた子が大きくかぶりを振った。

「子沢山の末っ子で、兄たちは揶揄うように『止志《とし》』と呼んでおりましたが、讃良さまが良き名をお付けくださいませ」

宇津木の手が子のほつれ毛を優しく掻き上げた。

二人の間には互いを知り尽くした者同士の長い沈黙が流れ、ややあって讃良が腑に落ちた様子で口を開いた。

「今朝方、川辺に小鷺を見つけました。白い冬毛が本当に美しかった。あの小鷺がこの子を連れてきてくれたのかもしれません。ええ、きっとそうです。さぎひと、鷺人という名はどうです」

「勿体ない」

宇津木は唇を震わせながら幾度も讃良に頭を下げ、そして男に背負わせてきた荷を差し出した。

「十津川の民が少しずつ持ち寄りました、雑穀と木の実や薬草にございます。こんな物しか献上できませんが、山里の暮らしのお役に立てばと存じます」

「まあ、何よりの品ではありませんか。私は今、貴女に返せる物を何一つ持ち合わせていません。でもいつか必ず貴女に喜んでもらえるように、今は耐え抜きます」

鷺人を残して、宇津木は男と共に十津川へと帰っていった。


草壁と忍壁のはしゃぐ声が戸外から聞こえてくる。根雪が消え掛かった庭に春の陽ざしがゆらゆらと揺れて、小さな三つの影が跳ね回っていた。鷺人が此処に来てからと言うもの、皇子たちはその後ろを付いて回り好奇の体験に目を輝かせた。芽吹いたばかりの山菜を摘んだり、鷺人が川で魚を捕るのを見ては驚きの声を上げたり……。皇子たちの快活な様子に采女たちからも笑い声が起こり、重苦しさが垂れ込めていた山深い吉野に心地の良い風が流れた。貰った山桜の枝も、固い蕾を僅かに綻ばせ始めた。

〈鷺人が春を運んできてくれました。本当に感謝の言葉しかありません。いつの日か貴女に、何倍も

のお返しをせねばなりませんね〉

〔八〕

そんな穏やかな暮らしは、徐々にきな臭い空気に置き換わっていく。大海人が宮滝近くの桜木神社に詣でた折り、近江の刺客らしき一団に襲われそうになった。随伴した根麻呂の機転で近くの桜の大木に身を隠して危うく難を逃れたが、朝廷方が隠棲の身である大海人の存在を、この上なく恐れているのは間違いない。

後日、国栖の村に足を延ばした時には、追手の放ったと思われる犬に吠えられた。異変に気付いた近隣の老夫婦が近くの川船の中に大海人を匿い、執拗に吠え続ける犬を切り殺した。またしても難を逃れることができたが、朝廷方が数多の刺客を吉野に放っているのは明白となった。

「その犬を供養してやれ。翁よ、必ずや恩を返す時が参る」

国栖の地名と民の忠誠が、大海人の脳裏に深く刻まれた。

五月になると出身地の美濃へ出掛けていた朴井雄君が吉野に戻ってきてこう報告した。

「朝廷方は先帝の陵を造るという御触れのもと、美濃・尾張の農民たちを集め彼らに武器を持たせております。しかし陵造りなど口実に相違ありません。大海人さまを亡き者にする為の動き有りと推察されます」

また間者の阿比多が息せき切って行宮に駆け込んできた。

「近江から飛鳥への道には、朝廷方の見張りが間合いを空けずに立っております。そして宇治橋が完全に封鎖されました。私共は何とか遠回りして辿り着きましたが、この地に食料を運ぶ道はすでに絶たれましてございます」

「何、兵糧にて我らを攻めるというのか。まずは食料の手配を急がねばならぬ。阿比多とやら、いかなる手段があるか」

「はい、まず近隣の村に掛け合いましょう。吉野には大海人さまに心寄せる人民が多いと聞きますれば、きっと援助をくれるはずです」

阿比多らはすぐさま散っていった。そして翌日には、数か所の村から酒や雑穀などが次々と届けられた。村人は自分たちが生きる為の僅かな食料を減らしてまでも、献上品を捻出してくれたに違いない。

行宮の周囲を伺う輩がいると複数の舎人が報告してきた。

「この地にいてはお命が危のうございます。一旦、近隣の村にお隠れください」

根麻呂の忠告に大海人の気持ちは大きく揺れ動いた。

〈兄上にお許しを頂き、仏に仕える道を選んだ私をそこまで追い詰められるか。このままでは自分の命のみならず、供をしてきた者たちの身も危うい。いよいよ覚悟を決めねばならぬ時が来たようだ〉

その時、背後で声がした。

「皇子さま」

声の方を振り返ると、そこに讃良が立っていた。

「皇子さま、お案じなさいますな。天が皇子さまのお味方となりましょう」

「鵜野、いよいよ時が参った。立つべき時が来たようだ」

「はい、何処までもご一緒いたします」

後の世に『壬申の乱』と呼ばれる古代史最大の内乱は、ここ吉野の地にてその幕が切って落とされた。

第九章　決起

〔一〕

【六月二十二日】

大海人は村国男依・身毛広・和珥部君手を彼らの出身地である美濃に遣わした。大海人の湯沐邑《ゆのむら》（領地）の兵によって近江と美濃の国境である不破道を封鎖し、さらに東国の豪族たちに兵を集めるように求める為である。遠からずこの日がやって来ることを念頭に、兵の招集や武器の調達を密かに進めてきた三名の働きは功を奏し、呼応する豪族たちの動きは素早かった。

【六月二十三日】

次に大海人は大分恵尺《おおきだのえさか》ら三名を飛鳥宮の留守役である高坂王に遣わし、馬を借りる為の〈駅鈴《えきれい》〉なる許可証の引き渡しを依頼した。もしそれを拒まれた場合、恵尺は近江宮へ行き高市皇子と大津皇子を近江から脱出させる手筈を取り、他の二人はすぐさま報告に戻るよう指示をした。高坂王は引き渡しに応じないと大海人は踏んでいたが、予想通り王は恵尺らの申し出を拒否し、その旨を報告する為に即座に近江宮へ伝令を走らせた。高坂王は朝廷方からの厳しい監視と圧力を受けていたのだ。

【六月二十四日】

馬を得られないと知った大海人は徒歩による吉野脱出を決意する。目指すは私領地の美濃の国。付き従うのは讃良と幼い二人の皇子、舎人が二十人ほどと後は采女たちに鸞人だけである。いつ何処から刺客に襲われるか分からない険しい山越えの道を一刻たりと足を止めることは叶わず、誰もが無言で歩を運んだ。

陽が最も高くなった頃、山中の宇陀《うだ》の地に辿り着いた。宇陀の頭領が一行に食事を提供して束の間の休息を取っていると、大伴馬来田《まくた》が舎人を連れて駆け付けてきた。この日が来るのを予期した馬来田は、病と偽って弟の大伴吹負《ふけい》と共に近江宮を抜け出し戦の準備をしていたところ、大海人挙兵の噂を聞き急ぎ駆け付けてきたのだ。

「弟は飛鳥にて、戦の準備を進めております。皇子さま、これよりは私共の馬をお使いください」

馬来田の先見の明によって、大海人と二人の皇子を抱く舎人、そして讃良の他数人の者だけが騎乗することが叶った。讃良は大海人に嫁いだ頃に相乗りをして以来の乗馬である。意を決して騎乗した途端、余りの視線の高さにたじろいだが、口取りをする舎人を信じ馬の背に揺られて山道を進んだ。

次の村では根麻呂から説得を受けた榎本大国《えのもとのおおくに》に率いられた二十人ほどの猟師が一行に加わる。狩の為の武器を持つ彼らの合流は心強い助けとなった。

陽が傾き始めた頃、前方に荷を運ぶ人々と数十頭の馬が現れた。馬の荷を下ろさせ全員が乗れる馬の数を調達した時には、一行は百名を超す大集団となっていた。とっぷりと日が暮れても一団が足を止めることはなく、松明の火だけを頼りに一歩でも先を目指す。初めて馬に乗った鸞人は持ち前の運動能力で、すぐさま巧みに手綱を捌いて見せ、周囲を驚かせた。
宇陀川の浅瀬を渡り、いよいよ伊賀に入った。伊賀の地は大友皇子の母伊賀宅子娘の出身地であり、近江方と繋がっている豪族が数多いる。この地の駅家《うまや》を焼き払って彼らの動きを阻止すると同時に、置かれてあった輿を調達することに成功した。ここで讃良と幼い皇子たちは、馬を降りて輿に乗ることができた。

同じ頃、近江宮では高坂王との交渉に失敗した恵尺を中心として密談が行われていた。人質同然の高市皇子と大津皇子を近江から脱出させて大海人軍に合流させる計画が、少数の舎人たちによって練られる。まずは二手に分かれて、どちらかが襲われても片方は生き残れる戦法を取り、供の者も僅かな人数に限った。十九歳になる高市皇子は七人の舎人と共に甲賀の山越えで伊勢を目指し、まだ幼い大津皇子と姉の大伯皇女には大津の世話係の難波三綱、近江宮に送り込まれていた間者の勝田忍人、そして恵尺ら十人が付き従い、比較的なだらかな鈴鹿峠を経て進むことに決議する。夜陰の中、互いに成功裡を祈り再会を期して二手に散っていった。

【六月二十五日】
大海人軍が日を跨いで深夜の北上を続けていると、男依から指示を受けた伊賀の豪族たちが、数百の兵を率いて一行を待ち受けていた。彼らに守られて進軍するうちに白々と東の空が明け、夜を徹して進み続けた一行は漸く此処で、しばしの休息を取ることとなる。讃良は出された食事も殆ど喉を通らない程に疲労していた。しかしその素振りを少しでも見せることは憚られ、じっとりと汗ばんだ髪

と首筋を拭って、昇ってくる朝日に縋るように祈る他はなかった。側近くの采女に草壁の様子を尋ねると
「皇子さまはぐっすり眠っておられます」

采女のその言葉に安堵した途端、再び進軍が始まった。

飛鳥と東国を結ぶ柘植《つげ》という地に足を踏み入れると、前方から興奮した兵たちの声が沸き起こった。

「高市皇子さまです」

「高市さまが到着されました」

「皇子さま、ご無事のご来着」

人々の興奮した叫び声が遠く近くで交錯する。

「父上、只今馳せ参じました。この高市、父上の為に身命を賭す覚悟です」

「頼もしいぞ高市。よくぞ無事で来てくれた」

高市の供をしてきた舎人らが、興奮冷めやらぬ様子で口々に報告する。

「大津皇子さまは、我らとは別に鈴鹿越えの道を行かれました。恐らくは今日明日中に合流されるかと思われます」

「大津皇子さまには恵尺、忍人ら名立ての者たちが付き従っておりますれば、どうぞご安堵ください」

高市合流で士気上がる一団は、伊賀と伊勢の国境である加太《かぶと》峠に差し掛かった。この峠を越えれば大海人の私領地となり、自陣に辿り着くことができる。ホッとするのも束の間、夕刻になると激しい雨が降ってきた。雷鳴が耳を劈き、一寸先も見えない土砂降りの雨に打たれながら猶も進軍は続く。

日が落ちた漆黒の闇の中、雨水を含んだ衣服の重さに心の重さも加わり、誰しもが言葉を失っていた。夏だというのに歯の根が合わない程の寒さに震え、三重郡家に辿り着くと空き家と思しき小屋に火をかけて、その炎で冷え切った体を温め野宿することとなった。

紅蓮の焔が夜空高く上がり、その熱に犇めき合う兵の誰もが激しい睡魔に襲われた。横たわる者、座り込んで舟を漕ぐ者、重なり合って動かぬ者……足の踏み場もない光景は正に地獄絵巻さながらである。その淀んだ空気を切り裂いて、全力で疾走してくる蹄音が響き渡り、立ち昇る煙の向こうに激しく鞭を当てる伝令の姿が確認できた。

「我は鈴鹿の関守の使者。ご報告に馳せ参じた。急ぎお取次ぎを請う」

息せき切って駆け付けた伝令の姿に、多くの者が大津一行の安否を気遣った。

「先刻山部王、石川王と名乗ります者、鈴鹿の関に到来し関所越えを願い出ております。二方とも未だ幼い年頃で、一行は十名程に上ります。対処のご指示を仰ぎたく、駆け付けましてございます」

大海人は色めき立った。

「大津だ。大津たちに違いない。速やかに通過させよ。路益人《みちのますひと》、鈴鹿に迎えに参れ」

大海人の指示を受けた益人と数名の兵は、すぐさま鈴鹿へ向けて馬に飛び乗り鞭を当てた。

【六月二十六日】

伊賀、伊勢を進軍する中、各地で多くの豪族が兵を率いて一行に加わり、その数はみるみる膨れ上がっていった。それらの軍勢で近江から東国への道筋の急所を固めて進み、この朝は桑名の手前、朝《あさ》明《け》の迹太川《とうがわ》の河畔にいた。川の対岸になだらかな丘陵地が開け、前日の豪雨で水嵩を増した川面を夏の陽光が照らしている。眩いばかりのその煌めきは、昇りゆく日輪が描き出す神々しいまでの絶景であった。

「皆の者、天照大神を拝礼する。伊勢の神宮に面を向けよ」

神仏への信仰厚く、陰陽道を駆使して予知能力を持つと崇められている大海人のこの言葉に、一同が倣いその場に平伏した。

「天照大神よ、我に力を与え給え。我らに戦勝の誉れを授け給え」

その瞬時、祈り続ける大海人に向けて光彩が放たれ、捧げ持つ槍先が陽光を照り返して鋭い閃光を放った。

「おおっ！」

多くの者から驚嘆の声が上がり『勝利の先駆け』とばかりに狂喜と興奮が渦巻いた。

朗報は尚も続く。鈴鹿より戻った益人の報告によると、関で足止めされていたのは山部王、石川王の名を騙った大津皇子一行であると判明した。警戒して名を明かさず、まずは関守の様子を伺っての行動だった。

遠くに大津一行の姿が見えた。まだ十歳にもならない大津が、一人で馬に乗ってこちらへ駆けてくる。次に続くのは恵尺だ。一年ぶりに見る忍人の姿も確認できた。三綱は皇子姿に衣裳を変えた大伯皇女を抱いている。一同の歓声が周辺一帯に轟き渡る中心には、馬を降りて駆け寄った大津を抱き締め、涙を流さんばかりの大海人の姿があった。三綱に抱えられた大伯皇女は、自分の男装が恥ずかしいのか俯きながらも父の姿に安堵の様子を見せている。幼くして母を失った姉弟への、夫の思い入れの深さを目の当たりにさせられた讃良の胸には、複雑な思いが交錯した。

大津を守り近江宮から脱出してきた舎人たちの最も後方に控えている、一人の男の顔に讃良の目が留まった。どこかで見知った男の顔だ。

〈あれは吉野の峠越えの折り、草壁を抱いてずぶ濡れになって歩いてくれた、あの舎人ではないか。大海人さまの言葉で吉野を去り近江方に下ったと思っていたが、それもあの男の策であったか〉

大分稚臣《おおきだのわかおみ》というその舎人は、周囲の興奮をよそに唯一人寡黙に額ずいていた。

朝明の郡家に着くと、美濃に遣わしていた村国男依が早馬で駆け付けてきた。

「美濃の軍勢三千にて、不破の関を塞ぎました。もはや東国への道は鼠一匹通れません。この者は尾張大隅と申す、不破の野上に私邸を有します者。大海人さまにその邸宅を献上することを申し出ております」

男依の背後に控えていた大隅と紹介された男が、恭しく頭を下げた。

「拙宅は近江に睨みを利かす好位置にござりますれば、陣を置き戦の差配をされる絶好の場所と心得まする。また軍資も如何様にもご用立てする所存にございます」

大隅の頼もしい言葉を聞いて野上の地に本陣を置くことを決めた大海人は、高市皇子を不破本陣に遣わすと即決した。

この夜、桑名郡家に入った。吉野を立ってから僅か三日。寝ずの進軍を続けた大海人軍は、この時点で伊賀、伊勢、美濃を制圧し更に鈴鹿関と不破関を封鎖したことになる。それは近江方を東国より完全に切り離したことを意味し、大海人の描いた戦略が明確にその姿を現し始めた。

【近江の地】

飛鳥宮の留守役、高坂王の使いが近江宮に駆け込み『大海人立つ』の報を受けた六月二十四日、それまで高を括っていた大友皇子の顔つきが一変した。帝王学と称し名高い学識者より様々な学問を受講してきたが、彼にとって兵法学ほど苦手なものはなかった。生来人と争うことを好まず、崇高で高尚な生き方を好んだ若い皇子は、父の死後その立場に押し上げられてからも、側近たちとの折り合いは決して良くはなかった。武器を捨て隠棲の地に去った叔父皇子が、自分に刃を向けてこようなどとは想像だにしていなかったのだ。左大臣の赤兄らが天智帝の陵造りと称して多くの農民らを招集しても、それを額面通りに受け取っていたし、家臣たちが吉野の大海人のもとに刺客を送っていることなど知る由もなかった。政局の蚊帳の外に置かれた純粋無垢な大友の耳には、赤兄の嘲るような冷酷な言葉が響き渡る。

〈学問で国が治められるとでもお思いか。欲しい物の全てを与えられ、庇護されてきた貴方に、戦の采配が振れますかな〉

誹謗の声に耳を塞いで逃げるようにかぶりを振った瞬間、重臣たちが部屋に駆け込んできた。

深夜の近江宮で作戦会議が始まった。誰一人まともに戦術を語れる者など無く、苛つく赤兄の貧乏ゆすりの音だけが、部屋中に響き渡っていた。

「大海人皇子は馬を持っていない。女人らもいるから、大した距離は進めまい」

弟果安の楽観的な言葉に赤兄が頷いた。

「今のうちに皇子の勢力地の美濃と尾張を抑えよ」

「すぐさま美濃に偵察の者を送れ」

中臣金も同調した。こうして三名の偵察が放たれた時には早々と夜が明けていた。その時、赤兄が気色ばんで叫んだ。

「高市皇子と大津皇子はどこだ。何をしている、早く確かめに行け」

しかし二人の皇子と大伯皇女の部屋は既に蛻の殻で、大切な人質は闇に紛れて近江宮を脱出した後だった。

偵察に送り込んだ三名の使者たちにも差し迫った緊張感が無く、不破に着いた時には二十六日になっていた。すでに不破の関は大海人軍によって塞がれ、二名の使者は取り押さえられた。間一髪で逃れた使者が近江に逃げ帰り、不破が敵の手に落ちたことが明確となる。

「東国は無理だ。あとは西国に頼る他ない」

近江方は筑紫と吉備に使者を遣わした。しかし吉備の国守からにべもなく断られると、苛立ちの余りその国守を手に掛けてしまう。筑紫では大宰府の長官に、

〈我等、外敵から国を守る使命がございます。この地を離れることはおろか、一兵たりともお貸しすることはできません〉

と体よく断られ、結果援軍は得られなかった。この事態を敏感に感じ取った豪族や舎人の間に混乱が起こり、蜘蛛の子を散らすように近江宮から逃走していった。

だがこの期に及んでも、近江方の重臣たちは『大海人皇子は直ぐには動かない』と踏んでいた。だがその考えの甘さを思い知らされる時が刻一刻と迫っていた。

【桑名の地】

三日に及ぶ強行軍を終え、桑名の地で一息ついた大海人は次なる一手を模索していた。

〈高市、大津そして大伯は我が手中に戻ったが、残すは十市と額田の救出だ。そして御恩ある倭姫王さまのお命を担保せねばならぬ〉

その大海人の胸中を最も理解していたのは讃良自身である。あの近江宮での夜宴の席、兄に刃を向けた大海人を救ってくれた二人の女人方。倭姫王は父の仇である天皇よりも大海人に心を砕いてくれた。その皇后の心情が痛いほどに解る。

〈自分と同じ境遇を生きてこられた倭姫王さまを、何があってもお救いせねばならない。そして額田王さまと十市さまも〉

あの宵、大海人に相聞歌で語りかけた額田王の姿が鮮明に蘇ってきた。

〈あれは昔を懐かしむような歌ではない。どうか私に託けて、天皇への忠誠を申し上げなさいと、大海人さまに示唆されたのだ。その深いお心を、今はっきりと解釈できる〉

額田への恩義が溢れ出た。

その時、采女が来訪者を告げに来た。

「阿比多が密かに背戸口に参っております」

『大海人立つ』の一報を聞きつけた阿比多ら間者衆は、飛鳥からの険しい山道を美濃目指して馬を飛ばし、たった今桑名に到着したばかりである。長旅の疲れも見せず、茶褐色に日焼けした顔が無表情に問い掛けてきた。

「我らはこれより、何をいたせば宜しいでしょう」

「明朝、大海人さまは野上の本陣へ移られ高市皇子と合流される。其方らは皇子さまと共に野上へ赴き、近江へ攻め入る者たちと行動を共にせよ。そこで成してもらいたき事がある。それは……」

夜陰に紛れて密議が続いた。

「讃良、其方に皇子たちを預ける。この地に残り彼らを守ってくれ」

夜明けと共に大海人は兵を引き連れ不破の野上へと出立していった。残ったのは幼い四人の皇子皇女と舎人が数名ほど、そして守りを固めるのは讃良の出身地、河内国の兵たちだけだ。采女と鷺人を含めたこの人員で、食料と軍事物資の拠点である桑名を守らねばならない。その指揮官が讃良であり、その任はすこぶる重い。大海人がいかに自分を信頼してくれているかを思うに付けて、讃良の武者震いは止まらなかった。

【不破の地】

ここは野上の行宮から程近い高市皇子が逗留している和蹔《わざみ》である。次々と馳せ参じてくる東国の豪族とその兵たちで、周辺は身の置き場もないほど騒然としていた。若い高市の片腕となって兵たちの差配をするのは、村国男依ら美濃の豪族たちだ。美濃、尾張を始めとする東国は、古くから鉄の生産に関わってきた氏族が多く、当然ながら武器の調達にも長けている。数多の兵たちが優れた武器を持って集結してきた。

大海人が野上に到着すると間もなく、尾張の国司が二万の軍勢を率いて参戦してきた。その兵たちを近江へ通じる街道の要所要所に配して臨戦態勢は整った。

「高市、いよいよだぞ。我が軍を二手に分け、東の不破と南の飛鳥より近江を挟み撃ちにする。飛鳥では馬来田の弟、大伴吹負が兵を集めて出陣を待っておる」

「はい。一昨日、敵の間者と思しき者を二名捕らえましてございます。近江方は未だこちらの動きを捉え切れてはおりません。私は若輩者ですが、父上の命を受け、諸将軍を率いて敵を打ち負かしとう存じます。何卒出陣の御指令をお与えください」

真っ直ぐな若者の目が大海人を見上げていた。

「高市、良くぞ申した。其方を総大将として馬と鞍を授けよう。そして男依ら名立ての猛者を其方に預ける。良いか、くれぐれも油断するでないぞ」

「はい」

「今一つ、近江宮に精通している其方に内密で頼みたいことがある。宮に残る女人たちの事だ。倭姫王さまと我が娘の十市を助け出してほしい。額田の身も気掛かりだ。阿比多、これへ」

物陰から男が進み出た。

「これは百済人の阿比多と申す者。倭姫王さま救出後の手筈は、この者が熟知している。其方は女人らを阿比多に託すのだ。良いな」

「承知いたしました」

高市の胸に十市皇女の面影が去来した。今は人の妻となってしまった人。近江宮で初めてあの人を見かけた時の甘やかな記憶。その夫である敵軍の将に刃を向ける運命の皮肉。高市の胸はやり切れぬ程に締め付けられた。だが決戦の時は、すぐそこまで迫ってきていた。

〔三〕

六月二十九日、飛鳥の地でその火蓋は切って落とされた。この日を睨んで周到に戦の準備をしてきた大伴吹負は、飛鳥寺近くに兵を集めていた近江軍を、流言飛語で以って惑わせた。

『高市皇子が大軍を率いて襲ってきたぞ』

これに浮足立った兵たちを僅か数十騎で蹴散らす。そして武器庫の役人を殺して大量の武器を手に入れることに成功した。飛鳥を占領した功績によって吹負は大海人から将軍の任を授けられ、将軍吹負のもとには近隣から腕に覚えの豪族たちが怒涛の勢いで集結してきた。

だが近江軍にとっても、飛鳥は嘗ての都である要衝の地。飛鳥奪還の為に多くの兵を難波と大和の双方から差し向けてきた。一旦近江方面へ向かった吹負であったが、

『このままでは飛鳥が手薄になります』

という進言を受けて、部下たちを飛鳥に戻すことにした。彼らは飛鳥を流れる川の橋を壊してその橋板を盾に見立て、夥しい数を周辺に配置した。この行動が後の戦況の大きな分岐点となるのである。

七月二日、不破では数万の兵が今か今かと出陣の時を待っていた。大海人は兵たちを、進軍してきた道を戻り伊勢から大和に入る部隊と、淡海の東岸沿いを進んで直接近江に向かう二手に分けた。東海側の将軍を紀阿閉麻呂《きのあえまろ》として、吹負への援軍を指示した。近江路を行く部隊は男依、広、君手、根麻呂たち大海人古参の舎人で構成され、総大将に高市皇子を戴く最強の布陣である。この部隊で近江

宮への最短距離を進軍して近江側の本陣を突く計画だ。兵たちは皆、鎧や槍に赤い布を結んで敵味方の区別を要易《たやす》くした。その昔、漢の高祖劉邦が楚の項羽との戦場に、赤い布を付けて臨んだという故事に倣ったものだ。ついに進軍の命令が下った。大海人自らは、朴井雄君、大伴馬来田という二人の知恵者を従えて、ここ野上行宮に泰然と陣取ったのである。

七月四日、大和の北部に位置する乃楽山《ならやま》で吹負は朝廷軍を迎え撃ったが、圧倒的な数の差で劣勢を強いられていた。一旦、宇陀方面への敗走を決めた吹負のもとに、紀阿閉麻呂を将軍とする援軍が到着し合流を果たした。翌五日、吹負軍は体制を立て直して當麻《たいま》の地で近江軍に勝利した。

一方、乃楽山で勝利した近江軍はその勢いをそのままに、一気に飛鳥奪回に向かった。しかし小高い山の上から見下ろした飛鳥の地は、全て盾と思しき防備が張り巡らされているではないか。吹負の部下たちが壊した橋板で工作した備えであるとも気付かずに、これ以上の進軍を諦めた近江軍は、踵を返して去っていった。勢いを得た吹負の軍は、翌六日も箸墓での戦いに圧勝する。

これで大和での勝利を確実にした大海人軍のもとには、周辺や遠く吉野の村人たちが食料や日用品を手にやって来た。その中には大海人を匿った国栖の村人や、宇津木の住む十津川の人々の姿があった。彼らは後方支援という役目で大海人軍に加勢し、自分たちの意思を示したのだ。

村国男依を将軍として淡海東岸を進む本軍は、出陣当日の七月二日に不破の玉倉部《たまくらべ》に分隊を派遣して難なく勝利を納めた。これを契機に倉歴《くらふ》では当初劣勢だった戦況に、三千の援軍を投入して辛くも勝利をもぎ取ることに成功する。七日は男依自らが将軍を務める部隊が息長横河《おきながのよこかわ》で近江軍に圧勝。勢いに乗った男依軍は、九日には鳥籠山《とこのやま》にて再び敵を叩きのめした。十三日は安河で、十七日は栗太《くるもと》で連戦連勝の進軍を果たしたのである。近江軍は完全に統率を乱し、内輪もめや内紛が渦巻いた。それが更なる失望感を生み、多くの豪族が戦線を離脱して大海人方に寝返る者が続出する。

他方、淡海の西側を密かに進む分隊があった。高市皇子を先頭に歩を進めるこの部隊後方には、阿比多ら百済人の間者衆が付かず離れず従っている。進む先には近江方の籠城である三尾城《みおのき》があった。ここを攻略すれば近江宮の北側へ回り込める。そして手薄になった宮から女人たちを救出できる。これが大海人から高市が授かった密令なのだ。この部隊には力強い援軍が参加していた。近江軍に反旗を翻した羽田矢国《はたのやくに》と出雲狛《いずものこま》である。『高市皇子の補佐を頼む』大海人から直々に声を掛けられた彼らの心は気概に溢れていた。

七月二十二日、いよいよ最終にして最大の決戦となる日がやって来た。

〔四〕

大伴吹負は戦線を見計らっていた大和から動き出す。他の豪族たちを近江に向かわせ、自身は私兵のみを連れて山越えの道を難波へ向かった。そして難波の地から西国の国司らに向けて統治権の象徴である【鍵・鈴・印】を差し出すよう、大海人からの指示を通達した。この時点で大海人は、終戦後に西の諸国を配下とする青写真を、すでに描いていたことになる。

湖西の三尾城は、いとも容易く落ちた。近江軍の兵たちは最早、戦意喪失した烏合の衆以外の何物でもなかった。高市皇子は三尾城を後にして、淡海沿いを進み近江宮の北の入り口まで来た。宮殿に敵兵たちの姿は無い。兵たちは皆、大海人軍が大挙して押し寄せている南の瀬田川に引き付けられているのだろう。高市は矢国と狛、そして阿比多を引き連れて近江京内に入った。知り尽くしている宮殿の中を女人方の住まう部屋へと向かう。意外なほど静寂に包まれる内裏には、遠くから戦の喧噪が僅かに聞こえてくるだけだ。覚えのある部屋を見つけて外から声を掛けると額田王が現れた。

「高市さま」

一瞬驚きを見せたが、

「さあ、こちらへ」

と部屋に誘われた。そこには十市皇女が、三歳になったばかりの息子と共に座っていた。久方振りに見る憧憬の女人。少しばかりやつれたその面差しに、皇女が今置かれている複雑な立場と心境が窺われた。

「父大海人皇子の言い付けで、お二人をお迎えに参りました。倭姫王さま共々、一刻も早くこの場をお離れください。輿の準備はできております。さあ早く」

「大海人さまが」

額田王の体が大きく傾《かし》いだ。それを支える采女に向かい、

「支度を急げ」

と矢国が思わず声を荒げる。

「倭姫王さまは何処におられる。早くお連れしろ、急げ」

額田王は覚悟を決めた。そして十市を促して、

「さあ参りましょう。この子の為にも行かねばなりません。さあ」

十市は小刻みに震えながら我が子を両の手に抱き上げた。額田王に続いて部屋を去る十市がその刹那、高市の方を振り返った。二人の視線が絡み合った瞬間、片時も忘れずにいた忍ぶ思いが堰を切った。

「十市さま、どうかご無事で」

高市の声は震えていた。十市は静かに頷くと、何か言いたげな表情を思わず伏せて部屋を後にした。

回廊の陰に、阿比多らによって輿が速やかに用意された。狛に先導された倭姫王が采女に手を引かれて現れ輿に乗り込む直前、目に焼き付けるように宮殿の方を振り返った。図らずも皇后という立場となって過ごしたこの宮に未練などはない。だが裏腹に心は激しく痛む。その姿を慮った采女の一人が、狛の耳元で囁いた。

「大友皇子さまは私共に、一刻も早く宮から逃げるよう仰せになりました。昨日までに多くの女人方は去っていかれましたが、大后さまと十市さま、額田王さまはここに残る覚悟を決められたのです」

「さもあろう。だが逃げて頂かねばならない。これは大海人さまの強いご意思だ」

狛は倭姫王に目をやった。大后は泣いていた。男たちに翻弄されて生きてきた運命を、この近江宮に葬る為の惜別の涙だったのかもしれない。

「阿比多、山科を大きく迂回してから後、飛鳥を目指せ。女人方を頼んだぞ」

高市の言葉に、三人を乗せた輿は阿比多らに守られて近江宮から去っていった。

「狼煙を上げろ」

輿が小さくなっていくのを見送って矢国が叫んだ。脱出成功を味方に知らせる為、予てより申し合わせてあった合図だ。淡海を渡って吹き付ける折からの強風に煽られて、黒々と立ち昇る煙を、高市はいつまでも見上げていた。想う人が少しでも遠くへ逃げることができますようにと、祈る心持ちで飽かず煙を見つめていた。

〔五〕

「狼煙が上がったぞ」

「開戦の合図だ」

瀬田川に掛かる瀬田の唐橋には、弓矢を構えた数多の兵たちが川を挟んで対峙していた。東岸に大海人軍、西岸に近江軍、共にその最後尾が見えない程の兵の数である。幟旗がはためき、人馬の蠢きで起こる土埃で視界が全く利かない。狼煙の合図と共に男依を総大将とする大海人軍は一斉に鉦鼓を鳴らし、瀬田橋を駆け渡ろうとしたが、敵の仕掛けに気付き橋を渡れずにいた。近江軍の先鋒は智尊という渡来人の僧で、並外れた知恵者であり命知らずの武芸者でもある。彼は中央の橋板を切り落として別の長板を置き、渡ってくる大海人軍を人馬諸共に川に転落させる作戦に打って出たのだ。唐橋の両側から敵方に向け放たれる矢が雨あられの如く降り注ぎ、次々と兵たちに命中した。互いに進むも引くもできない戦況のなか、一人の勇気ある若者が長矛を捨てて刀を抜き、降りしきる矢の中を長板を踏んで突進した。そして長板の先端に括り着けられていた仕掛けの縄を断ち切ったのだ。これを見た近江軍は混乱を起こし逃げ出す兵が続出する。敵将の智尊は逃げ惑う味方の兵を切り捨て、なおも攻撃の号令を叫び続けたが、ついに大海人軍の兵に橋のたもとで斬られ絶命した。これによって近江軍は総崩れとなり、男依らは瀬田川を渡って近江宮へ向かうこととなった。一人の勇気ある若者の決死の行動が大海人軍を勝利に導いた。彼は敵の仕掛けを見抜き、長板を引くための綱を断ち切るべく、我と我が身を投げ打って大博打に出たのだった。若者の名は大分稚臣。寒雨の吉野越えで草壁皇子を抱きかかえて歩き続けた男、その後近江宮へ戻り脱出する大津皇子に付き従った男。寡黙で先を見通す目を持った一人の若者が、その身に矢傷を受けながらも先陣突破という大仕事をやってのけたのである。

〔六〕

瀬田唐橋を突破され近江宮へ雪崩れ込んでいく大海人軍を横目に見ながら、園山に本陣を置く近江側の重臣たちは我先に逃亡した。身分ある者たちはすべて大友皇子を置き去りにして逃げ去った。残ったのは最下級役人の物部麻呂という男だけである。大友は彼と数人の舎人だけを供に一路大友郷を目指した。その地で支援者を集めて北方の若狭方面へ逃亡する、これが残された唯一の道であった。ひたすら鞭を当てて進む右手前方には、紅蓮の炎を上げて燃え盛る近江の宮殿や伽藍があった。父天智帝が造り上げた王宮、その思いを受けて引き継いだ近江宮が音を立てて崩れていく。守れなかった父の遺産、そして果たせなかった父からの期待。遷都から僅かに五年、父が心血注いで築き上げた都。その全てが手中から消え去っていく。

〈百戦錬磨の叔父に叶う筈などなかった。重臣らの心さえ把握できなかった歯痒さが、今更ながら口

惜しい。どうかこの上は十市と我が子が無事でいてほしい〉

そう祈る大友の耳に、宮殿が焼け落ちる轟音が鳴り響き、激しい地鳴りが聞こえた。漆黒の闇の中に、龍の断末魔にも似た火柱が立ち昇っていた。

虚無感のなか、七月二十三日が白々と明けてきた。付き従う舎人は一人減り二人減り、麻呂ともう一人の老舎人だけになっていた。

〈これ以上逃げ伸びることは真意ではない〉

大友はその覚悟を麻呂に告げ、老舎人は泣きながら荒縄を手にした。彼の刀は既に刃こぼれを起こし、無用の長物となっていたのだ。大友郷の外《はず》れ山前《やまさき》の草深く小高い丘、近江宮を見渡せるこの場所を終焉の地として自らの命を絶った若い皇子。その二十五歳の死に顔は、実に外連味の無い清らかさだった。


敗走する重臣らは次々に捕らえられた。まず右大臣の中臣金が男依の手によって高市皇子の面前に引き出された。この後に及んでまで命乞いする中臣金の姿に、高市の憤りが爆発する。

「主君である大友皇子を見捨てて逃げたというのか。許せぬ、断じて許せぬ。其方の如き家臣らに担ぎ上げられた大友皇子が哀れだ。不忠の身を恥じて沙汰を待て」

と言い残して去っていった。翌日には左大臣の蘇我赤兄も大海人軍の網に掛かる。近江方の猛将、犬養五十君《いきみ》、谷塩手《しおて》らも斬り殺された。だが勝利を確信するなかで、高市は苛立っていた。

「大友皇子を探し出せ。必ず生きてお連れするのだ。これは父、大海人皇子の御命令である」

依然として所在不明な敵将は、高市皇子にとって尊敬する兄のような存在であった。他者を疑わず真っ直ぐな見識を持ち、学問に秀でた皇子。折に触れてその姿を目の当たりにしてきた高市は、何としても生きていてほしいと願った。

〈十市さまの為にも必ず生きていてください〉

だが高市の願いは打ち砕かれた。

「物部麻呂と申す者、大友皇子さまの御首級《みしるし》を携えて出頭してまいりました」

男依の言葉に高市は膝から崩れ落ちた。布に包まれた首級は毛髪一本の乱れもなく丁寧に死化粧が施されており、正しく大友皇子その人であった。残酷さと神々しさが併存するその姿を、誰一人として正視するなどできる筈もない。敵将の為にその場の誰もが血の涙を流し、嗚咽が止まらなかった。

二十六日、大海人軍の将軍たちは不破に向かい戦勝の報告と共に、大友皇子の御首級は野上本営の大海人のもとに届けられた。こうして天下を二分した叔父と甥の戦いは、大海人軍の圧勝で幕が降ろされたのである。

第十章　鸕野皇后

〔一〕

近江宮を脱出した三基の輿は、阿比多ら百済の間者衆に守られて飛鳥宮を通り過ぎ、山道を登っていた。一昼夜を歩き続けてきた一行の耳に、道すがら聞こえてくる民人の声が落胆と絶望を突き付けてくる。

〈近江の宮殿が燃え落ちた〉

〈重臣たちは散り散りに逃げ去ったらしい〉

雑音に耳を塞いで腕の中の我が子を掻き抱く十市皇女の脳裏には、決戦前夜の夫の姿が哀しく映し出された。

〈もう逢うことは叶わぬだろう。どうか子と共に生き永らえてくれ〉

父と夫との戦さ……夢ならば醒めてほしい。時を戻せるものならば、この身を八つ裂きにされても構わない。そう神に祈っても詮無いことだと、十市自身が一番良く解っていた。

「着きましてございます」

輿が到着したのは岡山の簡素な館であった。草壁皇子が幼い日を過ごしたこの岡山の宮を、倭姫王たちの避難と寛ぎの場にと考えたのは讃良自身であった。

〈人里を離れた静寂の地で、平穏な日が訪れるまでお三方をお守りせねばならぬ〉

そこには受けた恩に報いる為の、讃良の強い思い入れがあった。四年前の近江宮での、兄弟の確執が白日の下に晒された饗宴の宵。大海人の命を救ってくれたのは額田王であり、さり気なく力添えしてくれたのは倭姫王だ。あの夜の出来事を忘れたことは一度たりとも無い。大海人の命令で救い出された女人方の安息の地となりますように……。讃良の思いが阿比多に託された。

「倭姫王さま、ここは山腹にあるご覧の通りの静かな宮です。鸕野のお妃さまからのお言い付けで、心穏やかにお過ごし頂けるようにとご用意させてもらいました。私は百済人の四比億仁と申します。そしてここに控えますは、鸕野さま側仕えの手児奈と申す者。この者に何なりとお申し付けくださいませ」

讃良から指示を受けた阿比多が、億仁や手児奈と万端の準備を整えてきた。気の張る旅疲れで曇りがちだった倭姫王の愁眉が僅かに開いた。

「億仁殿とやら、敵方の女をこのように迎え入れて頂き御礼の言葉もありません。私たちは近江の地で果てて当然の身です。その覚悟もいたしておりました。しかし大海人皇子さまのお心に救われ、今また鸕野皇女さまのお気持ちを知り、もう一度生きてみようと心を決めました。十市は更に辛い立場を背負って生きていかねばなりません。私と額田さまで支えてまいりましょう」

静かに頷く額田王の細いうなじが微かに震えた。各々の過去を抱えた女人たちの悲哀が漂う薄暮の岡宮。その静寂の中に、初鳴きのヒグラシの声だけが響いていた。

〔二〕

八月二十五日、大海人皇子は高市皇子に命じて、近江の重臣たちの罪状と処分を布告する。重罪とされた中臣金はじめ八名を死刑とし、蘇我赤兄と大納言の巨勢人《こせのひと》、及びその子孫、中臣金の子孫、既に自害して果てた蘇我果安の子孫を流罪としたが、他の全ての人々を許した。多くの有能な人材が失われることを危惧した温情の差配は、結果さらなる求心力を大海人にもたらすこととなる。その一人が物部麻呂であった。大友皇子に最後まで付き従った忠義の行動によって彼は許された。そして一介の官人であったこの男の出世物語が、この時から始まるのである。

その後、武勲の者の功績を讃えて恩賞を授けた大海人は九月八日、いよいよ不破を発ち讃良が待つ桑名へと向かった。ふた月ぶりに相まみえる夫と妻である。その間に二人の運命は激変し、その立場も様変わりした。しかし互いを信じ敬愛する思いは、何一つとして変わってはいない。皇子たちを交えて緩やかに更けていく桑名の夜は、多くを語らずとも心持ちが通い合う濃密な時間となった。

大海人一行は、僅か三日で踏破した往路を一週間かけて飛鳥へと戻った。そして父の舒明帝、母の斉明帝所縁の飛鳥岡本宮に隣接した土地に、新しい宮の建設を始める。冬になって完成した新宮に入った大海人は、満を持して天武二年（六七三年）二月、天皇に即位し、吉野隠棲からの苦難の日々を共にしてきた讃良を皇后の位に就けた。天皇の皇后に対する信頼は厚く、大臣を置かずに夫婦二人体制による政治が行われることとなる。倭という国名を太陽の国を意味する『日本』に改め、大陸や半島の諸外国と対等に渡り合える力を持つべく、法に基づく国造りを目指した。ここに天皇を中心とする、本格的な中央集権国家が動き出したのである。

〔三〕

天武天皇には一つ気掛かりがあった。兄天智帝から近江宮に呼び出された折り、伝令の立場を超えて忠告してくれた蘇我安麻呂の安否である。

〈よくよく御留意の上、ご返答なさいませ〉

彼のこの忠告が無ければ、今の自分は無かったかもしれない。近江方の重臣らに盾突いてまで忠言をくれた安麻呂の所在に八方手を尽くしたが、数か月たった今も杳としてその行方は掴めなかった。

ある日、西国に出向いていた根麻呂が情報を持ち帰ってきた。

「安麻呂さまの安否、解りましてございます。蘇我赤兄に仕えていた男に問い質しましたところ、叔父の赤兄に激しく詰問されたのち、石牢に入れられ獄中で病死された由にございます」

「何と、亡くなっていたか」

「はい、ろくに食事も与えられず、御無念であったろうと男が申しておりました。死の間際まで、幼い一人息子のことを案じておられたそうにございます」

「その幼き遺児を探し出せ。安麻呂殿の御恩に報いねば神仏の誹りを受ける。一刻も早くお探しするのだ」

六世紀中頃から権勢を振るってきた蘇我宗家。権力を失った乙巳の変の後は、天皇の忠臣となってその家名を存続させてきた。本家の石川麻呂が謀反の疑いで無念の死を遂げて以降、弟の赤兄、連子、果安らは天智帝にすり寄って生き延びてきたのだ。連子は早くに病死し、壬申の乱で赤兄は流罪、果安も自刃し彼らの子孫たちも配流の身となった。この時点で蘇我の血を引くのは、連子の子孫だけとなっていたのである。その家長である安麻呂が不遇の死を遂げた今、幼い男子にだけ蘇我の血が受け継がれていることになる。根麻呂は密偵の力を借りて安麻呂の遺児を探し出した。その子は石足《いわたり》という名の六歳になる少年で、安麻呂の母が匿い安麻呂の妹娼子が弟のように慈しんでいるというが、この幼子が父の死の真相を知る術もない。天皇はその忘れ形見の少年に過大な恩賞を贈り、将来の冠位を約束した。

〔四〕

跡太川の畔で天照大神に戦勝祈願した後に圧倒的な勝利を収めた天皇は、伊勢神宮への崇敬を更に深めた。信仰の拠り所として特別な在所と考えるに至り、常にその地での遥拝が叶わない自分に代わって神宮に仕える斎宮の制度を復活させることを決める。斎宮で仕える斎王は母の身分が高い未婚の皇女という条件から、大伯皇女がその任に選ばれた。大伯は一年以上の斎戒《さいかい》生活を送った後、伊勢に向かうこととなったのである。

母の死後肩を寄せ合って生きてきた姉弟にとって、辛く悲しい別れの時が迫っていた。十三歳の大伯にとって二つ年下の大津が心の支えであり、また幼くして母を亡くした弟の寂しさを、姉の優しさが埋めていた。

「貴方の成長を間近で見守ることができないのが、何よりも気掛かりです。皆さまと睦まじくなさるのですよ。そして貴方らしく生きてくださいね」

「はい、姉上こそお一人でお淋しいでしょうが、どうかお健やかに」

「体に気を付けてね。亡き母上がきっと貴方を守ってくれます。さようなら、大津」

「姉上……」

涙で言葉にならない姉との語らいは、いつ又逢えるとも解らない惜別の場となった。優しい姉は遥か遠く、伊勢の人となってしまった。

〔五〕

姉との別れから一年が過ぎ、先帝がその素養を殊のほか慈しんだ大津皇子は、眉目秀麗な若者に成長していた。明朗な大津は多くの友と交わり、その誰もが彼に魅せられた。周囲には人の輪が広がり、絶え間ない笑い声に包まれる。幼い頃からの学問好きで培われた博学ぶりに加え、弓矢や剣にも優れた素質を発揮、しかも自由闊達さは人々の概念を遥かに超えている。更に精悍な面立ちと堂々たる体躯には艶っぽい生気が漲り、男も女も彼に魅了された。

大津の成長振りは、皇后として揺るぎない地位にいる讚良の神経を、弥が上にも逆撫でた。朝明の地で、幼い大津が一人で馬に乗り駆けてきた時の姿が思い起こされる。父の大海人は力の限り大津を抱き締めた。あれほど憚ること無く愛情を表現した夫を、讚良は初めて目にした。そして桑名で過ごした日々、皇子たちの中心にいたのは常に大津だった。従者である鸕人とも分け隔てなく接し、共に語り共に笑い合っていた姿が思い出される。つい草壁と大津を比べて、滅入る気持ちを打ち消したことが幾度あっただろうか。年月が流れる程に、あの時の気掛かりは更に膨れ上がっていった。

宮殿の中庭で偶然に大津の姿を目に留めた讃良は、好機とばかりに彼を呼び止めた。そして人払いをしてから切り出した。

「桑名での日々が昨日のことのようなのに、皇子は見紛うばかりにご立派になられて、さぞかし亡き姉上が喜んでおられるでしょうね」

「恐れ入ります」

「皇子に憧れている女人は星の数ほどいると聞いていますが、貴方を目の当たりにすると、それが巧言では無いと良く解ります」

「いえ……」

「ところで皇子には、先の帝がお決めになった許嫁が居られるとか」

「はい、山辺皇女でございます」

「山辺は私の妹に当たる皇女ですが、年も離れており殆ど顔を合わせたことはありません」

「近々に是非とも」

「赤兄の孫娘ですわよね」

「はい」

「時代は変わりました。流罪となった者の縁者を妻にするなど、お止しなさい。先帝との約束を反故にしても、もう誰も何も申しますまい」

「……」

「皇子ほどのご器量なら、妃となる皇女はいくらでもおります。貴方のお気に召した方を、是非お引き合わせいたしましょう」

話を切り上げて立ち去ろうとする讃良の足を、大津の臆することのない言葉が引き止めた。

「私は山辺を妻とします。皇后さまのお気遣い大変有難く存じますが、幼い頃よりの約束を違えることはいたしません。いずれ亡き母の話など、是非お聞かせくださいますか」

そう言って清々しく微笑んだ大津の姿に気圧されたのか、讃良には次の言葉が見つからなかった。

〔六〕

「草壁皇子さまが、ある侍女をお気に召して歌を贈られたそうにございます。ところが返歌が届かず大層お悩みのご様子だとか」

手児奈が言い難そうに耳打ちしてきた。手児奈は岡宮で倭姫王たちに仕えた後、讃良のもとに戻ってきていた。讃良が皇后となった今、政務で多忙な皇后に宮廷の様々な雑事を報告するのも、彼女の重要な役回りである。

「侍女？　そのような身分の者、捨て置け」

「然りながら、あの穏やかな皇子さまがこの度は随分とご熱心で、大層お心を痛めておられるとか」

「して、その女子は何者です」

「はい、皇子さまの御身の周りのお世話をしております石川郎女と申す采女。目元涼しく肌は滑らか、話し声は鈴を転がすようで……。女の私でも思わず身震いするほどの娘です」

「手児奈、女子の見目形など瞬く間に色褪せるもの、恋慕の情など立ち所に移ろうものです。其方ほどの年ならば良く承知しておろう。放って置きなさい」

「ですが、その娘には大津皇子さまも大層ご執心で、既にお歌を交わされた仲だと聞き及びました。津守通《つもりのとおる》と申す陰陽師に占筮《せんぜい》させましたところ、その真意を言い当てましてございます」

「何、早くそれを申さぬか」

大津に対する警戒と嫉妬の思いが俄かに湧き上がってきた。

「手児奈、今すぐ姪娘さまをお呼びして。急ぎなさい」

主人の余りの豹変振りに仰天した手児奈は、一目散に部屋を飛び出していった。

〈一刻も早く草壁に妃を迎えなければ〉

讃良は焦燥に駆り立てられた。まだ子供だと思っていた我が子も、今年十三歳になる。

〈妃にはこの上なく由緒ある血筋の皇女を迎えねばならない。容貌は衰える、そして色恋も不変ではない。変わらないものは唯一つ、血脈の正統性とその重みだけだ〉

あれこれと思案を巡らせていると、姪娘が手児奈に案内されてやって来た。久方振りに逢う叔母の穏やかな笑顔に、逸る心持ちが解かれていった。

「姪娘さま、お久しゅうございます。ゆるりとお目に掛かれる暇もなく、お許しください」

「皇后さま、勿体ないお言葉、恐縮に存じます」

「どうぞ昔のように、讃良とお呼びになってください。姉と共に過ごした河内での懐かしい日々、楽しゅうございましたね」

「ええ本当に。あの讃良さまが今は紛うことなき皇后さま。大変誇らしく存じます。ところで火急の御用件とか」

「婭娘さま、私たちは同じ蘇我の血を引く者、お頼りできるのは貴女さまだけです」

「はい」

「貴女さまには皇女さまが居られますわね」

「はい、娘が二人おりますが」

「下の皇女はお幾つになりました」

「阿閇は今年十四になります」

「そうそう筑紫へ出立する折り、姉と私を訪ねてくださった貴女さまは、ご懐妊されていましたね。あの時のお子が阿閇皇女なのね。ちょうど良い。大人しい草壁には年上の妃が打って付けです。婭娘さま、是非とも阿閇皇女を草壁の妃にくださいませ」

「まあ何と誇らしいこと、光栄の極みにございます」

「草壁は次の天皇となりましょう。そうなれば阿閇皇女は将来の皇后となられる。皇后の地位に相応しい皇女を探しておりました」

「ありがとう存じます」

婭娘は歓喜と恐縮の余り、今にも涙を流さんばかりだ。

「ところで上の皇女、たしか御名部さまと申されましたか、どうされていますか」

この問い掛けに、婭娘の表情が見る見る曇っていった。

「それが、先の戦で近江宮から逃れます折り、混乱の中で御名部と逸れてしまったのです。最近になって、さる地方豪族の邸に養護されていることが解りました。何と申しても年頃の娘です。戦から早や三年が経ち、その地でどのような扱いを受けているか、それを思うと心が張り裂けそうです」

「まあ何ということ……。急ぎ算段をいたさねば。有らぬ噂が立たぬうちに手を打たねばなりません」

讃良の動きは素早かった。直ちに阿比多を偵察に向かわせて、皇女を庇護したという名目でその地方豪族に恩賞を与えた上、御名部を取り戻したのだ。姪娘が喜んだのは言うまでもない。天智帝の血を引く御名部皇女はこの時十七歳になっていた。

〈一刻も早く嫁ぎ先を決めねばならない〉

直感的に然るべき皇子の顔が脳裏に浮かんだ。

〔七〕

天武帝は有力豪族を政治中枢から遠ざけて皇族中心の皇親政治を目指し、皇子たちを要職に就けるべく画策していた。高市皇子は天皇の第一皇子であり、壬申の乱での功績も大きい。他の皇子たちが未だ幼かったこともあって天皇からの信頼は絶大で、近江宮より救出した十市とその子の世話をするのも、父から委ねられた高市の役目だった。夫を失ってからも、嘗ての敵方の庇護のもと安穏に暮らしているという好奇と非難の視線が、容赦なく十市に向けられていた。幼い日の憧憬の異母姉が人目を憚って生きている姿に高市の胸は締め付けられ、秘めたる恋慕の心はやがて憐憫の情へと変わっていった。二十歳を越えた高市が未だに妃を持たず女人たちとの浮いた噂も無いのは、十市の心を慮ってのことと多くの者が密かに頷き合った。

〈御名部を貰ってもらう皇子は高市以外にない〉

目を付けた獲物を、讃良が逃す筈は無い。

「高市皇子、御上の覚え目出度い貴方が未だに独り身とは、飛鳥の女人たちの目は何処に付いているのでしょうね。それとも何方か意中の方でもおありですか」

讃良は冗談めかして高市の反応を伺った。高市が昔から十市を慕っていることを、勘の鋭い讃良はとっくの昔から察していた。

「皇后さま、お揶揄いくださいますな。今は父帝のお力になるべく精進の日々を送っております故……」

「女子など無用とお考えですか」

讃良の追求は容赦なかった。

「いえ、私が不調法なだけでして」

「貴方には然るべき皇女をと、ずっと考えておりました。妃を娶っても、恋の一つや二ついくらでもできるではありませんか。少しは父君を見習われたら如何？」

到底、問答で叶う相手ではない。答えに窮していると、忽ちの内に核心へと誘われてしまった。

「御名部皇女をご存じ？　先帝と私の叔母姪娘との間の皇女です。故あって最近、預け先から実家に戻ってまいりました。娘というには少し大人びてはおりますが、身分はこの上ない娘です。是非とも貴方の妃にと思うのですが、如何かしら」

「はあ」

「一度是非、お引き合わせいたしましょう。宜しいですわね」

有無を言わせぬ讃良の語気に、高市は抗う術が無かった。今や宮廷での皇后の地位は揺るぎないものとなっていたのだ。

讃良の肝煎りで高市皇子と御名部皇女の婚姻は瞬く間に決まった。二十一歳と十七歳。当時としては遅い結婚であったが、充実の時を迎えている高市と、静謐な風情の御名部は実に似合いの一対であった。心に傷を持つ妻を何事も無かったかのように悠然と受け入れた夫。高市は持ち前の性格から妻を慈しみ、御名部も夫の度量に、次第に心を開いていった。

〈高市とはそうした男なのです。心の奥底をひた隠して現実を直視し、それを受け入れる。御名部は幸せになるでしょう。これで姪娘さまに一つ恩返しができました〉

翌年には長男が、続いて次男も誕生すると、讃良の高市への信頼は更に絶大なものとなっていった。

〔八〕

飛鳥宮から少し離れた邸に、額田王は十市皇女とその子葛野王《かどののおう》と共に人目を忍ぶように暮らしていた。宮中の諸行事から一線を画し歌の才を自ら封印して、心に傷を負った我が娘に寄り添う常なる日々。それが命永らえた女人のよすがとなっていた。十市も夫の死後も縷々綿々と生き永らえる身過ぎに、心の折り合いを付け切れずにいた。時折り高市皇子が訪ねてきて、幼い葛野王の遊び相手をしてくれる。遠く懐かしい昔話に今を忘れる瞬間もあったが、皇子が妃を娶ってからは自然とその回数も減っていった。

天武六年（六七七年）は旱《ひでり》が続き夏の干ばつが都を襲った。続いて大地震が起きて世の中は不安と不穏のなかにあった。天皇は天変地異の収束を願い、祭祀の為の斎宮を倉橋川の上流に造設することを決める。

翌年には宮が完成し吉日吉時として選んだ祭祀の当日。多くの輿や馬が飛鳥を出発し、いよいよ天皇が輿に乗り込もうとした時、額田からの火急の使者が息せき切って駆け込んできた。

「只今、十市皇女さまが宮中にて自害召されました」

十市はこの度の祭祀で巫女という重要な務めを与えられており、ここ数か月は宮中で斎戒の日々を送っていた筈だ。天皇が威信をかけて準備してきた祭祀のその日、しかも今まさに出立しようとしたその時に、十市の死がもたらされたのだった。

「何故、何故に死んだ」

天皇は取り乱し喚き叫んだ。若き日に愛する女人との間に儲けた最愛の皇女、数奇な運命を背負わせてしまったその娘の死に、人目を憚らず慟哭した。十市皇女は巫女装束に身を包んで夫の形見の懐剣で胸を刺し貫き、悲惨な運命に自らの手で区切りを付けたのである。人々が薄幸の皇女の悲報に呆然となる中、祭祀は中止を余儀なくされた。

十市皇女の葬儀の日は、朝から土砂降りの雨になった。雨脚の勢いは夕刻になっても止まることを知らず、遂には宮中に雷が落ちる。参列者は激しい雷鳴と空を劈く稲光に身を震わせながら、悲運の皇女の苦悩を今更ながら憂うことしかできないでいた。そして誰よりもその死に衝撃を受けた男が、赤裸々な心情を歌に託した。

山吹の立ちよそひたる山清水　汲みに行かめど道の知らなく

山吹の咲く山の清水を汲んで貴女の側に行きたいのに、私はその道を知らない……。高市は長い間押し殺してきた異母姉への恋慕の情を、憚ること無く吐露して十市を偲ぶのであった。

〔九〕

十市皇女の衝撃の死から一年、天皇は朝廷の安定と継続の為に、吉野の地である儀式を行うことを決断した。壬申の乱により大友皇子から皇位を奪う形になったのを誰よりも苦慮していた天皇は、同じ過ちが二度と繰り返されないように、先手を打つ必要性を感じていたのである。継承の序列が最も高い、皇后の子である草壁がその地位に就くことを広く知らしめ、後継問題の安定を図らねばならない。その一因に大津皇子の存在があった。草壁より一つ年下の大津は、政治の資質が他の皇子より数段抜きん出ていた。自由闊達な性格で誰からも好かれ多くの人と友好を深め、文武両道にも優れている。体も十六歳とは思えないほどに逞しく、精悍な面差しは他を圧していた。当然、女人たちとの噂は引きも切らない。草壁の想い人と臆すること無く浮名を流して悠然とその恋を楽しむ……その一方、幼い頃からの婚約者を妃に迎えるという誠実さも併せ持っていた。自ずと周囲の者たちからは『大津皇子こそ次の帝の資質』という声が聞こえてくる。

〈大津が草壁よりも年長で、母の大田妃が存命であったなら〉

天皇は幾度心の奥底で思ったことか。それ程に大津を信頼していた。だが現実は異なる。到底大津の敵ではない草壁を、後継者に据えねばならない理論と理屈が天皇を苦しめた。これを天皇自らが破ることは、己の謀反を認めることに繋がりかねない。壬申の乱が再び起きぬよう、嫡子への後継を今後の既成事実にすべく、天皇は己の起点である吉野でその盟約に臨もうとしていた。

一行は天武八年（六七九年）五月五日、吉野へ向け出発した。天皇皇后にとって、挙兵を決意した吉野はまさに原点の地。この地で執り行う儀式は、政権の重要性を印象付ける為に欠くべからざる催事なのだ。

讃良の心は弾んでいた。

〈先の見えない辛く苦しい吉野隠棲から今日まで、一心不乱に歩んできた年月がやっと報われる。我が子が皇太子としての認知を受ける日が遂にやって来た〉

幼い頃から体が弱く、綱渡りのように育ててきた息子がやっとこの日を迎える。過ぎし日、激しい雨に打たれ心まで濡れそぼった吉野への道が、今日は新緑の木々の眩しさに心浮き立つ満願成就の道となった。また来月には、草壁と阿閇皇女との婚姻の儀も執り行われる。讃良は今まさに喜びの絶頂にあった。そしてもう一人、逢いたい人が吉野で待っていた。

〈誰よりも宇津木が、この日を喜んでくれるに違いない〉

その為に前もって輿と共に鷺人を十津川に遣わしてあった。

「宇津木！」

抱きかかえたその体は、数年前から更に痩せ細り小さくなっていた。そして節と皮だけの手が、讃良の顔を探し求めている。視力を失った宇津木の眼から、頬の深い皺を伝ってとめどなく涙が流れた。

「皇后になられた讃良さまとお会いできるとは……今日まで生きてきた甲斐がありました。私はもう、明日に死んでも構いません」

絞り出すように言葉を紡ぐ老女と、その体を受け止める皇后。二人はいつしか遠い昔の乳母と少女に戻っていた。

「鷺人には助けられました。今では草壁が最も心許し頼りにしています。大切な其方の息子を、私たちに預けてくれて感謝します」

鷺人は終始無言で、部屋の隅に控えていた。

「鷺人、これからは母の側にいておやり。もう十津川に戻りなさい」

その時、抱えていた宇津木の体に強い力が漲り、張りのある声が口を衝いた。

「いいえ、鷺人は草壁皇子さまに差し上げた子です。一生を皇子さまのお傍で仕えさせて頂かねば、あの世で真比古さまに合わせる顔がありません」

「しかし其方も年を重ねました。何かと不自由なことも多かろう」

「村の民が助けてくれます。今は桜の苗木を育て、それを増やすことが生甲斐にございます。村には多くの桜が育って、隣村からも苗木を貰いに来るものが後を絶ちません。河内のお屋敷の桜が沢山の子孫を増やして、十津川の春は極楽と見紛うばかりです。この目は見えずとも心の目で解ります」

「まあ、貴女という人は……。解りました。でも今夜だけは鷺人と一緒に過ごしておやり」

「讃良さま」

宇津木は昔のままの優しい笑顔で頷いた。

「鷺人、明日中に戻っておいで。今夜は母とゆるりと過ごすと良い」

讃良の言葉に、鷺人は老いた養母を気遣いながら十津川へと戻っていった。

〈皇后となって宇津木と逢うことができて本当に良かった。きっとお祖父さまとお母さまのお導きに違いない〉

明日はこの地で盟約の儀式が執り行われる。吉野は讃良にとって吉祥の地となる予感がした。


空が広遠に澄み渡った朝、吉野宮の広間には天皇によって召された六人の皇子が会していた。序列順に、草壁・大津・高市・忍壁・川島・志貴。天皇の皇子の他に先帝の皇子二人を加えたのは、全ての皇子を同じに慈しむという表明の証しである。天皇は皇子たちを見渡して尋ねられた。

「千年の後までも争い事が起こらぬよう、皆で誓いを立てたい。どうか」

一同が頷くなか、打合せ通り草壁が進み出た。

「我等は皆、違う母から生まれ出ました。しかし天皇の御意志に従って心を一つにして助け合い、決して争うことはいたしません。この誓いに叛いたならば、命は無く子孫も途絶えるでしょう。我等は今日の誓いを決して忘れず、過ちを犯しません」

緊張の余り僅かに声が震えていたが、ともかくも宣誓を終えた我が子を目の当たりに、讃良は安堵と満悦の表情を浮かべた。

続いて大津が進み出た。その余りに立派な体躯に、讃良は思わず息を飲む。

〈しばらく見ぬ間にまた一段と逞しくなった。年長の高市にも引けを取らないではないか〉

大津も同じ誓いの言葉を放ったが、先の草壁とは比べ物にならない明晰な言葉使いと張りのある声が部屋中に響き渡った。

〈何と見事な振舞いか。明らかに草壁が見劣りする〉

続いて四人の皇子も順に宣誓をしたが、讃良は全く上の空であった。まざまざと見せつけられた現実に呆然とするうちに、他の皇子たちの宣誓はすでに終わったようで、放心と自失の遥か彼方、夢うつつの中で天皇の声が響いていた。

「ここにいる皇子たちは凡て母を異にする。だが同じ母から生まれた兄弟のように慈しもう。この誓いを破る時は我が命は無きものとなるだろう」

「……」

「鵜野、如何した。其方も誓うのだ」

宣誓を終えた天皇がこちらを見据えている。ハッと我に返った時、誓いの言葉の重さが心の重さとなって押し寄せてきた。

『この誓いを破る時は、命が無く子孫も絶える』

幾度も繰り返し諳んじてきた通りに声を発しはしたが、その意味する所の重圧に、言葉だけが空回りしていた。

〔十〕

吉野から戻った讃良の脳裏には、あの大津の姿が焼き付いて離れない。

〈華奢で儚げだった姉があんなにも立派な皇子を生み、姉より大きく体の丈夫だった自分から生まれたのが虚弱な子だとは……女の体は理屈通りにいかぬ、何と不条理なものか。腹を痛めた子には過保護になり、つい先回りして手を貸してしまった。穏やかで心根の優しい子だが、それだけで帝という重圧に耐えられるだろうか〉

〈心配と悩みの種である我が子が殊更に愛おしくなるとは、母性とは摩訶不思議なものである。

夜も眠れぬくらいに思い悩むなか、一条の光明は阿閇皇女というしっかり者の妃を貰ったことである。この年上の妻は実に利発でいつも堂々としている。そして見るからに多産型の身体つきだ。〈元気な皇子を沢山産んでくれれば、この悩みも消えて無くなるかもしれない。しかし、まだまだ先のこと〉

あれやこれやと思い巡らすうちに、讃良の心は不安定になり体が異常を感じるまでになった。先の見えない吉野での隠棲の日々や過酷な進軍の行程……遡れば幼い頃から今日まで、病気一つせずに生きてきた頑丈な身体が初めて悲鳴を上げた。食欲はなく不眠にも悩まされる日が続き、ついには寝付いてしまった。

天皇は薬師を手配して僧都に祈祷をさせたが、讃良の体調は一向に回復しない。片腕とも頼む皇后の病気平癒を願って、天皇は薬師如来を本尊とする薬師寺の建立を発願した。飛鳥の地に『東塔』『西塔』二つの塔を有する大伽藍の建設が始まった。そして同時に百人の僧の得度も行った。その霊験のお陰か讃良の体は少しずつ回復に向かっていった。だが床上げの日まで、実に一年近い時間が経ってしまった。

皇后全快を待って天武十年（六八一年）挙行された草壁皇子立太子の礼は実に壮大な儀式となり、

名実ともに次の帝となった我が子の姿に、病み上がりの讃良は嬉し涙を浮かべた。そしてもう一つ嬉しい贈り物が……。阿閇皇女が出産したのだ。

『皇女さまでございます』

その一報を聞いた時〈皇子ではなかったか〉と落胆の思いを抱いたが、この腕に抱く初孫は実に愛らしく心を癒してくれる。

〈なんと美しい皇女よ。涼しい気な目元は亡くなられた母上にそっくり、利発な面立ちをしておる。この赤子は帝の皇女となる子、その為にも草壁の世を安定の世としなければならない〉

天皇と二人三脚で推し進める国家造りが更に加速していく。豪族の力を抑える為の皇親政治は権力のすべてを天皇一極に集中させ、生まれ持った超越的資質と人間的魅力によって、天武朝廷は揺るぎないものとなっていった。官人たちを能力によって評価し、適材適所の役職を与えることで勤労の意欲が漲った。唐を見本とした律令国家を目指して、法による地方と人民の整備も始まった。国史の編纂にも着手した。このように国家造りに邁進できたのも、皇后である讃良の存在があればこそ。時には自分よりも先を見通している妻の決断に、天皇は舌を巻くことも多かった。天武朝は数多いる皇子や皇女の婚姻にも重きを置き、血族の結びつきを更に強固なものとしていく。

天武十二年（六八三年）天皇は大津皇子を天皇の名代を行う重要な地位につけるべく朝廷に参加させた。これは皇太子に次ぐ立場であり、大津の非凡な能力を惜しむ天皇の期待と慈愛が反映された人事であった。そして天皇は律令国家の象徴として唐に倣った都造りに着手し、その責任者に大津を任命した。持ち前の才能を惜しむことなく発揮して、実績を積み上げていく大津皇子。その姿を目にする度に、讃良の直感は否が応でも研ぎ澄まされていった。

〈もう倒れてなどいられない。自分の他に一体誰が、草壁を守れるというのか〉

転ぶ前に手を差し出し、考える前に答えを与えて育ててしまった息子。既に子の親となった我が子なのに、これほどまでに愛おしい存在は他にはない。夫には尊敬と信頼の念を持ち同志としての心情で結びついている。だがそれとは格段に違う、自身を抑制できないほどの草壁への盲愛。その思いに理性や理屈が通用しないことを過敏に感じ取っていた讃良には、次に選ぶべき道が朧げに見え隠れしてきた。

第十一章　策謀

〔一〕

飛鳥から北東の地、磐余《いわれ》にある訳語田《おさだ》の舎《いえ》には、連日多くの皇子たちがやって来る。館の主人は大津皇子。皇子と古くからの友人である川島皇子をはじめ、忍壁皇子らが挙《こぞ》って集っていた。その中心にいる大津は豪快に酒を飲み、冗談で場を和ませては様々な書物の知識を語った。若い皇子は憧れと尊敬の眼差しで頷き合い、遠慮のない笑い声があちこちで起こる。身重で少しふっくらとした山辺皇女が、優しい笑みを浮かべて団欒から少し離れた場所に座っていた。

「あの膨れっ面をして拗ねていた皇女が、もう直ぐ母親になるとは、感慨深いものですね」

川島が大津に話しかけた。

「先の帝が幼い我らを許嫁とされてから、長い年月が経ってしまった。山辺は蘇我赤兄の孫娘というので風当たりの強いこともあるのに、あの頃と少しも変わらずに天真爛漫だ」

「ええ、私もそうです。天智帝の皇子には、宮廷での居場所は殆どありません。いや針の筵ですよ。こうして皇子のもとで、気の置けない時を過ごせるのが何よりの楽しみです」

そこへ忍壁皇子がやって来た。川島皇子は忍壁の妹、泊瀬部皇女を妻としている。その義兄に誘われて大津の館に足しげく通っているが、それは忍壁自身が大津に心酔しているからだ。先の戦の折り桑名で大津と共に過ごした日々が、忍壁にとって忘れられない楽しい記憶であった。吉野では子供心にも、鵜野妃に気を使って過ごしていた。実の母親ではないことに萎縮していた忍壁の心は、大津と出会ったことで一挙に解き放たれたのだ。今や誰もが知る大津信奉者である。

「阿閇皇女も近々ご出産だとか。皇太子もさぞやお喜びでしょう」

「母君とお妃、気丈な女人方に囲まれて、皇太子も気の休まる時が無いでしょうな」

皇子たちの会話に大津が割って入った。

「いや、草壁皇子はお優しい方だ。周囲を気遣われて大切になさる、思いやりに溢れておられる方だ。皇太子の御子と私の子と、年を同じく生まれるのも、嬉しい縁になるかもしれないね」

その時、

「あっ、動きました。皇子さま、腹のややこが動きました」

甲走った山辺の無邪気な声に、皆が明るく頷き合った。

〔二〕

訳語田の舎の厩舎で一人の少年が汗と泥とに塗れて働いていた。大津の愛馬の世話が彼の仕事である。若者の名は友背《ともせ》、彼の母の名は半布里郎女。その昔、讃良の弟建皇子の食事の世話をしていた郎女は、建の死の原因を作ったとして罰を受けることも覚悟した。その時、大田皇女に救われて国許に帰された過去を持つ。戻った美濃の地で、豪族礪杵氏の道作《みちつくり》と結婚した郎女は男の子を産んだ。礪杵氏の頭領は大田皇女への大恩から、道作とその子友背を大田の遺児である大津皇子のもとに遣わしたのだ。大津を守ることこそ道作・友背親子の、そして礪杵氏一族を懸けての使命であった。

少年は大津の愛馬に干し草をやり、丹念にその毛並みを整えた。時には厩舎で共に寝ることもあるほど懸命に働いていた。父のように未だ弓矢は上手く使えないが、皇子を守りたいという気持ちは父にも負けてはいない。

「皇太子の腹違いの弟君である大津皇子は難しいお立場にいる。気を抜くな」

これが父の口癖だ。笑い声の絶えないこの館にそんな危険があるとは、若い友背には一向に理解できないが、それでも馬の世話に手を抜くことはなかった。

ある早朝、大津がたった一人で厩舎にやって来た。

「友背はまた此処で寝てしまったのか。さあ起きろ。朝駆けをするので付いてまいれ」

大津は瞬く間に愛馬に跨った。友背も遅れまいと馬を引き出して大津の後を追う。

「皇子さま、今日も新宮の場所を探しに行かれるのですか」

「ああ、父君より託された重要なお役目だ。今日は大道を下ツ道まで行くぞ。あそこならば二上山も間近に見えるだろう」

「皇子さまは二上山がお好きですね。夕暮れ時はいつも西の空を見上げていらっしゃる」

「二上山は母上がお好きだった山だ。生前には毎日、部屋の窓から眺めておいでだったと聞いている。二上山は亡き母上を偲ぶ格別な山なのだ。さあ急ぐぞ！」

大津が愛馬に鞭を入れた。先を駆けていく大津皇子の背中を、朝日が煌々と照らしている。それを目にした友背も、遅れまいと懸命に後を追った。

〔三〕

「手児奈、手児奈……」

大きな声で呼んでも、舟を漕いでいる手児奈には讃良の声が聞こえていないらしい。耳が遠くなったせいか、このところ手児奈は急に老け込んだ。無理もない。讃良が大海人皇子と呼ばれていた天皇に嫁いだ時から三十年近く、最も身近で世話をしてくれた采女だ。特に讃良が病に伏せった一年は、献身的に尽くしてくれた恩がある。余り焦れてはいけないと、我と我が身に言い聞かせていると、

「何かお呼びでございますか」

いつもの好奇心旺盛な顔が微笑んでいた。

「以前、其方が占筮を行う陰陽師のことを話したであろう」

「はて、そんなことがございましたかな」

「大津皇子の想い人を言い当てた陰陽師のことよ」

「ああ、ございました、ございました。名前は……ええと、何と申したか、思い出せませせぬなぁ」

「名などどうでも良い。その者を探して急ぎ呼び出だせ」

讃良の急な言い付けには、もう慣れっこである。

「はいはい、畏まりました」

そして得意の情報網を駆使してあちこち聞き回ったところ、津守通という男だと解った。

先日、阿閇皇女が男子を出産した。待ちに待った皇太子の跡取りの誕生に、宮中は歓喜に溢れた。

その数日後、訳語田の舎でも男児が生まれた。大津にとって初めての皇子を出産した山辺皇女は、大勢の参内を受け天皇に抱かれて祝福される赤子と、腕の中の我が子との余りの違いに遣る瀬無い思いが募った。だが喜びに満ちた夫の顔と、宮中に気を使いながらも祝福に訪れてくれる友人たちの厚意に、母になった喜びを噛みしめていた。

讃良も将来の日嗣皇子となる孫の誕生を殊のほか喜んだが、その喜びと表裏一体となって切り離すことのできない大津皇子の存在。その血を受け継いだ男児の誕生は、讃良の心をこの上なく疑心暗鬼にさせた。

〈先手を打っておくのに、何の不都合があろうか〉

研ぎ澄まされた第六感で、大きな関心を寄せる陰陽師との面会の日がやって来た。

その男は宮中の最も奥にある、誰一人訪れることのない小さな部屋で讃良を待っていた。昼間なのに一条の陽も差し込まない薄暗く湿気臭い小部屋で、全身黒装束の男がおもむろに顔を上げた。その瞬間、肝の据わったはずの讃良の背筋に冷たいものが走った。右目を布で覆った男が無表情なまま口を開く。

「お呼びを頂き馳せ参じました。某は陰陽道を生業といたす津守通と申す者。御覧の通り右の目は光を失った隻眼の身なれど、心の眼は全てを見通し、この口は未来永劫に沈黙を守ります。どうぞご案じくださいますな」

「其方を呼び出だしたのは他でもない。朝廷の先行きを占ってもらいたい。御上は今、その類まれな御器量と御人徳で強固な国家形成に邁進しておられる。しかし変遷は世の常。そこで次の帝となる草壁の世を占ってほしい。忌憚なく申して良い」

「承知」

深く頭を下げた津守通は、懐から筮竹を取り出して瞑想に入った。讃良も目を閉じ深く息を吐いた。空気が止まった薄暗い部屋に、シャカシャカと筮竹のこすれ合う音だけが響いている。

どのくらいの時間が経っただろう。津守通が泰然と言葉を放った。

「丑寅の方位に赤く光る星有り。この星の輝きはこの上なく強く、飛鳥の地に多大な影響を及ぼすこと必定。そしてそれは正と負、双方の力を供えているものと心得まする」

「丑寅の方位、北東の地か。訳語田の舎ではないか」

「御意」

讃良の心を見透かすように、津守通が一段と声を潜めた。

「大津皇子の御身辺、探ってみましょう。お任せください」

有無を言わせぬ幻妖な圧力に、讃良は思わず知らず頷いていた。

〔四〕

天武十五年（六八六年）五月、天皇が倒れた。即位より十余年、精力的に国家造りを推し進めてきた天皇も齢五十五となる。それに加えて心を悩ませていたのは、皇太子を遥かに凌駕する大津皇子の能力と人望であった。

〈あの稀にみる逸材が、皇太子の片腕という地位で果たして収まり切るだろうか。私の在位中は良い

が、草壁の世となれば甚だ心許ない。何よりも鸕野が黙っておるまい〉

　どんな苦難も乗り越えてきた天皇の矜持も、後継問題という領域に関しては、振るうべき刀を持ち合わせてはいなかった。何よりも自身が一番、その難しさと理不尽さを経験してきたからこその深い憂慮であった。

　天皇の病は思いのほか重く、会話をすることも困難な局面が続いた。多くの僧侶が祈祷を行い、病気平癒を願って法華曼荼羅図が安置された。また高名な薬師から効験あらたかな妙薬が献上されたが効果はなく、讃良は暫く用いられていなかった改元に踏み切った。僅かな望みにも縋り付きたい思いが、三十年近くも途絶えていた元号を復活させるに至ったのである。平癒のために献上された赤色の雉を吉兆と捉え『朱鳥《あけみどり》』とした元号には、讃良の藁にも縋りたい思いが宿っていた。同時に飛鳥宮の名を『飛鳥浄御原宮』として、不祥を祓うための嘉名を付けることも施行した。

　八月、病床の天皇を見舞った讃良は、その姿にいよいよ以って覚悟を決めた。あらゆる手段を講じても少しも快方に向かわない天皇の病状と、道半ばの課題が山積みの待ったなしの国事。目の前に横たわる天皇が微かに目を開いて、最後の力を振り絞るように萎えた体を起こそうとした。だがその眼光は、今まで知っている力強いものとは程遠く、白く濁った虚ろな眼が讃良を探していた。

「御上、お気を確かにお持ちください。皇太子もお傍に参っております」

「皇后と皇太子に……後を、託す……」

　そこまで言うと寝台に倒れ込んだ。

「御上」

　その瞬間、讃良の耳に夫の掠れた声が聞えた。

「よ・し・の……」

後は聞き取れないほどの微かな響きが、国家の形成と発展にその半生を賭けた、豪壮な天皇の最後の言葉となった。

朱鳥元年（六八六年）九月九日、天武天皇崩御。朝廷は大きな転換期を迎える。

〔五〕

宮中は深い悲しみのなか殯に入った。この悲しみを、悲しいと感じられないほどの責務が讃良の前に山積みとなった。

〈まず一番に手を下さねばならぬこと……その実行の為には、泣いている時間などはない〉

その意を汲んだ津守通が参じてきた。黒装束で布眼帯の男は、前置きや社交辞令とは無縁の核心を遠慮なく放ってきた。

「大津皇子さまの御身辺には、鍵を握る人物が二人おります」

無言で頷く讃良の体が前のめりになるのを見逃さず、男は言葉を続ける。

「一人は新羅よりの渡来の僧、行心《こうじん》です。大津皇子の館に出入りしている有能な人物ですが、唯一つ弱点がございます」

「それは何か？」

「この僧、極めて出世欲が強く、皇子のもとに通うのも己の上昇志向のせいかと存じます。目の前の餌には思いのほか簡単に飛び付くやもしれません」

「ほう。して、もう一人とは」

「はい、川島皇子にございます。言わずと知れた大津皇子の朋友にて、皇子信奉者の筆頭です。しかも融通が利かぬほど人の良い、温厚で情の深い男です。この好人物が狙いどころかと……。親友の為にと躍起になってくれさえすれば、こちらが逆手を取れるというもの。如何いたしましょうか」

「其方に任せます。だが条件が一つ有る。急ぎ進めよ」

「仰せの通りに」

讃良は男の去った、空気が淀む薄暗い部屋から動こうとしなかった。その脳裏を、現在から過去へと映像が巻き戻されていく。そしてその終着点は、幼い頃の祖父石川麻呂との思い出であった。優しかった最愛の祖父。その命が奪われてから、母を苦しめ命をも奪った数々の凶事。あれから蘇我家の血筋は貶められた。蘇我本家である祖父の死後は分家筋の赤兄兄弟が本家を気取り、天智帝に取り入って我が物顔に振る舞ってきた。挙句の果ての蘇我家滅亡。血筋を汚した狡猾な赤兄は絶対に許せない。その孫娘である山辺皇女の、名を聞くだけでも虫唾が走る。

〈あの女が皇后になるなど決してあってはならない。次の皇后の位は、蘇我本家の血を引く阿閇皇女にしか譲りはしない〉

大津粛清。讃良の腹は決まった。

〔六〕

「川島皇子さま、内密にてお話がございます」

皇子を呼び止めたのは津守通だ。秋の風が涼しく木々が僅かに色づき始めた宮殿の中庭には、多くの人が行き交っていた。人目を避けて庭園の北側にある池の畔まで来ると、周囲に人影が無いのを確認して津守通がおもむろに口を開いた。

「宮中にて大津皇子さま暗殺の気配がございます。密かに兵が集められている様子にて、おそらくは皇后さま側近の指示ではなかろうかと」

「何、天武帝の殯の最中ではないか。そのこと、皇后さまはご存じだと言うのか」

「はて、それは如何でしょうか。唯一つ申せますことは、大津皇子さまが極めて優秀であられるという実情。皇太子の母君である皇后さまの御真意は、如何許りかと推察いたします。大きな声では申せませぬが、某は大津皇子さまの方が帝の器で……いや、止めておきましょう。貴方さまにも大津皇子さまにも、ご迷惑になってはいけません」

膝を折り丁重そうに振る舞っているが、吐かれる言葉には恐ろしい毒がある。

「それで、私にどうしろと言うのだ。面識のない其方の言葉を信じろとでも言うのか」

川島は珍しく不機嫌だった。

「某がこのような風貌の得体の知れぬ陰陽師ゆえ、お疑いも御尤も。だが確かにこの耳で聞きましてございます。訳語田の舎を遠巻きに兵が囲んでいる、皇子さまの存在を面白く思わない輩がいると。ああ、あれほどの俊英、この国の為に失いたくはございません」

津守通の左眼にはうっすらと涙が滲んでいた。

「何故に、如何なる訳で私にそれを言う」

「大津皇子の御為、万一に備えて密かに兵をお集めなさいませ。そして急ぎ皇子さまの耳にもお入れください。暗殺が計画されていると」

「聞くだけは聞いた。だが今宵のことは、私の胸三寸に納めよう」

「ほう、成程。ただし某もこの身の危険を承知で申し上げております。大津皇子さまをお救いできるのは川島皇子さま、貴方さまをおいて他にはおられぬと拝察申し上げます」

男は去っていった。冷え冷えとした空気の中で川島は全身に嫌な汗をかいていた。

〈大津皇子暗殺、強《あなが》ちあり得ない話ではない。後ろ盾だった父君亡き今、難しいお立場になられた。どうしたものか……〉


翌日川島皇子の姿は訳語田の舎にあった。

〈昨夜の話、皇子の耳に入れぬ訳にはいかない〉

馬で駆ける道々、兵や密偵と思しき輩の姿が確認できた。以前とは異なる景色に、陰陽師の言葉がより核心に近づいてくる。館の入り口まで来ると、こちらに向かって歩いてくる僧の行心とすれ違った。馬を降りた川島皇子に気付き、柔和な笑みを浮かべて会釈する僧の悠長な様子に、訳もなく苛立ちを覚えた。

〈僧などと言うものは、政とは無縁で気楽なものだ〉

これから向き合う無二の親友との対面に、心がすこぶる滅入った。

「皇子、貴方の暗殺が計画されています。先帝崩御より僅かしか経っていない今、私も耳を疑いました。だがここへ来る道筋には兵と思しき者たちの姿が多数確認でき、以前とは様子が異なっています。くれぐれもご用心ください」

「暗殺、私が何をしたというのだ」

「野心無き者にも、濡れ衣を着せるなど容易いこと。皇后は強《したた》かです。万が一に備えて兵を集めておかれてはいかがです」

「川島皇子、実は先ほど僧の行心が参って、こんな話をして帰っていった」

川島はたった今すれ違ったばかりの、太平楽な僧の表情を思い浮かべた。


『お人払いを』

一刻前、大津皇子は意味深に辺りを払った行心と向き合っていた。

『皇子さま、貴方さまには帝王の相が見えます。貴方さまは臣下の相に非ず。このまま帝の下位に甘んずれば、命を全うすることは叶わず』

そう語った僧は、今すぐにでも謀反を起こすよう薦めたと言う。

『吉野の誓約を反故にするなど私にはできない』

大津の言葉に、僧は間髪入れず畳み掛けた。

『反故にしようとしているのは皇后の方です。遅きに失してはなりません。兵の御準備を急がれませ。帝王は貴方さまです』

いつも穏やかな口調で仏道を説く行心の語気の強さに、大津の心は凄まじく動揺したと言う。川島皇子は先ほど垣間見た行心の安楽な様子と、今聞いた言葉との余りの隔たりに妙な胸騒ぎを覚えた。

「私ごとき小者が口を挟むご無礼をお許しください」

今まで無言で控えていた道作が進み出た。

「このまま犬死にするなど皇子さまには相応しくありません。是非とも立ち上がってください。皇子さまのご器量なら、必ずやご武運に恵まれましょう。私の郷里美濃の礦杵一族も、大恩ある皇子さまにお味方いたします」

「私もできる限り兵を集めましょう。おそらく多くの者たちが皇子さまにお味方いたします」

川島も続いた。

「解った。ただし先制はしない。朝廷方が仕掛けた時に私は立つ」

抜き差しならぬ境遇に追い込まれた大津皇子の運命、その終生が雪崩を打って瓦解を始めた瞬間であった。いや彼の定めは、この世に生を受けたその時に、既に決まっていたのかもしれない。


「訳語田よりお戻りですか」

隻眼の陰陽師が闇に溶け込むように佇んでいた。

「お帰りをお待ちしておりました。首尾は如何なりましたか。何しろ朝廷の先行きを左右する大きな岐路でありますから、某は何としても大津皇子さまのご決断を望んでおります」

「私は未だ其方を信じてはおらぬ」

「結構。然らば朝廷方の情報を一つ差し上げましょう。皇子さま襲撃の実行日は次の新月の夜と決まったようです。私もこの身の危険を承知で、こうして貴方さまに情報を流しております。それもこれも大津皇子の世が吉祥をもたらすと我が占いが申しておりますゆえ。どうぞこれだけはお聞かせくださ い。兵を集める手筈は如何なりました」

「ああ」

「重ねてお伺いいたします。兵を集める算段は付いたのですね」

根負けした川島が頷くのを見た津守通の声が一段と芝居掛かった。

「安堵いたしました。これで朝廷の未来は盤石です。某はこれより二度と再び、貴方さまの前に姿を現すことはいたしません。陰ながら祈祷を以って、大津皇子さまのご武運を心願いたしております。然らば御免」

〈次の新月の夜、四日後か。急がねばならない〉

実行日という具象を聞かされたことで、川島皇子はとうとう張られた網に掛かってしまった。

〔七〕

漆黒の闇の中、伊勢路を急ぐ二騎の姿があった。やがて痩せ細った明けの三日月が、薄明の東の空にうっすらと昇ってきた。無音の空間に聞こえてくるのは蹄の残響だけだ。

「朝廷方は明後日に動くと川島皇子から知らせがあった。私はその前に、どうしてもお逢いしたい人がいる。伊勢におられる姉君のもとへ参る。道作、供をいたせ」

訳語田では大津皇子が道作と友背に決意を打ち明けていた。

「皇子さま、危険過ぎます。兵が館を遠巻きにしております」

「もとより承知。だが何としても姉君にお会いしたい。もう二度とお目に掛かれぬかもしれない。危険でも伊勢へ参る」

大津の決心は硬かった。

「承知しました。陽が沈み、警備が手薄になった後に出立いたしましょう。友背、馬の用意だ。我らが明日中に戻らぬ時は、川島皇子へ知らせに行け。良いな」

「父上、畏まりました」


馬を休めること無く駆け続け、伊勢の斎宮で姉弟は実に十数年ぶりに相見た。これが今生の別れになるかもしれないと知った大伯皇女は、大粒の涙を浮かべ朝霧に濡れそぼった弟の体を抱き締めて放さなかった。

「皇子、戦うことなどお止めください。母を亡くし父上も身罷られた今、貴方だけが心の支えです。どうか私を一人にしないで……」

後は言葉にならない。

「姉上、他に道は無いのです。立たねば死は必定、だが立てば一縷の望みがあります」

「母上がご存命であれば、このようなことにはならなかったでしょうに、私の力ではどうすることもできなくて、ごめんなさい」

「お逢いできて良かった。どうか恙なくお暮らしください」

大伯は震える手で、懐から一連の念珠を取り出して弟の手に握らせた。

「これは母上の形見の品、父上が母上に贈られた念珠です。きっと貴方を守ってくれるでしょう。持っておゆき」

「いえ私は大丈夫です。姉上こそお手元に置かれて母上をお偲びください。もう行かねばなりません」

「皇子……」

踵を返した大津は未練を絶ち切るように、振り返ることをしなかった。その後ろ姿が見えなくなっても、大伯はその場を動けずに立ち尽くしていた。

「どうか、弟をお守りください」

念珠をきつく握った瞬間、

「あっ！」

玉の緒が切れ、ガラス玉がカラカラと音を立てて飛び散った。

「皇子！」

悲痛な声を上げて四散した玉を拾い集める大伯の足元で、煌めく七彩のガラス玉が容赦なく転がり続けた。

〔八〕

北国から飛来してきた鴨が、バタバタと羽音を立てて一斉に飛び立った。危険を察知した鳥たちの引きつった鳴き声が、暮夜の磐余の池に響き渡る。

「引け！　そこを退け。道を開けろ」

道作が叫んだ。大津皇子と共に休みなく駆け続け、いま少しで訳語田の舎に辿り着く。喘ぐ馬が池の畔に差し掛かった時、夥しい数の兵に囲まれた。

「大津皇子さま、貴方さまを謀反の罪により捕縛いたします」

兵の長らしき男が乾いた声で言い放った。

「謀反？　謀反など私には無縁だ」

「いいえ確たる証拠がございます。川島皇子の告発により、貴方さまは既に謀反人となられました。邸宅の舎人、兵の招集に加担した者共は皆捕らえられ、その数三十余名。弁明の余地はございません」

「川島皇子、川島皇子の密告……」

「詮議は明朝朝廷にて行われます。今宵は訳語田のお住まいにて謹慎を願います」

多勢に無勢、取り押さえられた大津と道作は訳語田の舎に引っ立てられた。


「皇子さま、皇子さま、申し訳ございません」

半狂乱になって泣き叫ぶ山辺皇女が駆け寄ってきた。

「申し訳ございません。私を妻にされたばかりに、皇子さまをこのような目にお合わせして……」

「其方のせいではない」

「いいえ、皇后さまは私を嫌っておいでです。祖父の赤兄の血を引く私を憎んでおいでです。私のせいです。私が妻となったばかりに……」

悲鳴にも似た泣き声が響き渡った。

「私は其方を妻にして幸せであった。子を、粟津王を頼んだぞ」

半狂乱の山辺は、抱きかかえられた大津の腕の中で気を失ってしまった。

「道作、私を一人にしてくれ。今から部屋に籠り亡き父君と語らいたい。そして私の心の中に、一片の二心が無かったかを自身に問うてみたい。誰も部屋に入れるな。山辺も入れてはならぬ。明朝、日の出の刻に部屋を開けるのだ。其方への最後の命令だ。良いな」

そう言うと大津は自室に入り扉を閉めた。道作は扉の前に立ち続けた。後悔と無念が交錯する長い夜を、身じろぎもせずその場に立ち続けた。


陽が昇ってきた。道作が固守してきた扉を静かに開けると、そこには自刃して事切れた大津の姿があった。

「皇子さま、申し訳ありません。私が謀反をお薦めしたばかりに、貴方さまをお守りすることも叶わず、恩儀ある大田皇女さまにお詫びの言葉もありません」

傍らの文机には辞世の句が置かれていた。そしてその横に『姉上御許へ』と記された、切り揃えられた遺髪が添えられてあった。


道作の慟哭が続く室内とは様子を異に、采女たちの慌てふためく声があちこちから聞こえてきた。

「山辺皇女さまのお姿が見えません」

「皇女さま、皇女さまは何処に」

その日の夕刻、山辺皇女は磐余の池の畔で見つかった。裸足で駆けてきたであろう白い足には沼藻が絡み付き、豊かだった黒髪は千々に乱れて美しい顔に張り付いていた。唇から流れた一筋の血の跡が、更なる悲愴感を誘う。兵に取り囲まれながら池の畔に駆け付けた道作は、震える声で大津皇子の辞世の句を諳んじた。

百伝ふ磐余の池に鳴く鴨を　今日のみ見てや雲隠りなむ

山辺は夫の辞世を知らない。だが二人で肩を並べ散策した磐余の池の情景は、夫からの強い共感となって妻に伝わったのだろう。だから山辺皇女は、この池の畔を終焉の地として選んだのだ。幼い日に婚約者となった二人は、共に二十四歳という若さで自決の道に追い込まれてしまった。父天武帝の死からまだひと月も経っていない十月三日のことである。遠巻きに佇む采女たちのすすり泣く声が、晩秋の茜色の空に吸い込まれていった。

〔九〕

「皇后さま、筋書どおりに運びましてございます」

例の小部屋で津守通が待っていた。

「ご苦労でした。報賞は思いの儘に……」

「ありがとう存じます」

「だが暫くは身を隠してほしい。ほとぼりが冷めた頃に呼び戻します」

「もとより承知いたしております。ご安堵ください」

「今般、貴方がどのような手段を講じたかについては、聞かぬことにいたそう」

「それが宜しかろうと。某は二年ほど諸国を旅してまいります。各地で陰陽の思念を磨き、後来皇后さまの子々孫々にまでお役に立ちたい所存にございます」

男はそう言うと、不自由なはずの右目を覆っていた布を取り払った。大きく見開かれた両の目が、得意気にこちらを見つめているではないか。

「うぐっ！」

言葉にならない驚愕の声が思わず漏れ出た。それを楽しむかのように、男は不遜な笑みを残して去っていった。

「ハッハッハッ……。あの男、この私をも騙して居ったとは、何と痛快なことよ。私としたことが、とんだ茶番に付き合わされていた。ハッハッハッ……」

讃良の高笑いが部屋の外まで響き渡っていた。

事件に関わった者たちの処分が決まった。

礪杵道作は伊勢へ向かう大津の供をしたとして伊豆へ流刑となった。僧行心は謀反を唆した罪により、飛騨にある伽藍に流された。しかしその扱いは極めて鷹揚で、息子を伴って流刑地へ赴き、とても流人とは思えない破格の扱いを受けた。そして近い将来には都へ戻る約束が成されていたという。大津の遺児、粟津王はこの時まだ三歳。しかしこの幼子も肥前の国へ配流と決まった。僅かばかりの者を伴って、遥か西国の果てへ旅立つ幼子の姿は哀れを誘った。その遺児の手を引いて旅立った女人が、石川郎女に良く似ていたと人々が噂し合った。あれは郎女に間違いないと確信に変わった世間の声は、大津皇子への光輝と礼賛をさらに高らしめた。その血筋が何れかの土地で後の世に受け継がれることを、多くの民が心から願っていたのだ。

その後の運命を、大きく狂わされた男が一人、川島皇子だ。罰を受ける覚悟は『謀反を事前に知らせ未然に防いだ』という名目で不問に付された。だが密告者という汚名が、その後の川島を苦しめ続ける。

川島皇子が大津逮捕の動きを知った時、既に川島の私邸は兵に囲まれ動くことは儘ならなかった。

〈図られた〉

そう知った時、隻眼の陰陽師の狡猾な姿が目に浮かんだ。

〈執拗に問い掛けてきた男の誘導に、まんまと乗ってしまった〉

生涯の友と誓い合った皇子を、自らの落度で死へ追いやってしまった自責の念は深い。川島は『隻眼の陰陽師』を探し回った。しかし朝廷の誰もが、そのような男の存在を知らないと言い放つ。

〈箝口令が敷かれているのか、それとも私は夢を見ていたのだろうか。恐ろしい悪夢を……。そうでなければ、あの男は傀儡《くぐつ》が化けたまやかし者だったというのか〉

正直で心根の優しい川島は次第に心を病んでいった。登庁することもなく虚無感の中で送る日々。側で川島を支えたのは年若い妻の泊瀬部皇女だった。まだ少女のような皇女は失意の夫の拠り所となり、皇女の兄忍壁皇子も川島を気遣ってしばしば邸宅を訪れてくる。大津を尊敬しその親友だった義兄をも敬愛していた忍壁は、朝廷に阿ること無く閑職となっても全く臆せずにいた。出世や功名に背を向け、辛い立場となった川島皇子に心を寄せ続ける道を選んだのだ。

事件から五年後、川島に過度の報賞が与えられる。

『大津皇子の謀反を知らせた旨』という大義名分に抗議の意を示すが如く、その年の九月九日、天武帝の祥月命日と同日に川島皇子はこの世を去った。それはあたかも、〈天武帝を偲ぶ度に私を思い出し、過去の驕慢な不条理を思い起こせ〉と訴えるような終焉であった。

〔十〕

友背は罪を許された。禁を解かれた若者には大きな使命が残されている。〈皇子の御遺髪を大伯皇女さまにお届けするのだ〉

父道作から委ねられた大きな責務に、友背の心は張り詰めた。

斎王として伊勢に遣わされていた大伯皇女は弟皇子が死を賜った後、その任を解かれ飛鳥に戻っていた。実に十二年に及んだ伊勢暮らしで、宮廷は余りにも様変わりしてしまった。誰一人訪れてくる者のない孤独のなか、ひたすら最愛の弟の面影を偲ぶ日々。皇后の顔を見るなどできる筈もなく、朝廷への挨拶も先延ばしにしていた。そんな状況下に一人の若者が訊ね来て、自らを『友背』と名乗り『大田皇女さまに恩義ある一族』と素性を語った。その手に携えられた遺髪は、泣き暮らし既に涙の枯れ果てていた大伯の紅涙を絞った。

「皇子、どんなにか口惜しかったことでしょう。どれほど無念だったでしょう。並外れたご器量を持って生まれたばかりに、却ってご不興を買ってしまった。可哀そうな皇子」

大津皇子は謀反人として、二上山東方の麓の小さな石室に葬られている。當麻寺の北側に位置する丘陵に、墓とは名ばかりの粗く削られた石盤に押し込められるように眠っている。それは死後の安らぎとは程遠い窮屈な世界だ。友背には何を置いても、大伯皇女に話しておきたいことがあった。

「皇子さまは、さぞやご無念であろうと存じます。せめてもっと安穏な地にお眠り頂きたい……」

大伯皇女は友背の言葉に、避け続けてきた皇后との面会を決意した。


「伊勢より戻りました。ご挨拶が遅れましたご無礼をお許しください」

「長いお勤めを果たされ、ご苦労でした」

「飛鳥は変わりました。そして私の身の回りも変わりました。私も変わらねばなりません。本日は心を決めて皇后さまにお願いに上がりました」

「何でしょう」

「弟のことです」

直接的な言葉が讃良の虚を突いた。幼い頃の大伯は常に伏し目がちで言葉少なな少女であった。己の意思や願望を決して口にはせず周囲に気を配る姿は、早くに母を亡くした不憫さの現れと解していた。だが今、目の前の大伯は強い覚悟でこちらに対峙している。その目は一直線に讃良の目を見つめて逸らすことをしない。

「大津を、母の好きだった二上山の頂に葬ってやりたいのです。私にとって弟は無二の存在でした。母はあの世でどんなに苦悩していることでしょう」

「……」

「皇后さま、覚えておいでですか。母が身罷った日、貴女さまはこの念珠を幼い私の手に握らせてくださいました。近江へ移る日には、両の腕に弟と私を抱えて共に輿に乗ってくださいました」

大伯の手にはあのガラス玉の念珠が握られていた。玉の緒が切れて悪い予感が脳裏をよぎったあの時、それを打ち消すように懸命に拾い集めたガラス玉は、大伯の手によって新しい玉の緒が通され元の姿に戻っていた。

「どうかお情けを持って、私の願いをお聞き届けくださいい。弟の御霊屋を、二上山に造ることをお許しくださいい」

讃良の胸に亡き姉の姿が浮かび、憧れの人だった姉の面影が目の前の大伯皇女に重なって見えた。〈姉上は嫋やかでお優しい方だった。でも芯のお強い方でもあった。私は今、姉上に諭されているような思いがする〉

大伯の申し出を否むことなど、決してできはしない。

「貴女の思うようになさい」

それだけ言うのが精一杯であった。

大津皇子の亡骸は、二上山雄岳の頂に造られた御霊屋に移葬された。その造営の折り、大伯が友背に申し付けたことがある。

「墓所は飛鳥宮に背を向けて造ってください。これ以上醜い世界を弟には見せたくない。穢土を背にし、西方浄土に向かって眠らせてやりたい。それから亡骸と共にこれを埋葬してください。母の形見の品です」

若者の手に、ガラス玉の念珠が託された。

友背は二上山の山腹に質素な小屋を建て、たった独りで住んでいる。彼の暮らしを故郷の礪杵一族が支え、大伯皇女からの使いが時折、食物や衣類などを届けにやって来る。そして友背はあの日から一日も欠かさず二上山に登る。雨の日も雪の日も足を運ばぬ日はない。里に咲く花を摘んで墓前に捧げ、暑い日には沢の湧き水を手向け、秋の濡れ落ち葉を日がな一日掃き清め、積もった雪を掻き分ける。今日は道すがら手折ってきた、熟れた橘の実を墓前に供えた。

〈皇子さま、どうぞお召し上がりください。橘の実が黄に色づいて、また秋が巡ってまいりました。明日は皇子さまの祥月の御命日ですね。皇子さま、お寂しくはありませんか。例えこの腰が曲がりこの髪が白くなっても、私はお傍に参ります。どうかご安心ください。皇子さまにお仕えするのが私のお役目ですから……〉

今日も西の空に傾きかけた夕陽を、亡き主人と共に見つめる友背の姿が山の頂にあった。

大伯皇女も二上山の尾根を染める落陽を見つめていた。

〈弟もきっと、同じ夕陽を眺めているだろう〉

一瞬、稜線が眩い光線を放った。

〈大津！　可哀そうな弟〉

生涯独り身を貫いた皇女は、名張の地に昌福寺建立の発願を行うなどして、父天武帝と弟大津皇子の菩提を弔うことにその後半生を捧げた。


うつそみの人なる我や明日よりは　二上山を弟背と我が見む

二上山を弟と思って眺めよう……恋人を慈しむような哀しい歌である。

第十二章　春過ぎて

〔一〕

讃良は幾度も深い溜息をついた。天武帝の崩御から二年、皇太子の名のもとに造営を進めていた陵が先日やっと完成した。その間、何度か官僚たちを従えて皇太子が殯の儀式を行った。と言うより、讃良の指令のもとに執り行われたのである。

〈果たして皇太子は、帝の重責に耐えられるだろうか〉

人心の掌握術に長け、人を惹き付けて止まなかった先帝の存在に比べ、何とも心許ない我が子の姿に不安の種は尽きない。そんな心の揺らぎが、溺愛する我が子の即位を遅らせていた。

〈山積する国事を、心弱い草壁ではやっていけまい〉

即位は三十歳とする暗黙の慣例があり、草壁皇子はこの時二十五歳。後五年で何とか国家の基礎造りを完成させるべく、皇后は自ら称制として政治の主導権を握った。

最も頼りとした知恵者の四位億仁は既に亡く、その配下だった阿比多らも太平の世となりお役御免となっていた。二年を超す長い殯を終え天武帝が檜隈大内陵《ひのくまのおおうちのみささぎ》に埋葬されたのを見届けると、手児奈も山背の郷里に去った。讃良の婚姻の時から長きに渡って仕えてくれた手児奈も、近年はめっきり老け込んだ。しかし饒舌で闊達だった彼女が去った今、灯りが消えたような寂しさだけが残る。側仕えの采女の数こそ増えたが、話し相手となる者など唯の一人もいない。用を言い付ければ『畏まりました』の一言で終わる。若い采女たちにとって皇后は畏敬の存在でしか無く、孤独と寂寥の日々が続いた。

讃良は先帝が最後に言い残した言葉がずっと気に掛かっていた。意識が薄れるなか、夫は苦しげに「よ・し・の」と言った。讃良の耳には確かにそう聞えた。

〈あれは隠棲の吉野を思われたのであろうか。それとも吉野での盟約のことだろうか。あの盟約を、決して忘れるなと釘を刺されたのだろうか〉

自らがそれを破ってしまった心の咎を贖うため、皇后は吉野行幸を決意する。

晩秋の吉野は今紅葉の真っ盛り。久方振りに訪れたこの地は、皇后の心を束の間癒してくれた。信頼する高市皇子に留守を任せ、草壁とその妻子と共に輿に揺られる山中から、俄かに昔の記憶が蘇ってきた。殊に吉野宮近くの川の流れは少しも変わること無く、苦境のなかで将来を見据えていた若い頃に連れ戻してくれる。

よき人のよしとよく見てよしと言ひし　吉野よく見よよき人よく見つ

六皇子の盟約前夜に、天武帝が詠んだ歌が魂を揺さぶった。宮滝は讃良にとっての特別な場所、出発の地であり心洗われる聖なる土地。この青緑色の川の流れが全てを洗い流してくれる、そんな感慨に耽った。

〈御上、また吉野にやってまいりました。吉野を良く見よと仰せになった、御上の御心に導かれてこの地にまいりました。どうぞ皇太子をお導きくださいませ〉

この時、皇太子草壁は三人の子の親となっていた。氷高《ひだか》皇女、軽《かる》皇子、そして二歳になったばかりの吉備《きび》皇女。可愛い盛りの孫たちに囲まれて余念から解き放たれ、供をしてきた鷺人との昔話にも暫し時を忘れた。

吉野に来れば思い起こすのは、六人の皇子たちとの盟約である。あの場にいた皇子たちの運命は、この十年で大きく様変わりした。自刃に追いやられた大津、その事件の密告者に仕立て上げられた川島は、今や廃人同然で朝廷から距離を置いていた。川島に同情を寄せる忍壁は閑職に甘んじる身だ。末席に名を連ねた志貴皇子は、もとより政治に興味が無く好きな歌詠みに明け暮れている。高市には御名部を嫁がせた。草壁の妃とは姉妹だから強い絆がある。それに高市は優秀な男で何よりも己の立場を弁えており、将来草壁の右腕になってくれるだろう。しかし今一人、知恵者が欲しいところだ。

あれこれ思案するうち、讃良は一人の男に目を付けた。痩せぎすなその男は一介の官人であったが、優秀な頭脳を買われ今では軽皇子の養育係を任されている。

「藤原不比等とやら、其方に訊ねたき儀がある」

「ははぁ」

「唐に引けを取らぬ国家造りに、何が必要と考える？」

「難しいお訊ねですが有り体に申し上げますれば、律と令の併存でございましょう。只今、作成中の法律には政治の仕組みや地方民の調査など『令』は明記されておりますが『律』の部分が抜け落ちております。中央集権国家を目指されるなら、この『律』すなわち刑罰の項目を避けてはなりません」

この男藤原不比等とは鎌足の次男で、嘗ての名を『中臣史』と言った。近江朝廷側で迎えた壬申の乱当時は十三歳であった為、戦後の処罰対象とはならなかったが、天武朝においては中枢から外され不遇に泣いていた。だがここから彼の凄まじい巻き返しが始まる。舎人登用の試験を受けて下級官人から立身を目指した。幼少期に預けられた養父田辺史大隅から教えを受けた読み書きの才に加え、類まれな向学心と巧みな弁舌によって瞬く間に頭角を現し、皇太子の側人にまで出世したのである。

「成程、心しておきましょう。ところで不比等という名、其方自身が改めたと聞いたが、恩義ある養父の御名を捨ててまで付けた名が『他に比べる者が無い』とは……其方らしいこと」

「恐縮です」

〈あの男、本当に天智帝の落とし胤かもしれない。似ている。あの刃物のような切れ味と言い痩身な身体つきと言い。ということは私の腹違いの弟……。まあ、それはどうでも良い。誰の子であろうと、世に役立つ者なら使わぬ手はない〉

新しい年が明けると、不比等は判事に任じられ朝廷に出所する身分となった。既に大詰めを迎えている新しい法律の完成が、現時点での彼の職務である。

〔二〕

夫の死から間もなく三年が経とうとしていたが、先帝が掲げた国家造りは否応なしに讃良の両肩に重く圧し掛かっている。

〈草壁が即位するまでに何とか形にしたい〉

病弱で今一つ物足りなさを感じる我が子に、できる限りのことをしてから受け継がせたい。そんな親心だけが讃良を支えていた。

まずは法令の施行であるが、これは唐の様式を土台としたものが九分九厘仕上がっており、近々草壁皇子の名によって公布される見通しだ。もう一つは新宮の造営である。当初天武帝よりこの大事業を託されたのは大津皇子であった。大和三山に囲まれた飛鳥の北側に隣接する広い土地が選ばれ、唐に倣った本格的な都の築造が始まろうとした矢先の天武帝の死。その後、造営は一旦休止となっていた。その計画も先帝の喪明けと共に、高市皇子を新しい責任者に任命して再び稼働を始めた。

〈法典と都、この双璧となる事業が完成すれば、天武帝の目指された新しい国家の礎ができ上がる。草壁の世は安泰となろう。阿閇皇女に皇后の位を譲り、軽皇子が皇太子となる。そして帝となった草壁を支えるのは、高市皇子と藤原不比等の両名。そうなれば私も肩の荷が下ろせる〉

しかし目論見とは漠たるもの、その大半が打ち砕かれると相場が決まっている。これまでの人生を、生まれ持った強運と鋭敏な感性で乗り越えてきた讃良にとって、人生最大の試練が訪れた。『皇太子草壁の死』法令施行の合議が行われているその最中に、胸の痛みを訴えたまま呆気なく、実に呆気なく帰らぬ人となってしまった。持統三年（六八九年）四月十三日、二十七歳の死であった。生まれつき病弱で片時も目を離せない子であった。たった一人授かった我が子を、人質として差し出し引き裂かれて過ごした年月、器量を訝る周囲の目を抑え込んで立太子まで漕ぎ着けた吉野での盟約、そして大津皇子を死に追いやってまで守ってきた我が子。その掛け替えのない存在が突如として奪われ、生きることの意味、戦うことの意義が俄かに失われてしまった。

「貴女を皇后の位に就けると、今は亡き姪娘さまにお約束したのです。その誓いを果たせなくなってしまいました。何と辛く悲しいことでしょう」

「もうこれ以上お嘆きにならないでください。お体に障ります。何とか軽が一人前になるまで、皇后さまにはお元気でいて頂かないと……」

阿閇皇女は気丈に答えた。

「貴女と御名部が側にいてくれることが、今の私の支えです」

だが讃良の心配の種は尽きない。

〈草壁の遺児、軽皇子は七歳になったばかり。しかも先帝にはまだ多くの皇子たちがいる。取り分け天智帝の娘である大江皇女や新田部皇女が儲けた皇子は、母の身分からして後継者としての資格は申し分ない。大江皇女を母とする長《なが》皇子は十九歳、弓削《ゆげ》皇子は十六歳、新田部皇女の子、舎人《とねり》皇子は十三歳になる。油断ならない存在だ。また高市皇子は実績と経験が群を抜いている。彼を担ごうとする動きが全くないとは言い切れないが、高市自身が身の程を弁えているし、妃の御名部は壬申の乱後に救われたという大きな恩義を感じているはず……。御名部を高市に嫁がせておいて正解だった〉

あれこれと思案を巡らせているところに高市皇子がやって来た。

「皇后さま、すぐさま新しい法令の公布をいたしましょう。それにて先帝の目指された律令国家の継承を宣言し、皇太子の死という苦難を乗り越えるのです。都の建設は首尾よく進んでおりますのでご安堵ください。今こそ父上の念願であった皇親政治を推し進める時。その為にも是非、皇后さまにはご即位の決断をなさいませ」

高市の力強い言葉に勇気付けられ、同時に『即位』という一言に思わず我に返った。

〈そうだ、このまま天皇の位を空位にしてはおけない。今まで抑え込んできた豪族たちに、足元を見透かされてはならない。軽が成長するまで一体誰が帝の位に就けるだろうか。私しかいないではないか〉

讃良は意を決して立ち上がった。

「高市皇子、急ぎ法令を公布せよ。表題は『飛鳥浄御原令』とし、官人・臣下に向けあまねく周知させるのです。朝廷の動揺を悟られぬよう、天武帝の意思の結実と継承を宣言するのです」


六月『飛鳥浄御原令』が公布された。これにより官僚制が確立し、能力に応じて多くの官人が選任された。また戸籍制度を六年に一度実施し、それに基づいて班田が分け与えられることで身分制度が確立した。これを以って唐を手本とする律令国家に大きく近付いたことになる。

皇后は翌年自ら即位した。持統四年（六九〇年）一月一日、讃良四十六歳の年である。右腕となる太政大臣の位に高市皇子を任命した。名実ともに皇族の筆頭となった高市皇子は、大勢の役人を伴って新京の建設地を視察し、その後都造りは加速していく。天武帝の死後、一旦休止していた国史の編纂も再開させた。また先帝の発願であった伊勢神宮の式年遷宮も果たし、持統六年（六九二年）満を持して伊勢に行幸する。

〈残された命は、果たしてどのくらいであろうか。決して長い時間ではないはず。ならば命ある限り、受け継いだ天武帝の国家造りを成し遂げねばならぬ〉

多忙で緊張の日々を過ごす讃良にとって唯一の安息、それは吉野への旅であった。夫と我が子との思い出の地、若き日に夢描き心震わせた至高の場所。時間の許す限り、繰り返しこの地を訪れた。

〈また吉野へ行幸されるのか〉

〈つい先日、戻ってきたばかりではないか〉

〈随行させられる方は、堪ったものではない〉

様々な声が漏れ伝わってくるが、全く意に介さなかった。吉野へ行けば心洗われ力漲る。天皇にとって吉野は、無くてはならない特別の場所なのだ。


この春、宇津木が老衰でこの世を去った。草壁逝去の後、十津川の養母のもとに帰っていた鷺人が飛鳥へ戻ってきた。

「桜が満開のなか旅立ちました。最後まで天皇さまのことを気遣っておりました」

鷺人の言葉に悲しさと懐かしさが交錯した。幼い日に宇津木の腕に抱かれ、その暖かい胸に顔を埋めて我儘一杯に育った日々、悪戯をして怒られ追い掛け回された思い出、様々な光景が昨日のことのように蘇ってくる。何の苦労も何の不安もなく生きていたあの頃に戻ってみたい。懐旧の念が胸を締め付けた。

「あれから長い時が流れ、多くの人と別れました。昔語りをできる人が一人また一人と去っていき、宇津木までも帰らぬ人となってしまった。何故こんなにも涙が出るのか。私が年を取ったせいであろうか」

鷺人は肩を落とした天皇の姿を初めて目の当たりにした。常に凛と佇んでいた女人が、今は老いた痛ましい姿で立ち尽くしている。

「養母は最後まで、お仕えしていた頃の話をしておりました。昨日のことは忘れても、遠い昔のことは良く覚えていて、何度も何度も繰り返し話してくれました。殆ど見えていない目で、お邸から頂いた桜の木を日がな一日眺めておりました。花の盛りに旅立てたのは、この上ない幸せだったと存じます。今は桜の下で養父と共に眠っております」


讃良は吉野へ向かった。今度はいつもの慰安の吉野行幸ではない。十津川まで足を延ばし宇津木の眠る地を訪れる供養の旅である。祖父の桜が成木となり、青々と葉を茂らせているのを目にして感慨に耽った。

「こんなに立派に育ててくれた真比古と宇津木に、何と礼を言えば良いか。此処への道すがら、桜の木がこんなにも沢山あるのに驚きました。二人の志を継いでくれた多くの村人のお陰ですね」

「はい。十津川だけではなく、近隣の村も桜の苗木を植えております。将来この土地は、桜が咲き揃う極楽浄土となりましょう」

鷺人の声には吉野の民としての誇りが漲っていた。

「鷺人、また戻ってきてくれますね。草壁亡き後も、阿閇皇女とその子らに仕えてくれますね」

「勿論でございます」

「では妻を迎えると良い。心優しい女人を引き合わせましょう」

「いいえ、私はもうそのような年ではございません。それに一人身のほうが気苦労なくお勤めできますれば、どうぞご容赦ください」

「鷺人、これからも頼みとしていますよ」

ここ吉野で初めて鷺人に会った時、日焼けしたガリガリの少年だった彼が、今は三十路を越えた逞しい男になっていた。吉野進発より草壁皇子の間近に仕えてきた寡黙なこの男は、喜怒哀楽を殺して陰に徹する人生を選択したのだろう。

〈宇津木、貴女は素晴らしい贈り物を私に残してくれました〉

讃良は桜の下に眠る宇津木とその夫に、改めて手を合わせるのだった。

〔三〕

そこは西に畝傍山《うねびやま》、東に天香具山《あまのかぐやま》、北は耳成山《みみなしやま》の景勝を望む、唐に倣った本格的な都となった。その広い敷地の中央を南北に朱雀大路が通り、周辺は碁盤の目の如くに小路が巡らされている。中央に一際大きく聳えるのは政治の中枢となる大極殿だ。その南側に儀式が執り行われる朝堂院を配し、さらに複数の殿院では豪奢な饗宴が執り行われた。皇族の住居となる内裏が大極殿の北側に居並び、薬師寺や大官大寺も敷地内に取り込んだ壮大な造りである。

持統八年（六九四年）冬、藤原宮への遷都が行われた。天武帝の悲願であった国家形成の象徴となる本格的な都の完成である。唐にも引けを取らない規模と様式を備えた都城の佇まいに、讃良は胸のつかえが下りる思いであった。

〈あの壬申の乱からの長かった道のりも、漸く形となってくれた。多くの犠牲を強いてきたが、これ

で天武帝のご意思が叶えられた〉
最大の功労者である高市皇子を中心に、その妻子や亡き草壁の忘れ形見である孫たち、そして最も心許せる草壁の妃阿閇皇女と共に囲む宴席は、高揚と絶頂の場であった。

良く晴れ渡った初夏の日、大極殿の朱塗りの柱の並ぶ回廊で遥か南東に多武峰《とうのみね》、音羽山を見晴るかす天香具山と、人々の安寧な生活を詠んだ天皇の歌である。

春過ぎて夏来にけらし白たへの衣干すてふ天の香具山

〔四〕

高市皇子は静かに目を閉じた。そこに去来するのは、壬申の乱での血沸き肉躍った高揚感でもなく、天皇の片腕として藤原京を落成させた充足感でもなかった。天智帝の皇女を娶り、跡継ぎとなる子も立派に成長してくれた。特に長男の長屋王は、高市が最も目をかけている息子だ。優れた知識力と並外れた判断力は他の追随を許さないと、多くの官人が認めている。

〈流石は高市皇子のお子、末頼もしくございます〉
〈お若い頃の高市さまを見ているようでございますな〉

二十歳になったばかりの長屋王の心は、老獪な言葉に否が応でも擽られるに違いない。才能溢れる皇子たちが理不尽に命を絶たれてきた歴史を、高市は嫌というほど見聞きしてきた。

〈軽皇子が即位すれば、長屋王はそれを支える立場となる。皇子は父である草壁皇子の体質を受け継がれて、体躯も性格も線が細い。しかも七歳年下の主人に従うことができるのか。私の目の黒いうちは良いが、辛い前例が思い出される。非凡なればこその苦しみが、長屋王を待っているかもしれない〉

高市は母の身分から自身の弁えと分別の肝要を、育ての親から繰り返し聞かされてきた。

〈ご自分の立場を弁えてお生きください〉

この養父の言葉が四十年近く経った今も、耳の奥底にこびり付いている。

〈お陰で今では、皇族の最高位である太政大臣の職にあり、給される封戸も最高額となった。それもこれも父である天武帝、そしてその妃である現天皇の御意思通りの道を歩んできたからに他ならない。自分の生き方と同じ選択を、長屋王に強いることが果たしてできるだろうか〉

想い悩む高市の耳に、そっと包み込むような女人の声が聞こえてきた。

〈高市さま、高市皇子さま〉

声のする方に目をやると、一面に山吹の花が咲き乱れる広野に十市皇女が一人佇んでいた。そしてその優しい微笑みに高市自身も若い頃に戻っていた。十市は裳裾を翻しながら軽やかに広野を駆けていく。

〈さあ、皇子さま……〉

手招かれた高市は春の花の香りに包まれた。

〈十市さま〉

その後ろ姿を追って手を差し伸べた瞬間、十市の姿がふっと消えてしまった。

我に戻った高市は深い溜息を洩した。

〈近頃は昔の夢をよく見る〉

目覚めた後は記憶の中の自分と現実の自分が曖昧模糊となり、舞い戻った現実の自分に愕然とした。今一つ凛然としない肉体と、前向きになれない心がある。特に新宮造営の大仕事を成し遂げた虚脱感からなのか、

〈年を取ったものだ。杞憂であってくれれば良いが〉

椅子の背に深くもたれて天井を仰ぎ見た。

「失礼いたしました。父上、ご休息中でしたか」

溌溂とした声が部屋に響いた。

「天武の帝が行われた仏教保護について、お聞きしたいことがございましたので」

長屋王の真っ直ぐな視線がこちらを見つめている。

「いや構わない。私も丁度、其方に話しておきたいことがあった」

「はて何でございましょう。お叱りを頂くようなことをいたしましたでしょうか」

「そうではない。今後の其方の生き様と言うか、覚悟とでも言うか、その……」

「そのように言い淀まれる父上を、初めて拝見しました」

「これは重要なことだ。極めて肝心なことなのだ」

長屋王の精悍な顔つきが殊更に引き締まった。

「私が身罷った後のことを、其方はどう考えている。平たく申せば、軽皇子の世となるであろう将来を何と考える。その治世に其方は如何にして生きる所存だ」

「答えは簡単でございます。私は父君を尊敬し、その背中を見て育ってまいりました。父君が帝にお仕えする姿に倣い、御上をお支えすることが私の役目と承知しております」

「年若の天皇に仕えられるかな」

「人には分というものがあると、父上のお姿より学びました。私は父上を手本として己の分を弁えて生きとう存じます」

「長屋王、頼もしいぞ。其方を息子に持ったことを誇りに思うぞ」

高市は自身の生い立ちを、我が子に担わせてしまった後ろめたさに心塞がれた。だがそれを理解している息子が、この上なく誇らしかった。

「幼い頃から、いつも母上が申されておりました。『父君の妃となれたのは鵜野讃良さまのお陰だと。讃良さまがいなければ、貴方は生まれていなかったのよ』と。この命を天皇家の為に捧げることこそが、私の宿命にございます」

〈知らぬ間に、我が子は立派に成長してくれた〉

高市皇子の張り詰めていた心が忽ちにして緩み、憂慮から解き放たれた瞬間であった。

〔五〕

「今朝、眠るように息を引き取りました」

御名部皇女の消え入りそうな声が小刻みに震えている。全く予想すらしていない一報であった。

「ここひと月ほど食欲が細く懸念しておりましたが、他は何の障りも無く至って息災にしておりました。ところが数日前から床を離れず食の一切を絶って……今朝、私が訪いました時には経典を握ったまま、既に身罷っておりました」

「何故、前もって知らせてはくれなかった」

「ご迷惑が掛かるから知らせてはならぬと、固く口留めされておりました。申し訳ございません」

「高市殿らしいと言えばそれまでだが、周囲を気遣った見事なご最後でした。常に控え目に実に淡々とされて、見苦しきを嫌い、最後の幕もご自分一人で下ろされたとは。大きな仕事を成されてきたのに、何の広言することなく逝ってしまわれた。天武帝の世もそして今の世も、高市殿なしでは叶わなかったでしょう。最後に私に即位を決断させてくれたのも、皇子の寛容なお心のお陰です」

御名部の涙が止まることはなかったが、不思議と讃良は涙が出なかった。その存在が失われるのは痛手ではある。しかし高市皇子の生き様やその死に様までもが余りにも完璧で、悲しみを遥かに超越していたからかもしれない。

〈高市皇子、ご苦労でした。ご立派な生涯でしたね〉


天皇は藤原宮の南に位置する小高い丘に、高市皇子の陵を造るよう命じた。唐で絵画を学んできた絵師らに、金に糸目を付けず有らん限りの技術を駆使して、石室の描画と木棺への装飾の設えを指示した。絵師らは半年もの時間を掛けてこの命を遂行し、遂に陵墓は完成した。石室四方には、東に青龍、西に白虎、南に朱雀、そして北には玄武が描かれ、その足元には十二支が配されて棺を守る構図だ。そして天井には北斗七星を中心とする天文図が、日輪月輪と共に描き出されている。まさに高市皇子の労苦に報いる為の、この上ない陵墓の完成を見た。

「父上の御陵よりも立派なのは、如何なものでしょう」

軽皇子は不満そうだった。

「貴方が生まれる前から、高市皇子はこの国の為に尽力してこられたのです。それがどれ程の功績か、この陵を見れば幼い貴方にも理解できるでしょう。しっかりと人を見る目を育みなさい」

軽皇子は仏頂面でプイと横を向いてしまった。彼はこの口煩い祖母が大の苦手である。物心ついた時から皇太子の嫡男として太平の世に育ってきた軽皇子に対して、周囲の者は誰一人反論などしない。自分は特別だという安易な環境で育ってきた少年が、唯一手強いと感じるのが祖母の天皇なのだ。そんな純粋培養された孫の将来を想像する度、讃良には不安が募った。

〈高市皇子、貴方を失った痛手を、これから嫌というほど思い知ることになるでしょう。どうか軽の世を見守ってください〉

常に人の一歩後ろに控えながら、同時に人の一歩先を見据えて生きてきた賢人高市は、持統十年（六九六年）四十三歳で静かな眠りに就いた。

〔六〕

刀自売《とじめ》が不比等の来訪を知らせてきた。数多くの采女の中で、讃良が此のところ目を掛けているのが三十歳を僅かに越えたこの刀自売である。行動に全く無駄がなく、余計なことは一切口にしない。愛想はないが、その方が今の自分には合っている。若い頃と違って噂話にも詮索にも興味が湧かないし、上辺だけの機嫌取りや遠回しの物言いは煩わしいだけだ。その点、言うことだけ言いやることだけやってくれる、そんな刀自売が気安くて都合が良い。今日も案内を終えると、音もなく引き下がっていった。

高市皇子を失った朝廷内では、天武帝の皇子たちの不満があちこちから噴出し始めていた。天皇即位後も正式に皇太子を決めずにいたのは、軽皇子が余りにも幼かったからである。太政大臣の高市皇子が事実上の二番手でいた間は誰も文句は言えなかったが、高市の死後事態は一変した。皇太子を決めるべきだという議論が沸々と湧き上がってきたのだ。その急先鋒は天智帝の娘大江皇女の生んだ兄弟、長皇子と弓削皇子である。母の身分を後ろ盾に、後継候補の最有力と豪語する兄弟皇子は看過できない存在であった。

「天皇さま、ここはまず忍壁皇子を閑職から戻されては如何でしょうか。高市皇子亡き今、忍壁皇子は天武帝の皇子たちの最長老となられました。名誉職などをお与えになって恩義を売っておけば、口さがない皇子様たちの重石としての役目を担って頂くことにもなりましょう」

「忍壁皇子か。吉野隠遁の地での暮らしが思い出される。どことい って取り柄の無い少年だったが、嘘の付けない性格であった。私が苦手らしく常に口少なに俯いて居ったな。そんな忍壁が大津に心酔し、川島とも友誼を結んで己の信念を貫いたのは以外であったが……。川島皇子が死んで今年で五年か。そろそろ忍壁皇子を処遇して、天武帝にもご安堵頂かなくてはなるまい」

「はい。そこで正式な会議の場を以って、皇太子をお決めになられては如何です。一刻も早い方が宜しかろうと存じますが」

「上手く事が運べば良いが、事前の段取りを慎重にせねばならぬな」

「お任せください。壬申の乱を経験され、吉野の盟約にも加わられた忍壁皇子の経歴に揺るぎはございません。戦後の安穏な世に生きてこられた皇子さまたちとは格が違います」

「正直が取り柄の忍壁で大丈夫であろうか」

「私奴が取り仕切りましょう。ご安心を」

　不比等が自信有り気に頷いた。

〔七〕

　皇族や臣下が一堂に会した正殿大広間には尋常ならざる緊張感が漂っていた。これほど多くの人がいるにも関わらず、話し声一つ聞こえてこない。咳払いするのも憚られるなか天皇が不比等に伴われて現れ、参集した一同をぐるりと見渡して玉座に着いた。讃良の落ち着き払った態度は表向きだけで、昨夜は殆ど眠れていない。最悪の場合、軽皇子の立太子を無理にでも押し切ってしまう腹積もりだが、今後に僅かでも遺恨を残さず事を納めたい。不比等が口火を切った。

「本日この場において、天皇の御位を継承される皇太子の選定を行います旨、忌憚なくご意見を賜りたい」

　陰では様々な文句があっても、天皇臨席の場で発言する者など無いのが慣例で、代表者が述べる既定の見識を以って決議されるのが定石だ。多くの官人たちには前以って因果を含めてある。代表役の忍壁皇子とも下相談済みだ。この場で意見を述べる者などいないことを、不比等は微塵も疑っていなかった。俯く者や隣人と顔を見合わせる者、嘆息する者はいるが案の定、言葉を発する者は無い。それを確認した不比等は、安堵の思いで忍壁皇子に視線を送った。

「それでは、先帝の皇子さま方の最長老であられる忍壁皇子のご見識を……」

「お待ちください」

声高に割って入ったのは弓削皇子であった。

「先の帝は多くの皇子を残された。先だって身罷られた高市皇子を筆頭に十名、存命な者は七名に上ります。我が国では古より兄弟間の皇位継承が繰り返し行われてまいりました。天武帝は血の継承が途絶えぬよう、多くの皇子を持たれたのです。七名中で天皇家の血筋を母に持つ皇子は、私の兄長皇子そして私ともう一人、新田部皇女の出自、舎人皇子の三名であります。その年長者である我が兄、長皇子が後嗣となるのが最も必然と思われますが、如何でしょう」

この歯に衣着せぬ物言いに、あちこちからざわめきが起った。弓削皇子は続ける。

「長皇子は御年二十六、分別盛り働き盛りでありますれば、最も適任であると存じます」

不比等が眉をしかめた。この期に及んで、忍壁皇子が弓削の意見を論破できるとは到底思えない。じんわりと嫌な汗が額に滲んできた時、末席に座していた男がすっくと立ち上がった。

「兄弟間での皇位継承は争いが起こる原因となりましょう。天皇の御前で何れが相応しいかなどと言う議論は、天の真理に背くものと心得ます。直系のお血筋である軽皇子さまをおいて、他に何方がおりましょうか」

声の主は葛野王であった。大友皇子を父に十市皇女を母として生まれた葛野王は、額田王に育てられ二十七歳の見識と器量を備えた人物に成長していた。父親譲りの学問好きで文筆力は群を抜き、書画の心得も一流である。だが近江朝の生き残りという色眼鏡のなか、出世とは別次元の生き方を選択してきた。

「葛野王殿、ならば伺おう。古来より兄弟間での皇位の継承は幾度も行われ、前例は星の数ほどもある。例えば敏達帝の後は弟君お二人が相次いで御即位された。遡れば他にも数多の例がございます。

博学の誉れ高い葛野王殿が、ご存じないとは思えませぬな」

弓削皇子の舌鋒は止まらない。

「先の戦も元はと言えば、天智帝と我が父の兄弟間の争いではございませんか。直系ならば、我こそはその器と仰せになりたいのですか」

「お黙りなさい。止ん事無き御先代を愚弄されるおつもりか」

葛野王の大喝一声、一同は息を飲み弓削皇子も押し黙ってしまった。

猶も葛野王は続ける。

「天武帝は自らを戒められる御心で、六皇子の盟約を以って直系かつ長幼の皇子を後嗣に指名された。争いのない世の為の先帝の自戒の御覚悟と思し召せ。この先帝のご意志を引き継ぐことこそ、我らの務めではございませぬか」

静まり返った堂内に、黙って事の成り行きを見守っていた不比等が止めを刺した。

「吉野の盟約に御名を連ねられた、最長老の忍壁皇子さまのお考えは如何でしょうか」

天皇の最も近くに座していた忍壁は、緊張でカラカラに乾いた喉元で幾度も唾を飲み込んだ。そして昨夜から繰り返し諳んじてきた言葉を恐る恐る口にする。

「天武帝のご意志を尊び、直系の軽皇子さまへの継承こそが道理にございましょう」

もはや誰も反論できる者などいなかった。全員の合議として軽皇子の立太子が決定した瞬間であった。


そして翌年の二月、軽皇子の立太子の礼が執り行われ、讃良はその功労者、葛野王との面会に臨んだ。正式に顔を合わせるのは実に四半世紀ぶりである。

〈近江宮で十市に抱かれていたあの赤子が、私を救ってくれた〉

数奇な運命の糸に操られた眼前の壮齢の男は、在りし日の大友皇子を彷彿とさせる。

「貴方のお陰で、この国の基本となるべき皇位継承の道筋が決まりました。その功労を心より感謝します。貴方の評判は予てより聞き及んでおりましたが、本当にご立派になられて、十市さまもきっとお喜びでしょう。様々の遺恨もお有りでしょうに、何故そのように潔くあられる」

葛野王は思い出すように遠くに視線をやった。

「天皇さま、覚えておいでですか。先の戦の折り、私は物心つかない幼子でした。母に抱かれ倭姫王さまと祖母と共に、近江宮を脱出したことは記憶にございません。その後に案内された岡宮の地で、私共は何不自由なく過ごさせて頂きました。全ては貴方様のご配慮のお陰でございます。母が世を去ってから後は、祖母が私を育ててくれました」

「額田王さま。もう長い間お目に掛かっておりません。お懐かしいこと……」

「祖母はいつも申しておりました。天武の帝と皇后であられた現天皇さまの御恩を決して忘れてはならぬと。命を奪われても当然の我らの身が、こうして生かされている恩義に報いなさいと。そう教えられて成人いたしました」

「あれから随分と年月が流れました。額田さまのお気持ちを、今度は私が受け取らせて頂きました。天武の帝も、さぞかしお喜びのことでしょう」

讃良の脳裏には川原寺近くでの、睦まじい親子の姿が蘇ってきた。傍らに咲く藤の花房よりも艶やかに匂い立つ額田王の美しさ、十市皇女の幼いはしゃぎ声、皇女を抱き上げる若き日の大海人皇子。

あれからの数奇な運命を全て洗い流すように、廉直に生きている額田王には到底叶わないと思い至った。

〈折があればお目に掛かって、昔のことを語り合いたい。今の私を一番解ってくださるのは額田さまかもしれない〉

　不思議な縁で交差しては遠ざかっていった二人の女人の半生。それは時の流れた今も、何故かしら互いの心を呼び寄せ合うのだった。

第十三章　末つ方

〔一〕

「御即位を急がれた方が宜しかろうと存じます」

「だが軽皇子は未だ十四です。国内外の政を仕切れる訳がない」

「皇位継承には目下のところ、古くからの慣例ともいえる不条理が二つございます」

「はて、それは何か」

「一つは、成人せねば即位が認められぬこと。今一つは、天皇は生前に御譲位が叶わぬこと。この古よりの慣習を改めて新しい風を吹き込まねば、直系による皇位継承はいずれ行き詰る時がまいりましょう。御上には、そのお覚悟をして頂かねばなりません」


讃良の談議の相手は藤原不比等。今や天皇が最も頼みとする側近となった不比等は、唯一天皇に物言える人物でもある。数多の皇子たちの中に、彼ほど頭が切れて法律に秀でた者はいない。自ずと彼を重用せざるを得ない宮廷内の現状ではあるが、その不比等について最近気になる噂を耳にした。阿閇皇女に仕える県犬養三千代《あがたいぬかいのみちよ》という女官との色めいた話である。不比等には蘇我氏の血を引く妻や天武帝の夫人だった異母妹の妻がいて、其々が子を成している。幾人もの妻がいるのは至って普通のことではあるが、世間の口の端にのぼる訳は三千代が人妻であるからだ。彼女の夫は一世紀も以前の帝、敏達帝の四世孫である美努王《みぬおう》。夫婦の間には三人の子までいる。三十路を越えたこの中年女は、ふくよかな胸と豊満な肉付きの腰回りを際立たせるように、いつも細腰をきつく縛っていた。妙に男心を擽るような上目遣いの三白眼が以前から癇に障っていたが、その三千代と不比等が情を交わす仲だと耳にして、何やら嫌な予感が頭をよぎった。

〈不比等の如き硬派な切れ者が、一たび女に骨抜きになると実に厄介だ。後の政局に差し障りが無ければ良いが〉

黙り込む天皇に痺れを切らした不比等が訪ねた。

「如何いたしましょうか」

「えっ?」

「軽皇子さまのご即位のことでございますが」

「あぁ、軽が成人するまでには長い年月が掛かる。あれは父親に似て体が丈夫でないし、苦労知らずで何とも心許ない。だが草壁の時と同じ轍を踏む訳には行かぬゆえ、いつまでも待ってはおられぬ。無理にでも即位させねばならぬな」

「はい、それが宜しかろうと存じます」

「時期と手段を一考しなさい」

この年の夏、軽皇子の即位式が執り行われた。立太子から僅か半年しか経っていないこの時期の即位には、誰もが耳を疑った。新天皇は未だ十四歳、前例のない若さである。しかも天皇は譲位し、太上天皇となって孫である少年天皇の後見役になるという。位を譲っても実権は太上天皇が握るということは誰の目にも明らかだ。この過去に例を見ない皇位継承に驚愕する者は多いが、誰一人として口を挟む者などいはしない。皇太子決定以降の朝廷は、讃良とその覚え目出度い不比等によって全てが支配されていた。

「帝となれば妃が必要です。由緒正しい皇女を娶らせましょう。天武さまのお子の紀《き》皇女か田形《たかた》皇女はどうです。御上より幾分年上だが、その方が子宝を授かるのも早かろう」

「お言葉ではございますが。お二方とも適任とは申せません」

「はて、如何して」

「田形皇女は次の斎王の候補に御名が挙がっておられ、近々潔斎に入られる予定と聞いております。また紀皇女には弓削皇子が強い恋心を抱かれているらしく、贈られてくる歌に心酔した皇女さまも、悪い気はしないご様子とか。ややこしい事態は、極力お避けになった方が宜しかろうと存じます」

「又しても弓削皇子か。目障りこの上ない」

「そこで、まずは年若い女人を幾人か召されては如何です。不肖私には十三歳の娘が居ります。男ばかり続いた後に授かりました初めての女子であり、手塩に掛けて育ててまいりました。父親の私から申すのも気が引けますが、器量は申し分ございません。他にも二・三名心当たりがございますので、調べてみましょう。妃となられるお方は、その後にじっくりと時間を掛けて吟味されては如何ですか」

「女人を召すのは構わぬが、その者たちが皇后になれる筈もなかろう。皇后となり得る妃を一刻も早く探さねばならぬ。天武帝の皇女であれば母方の身分は構わぬから、今一度当たって見よ」

「畏まりました」

退出する不比等の背に讃良が声を掛けた。

「其方は法律だけではなく、女人の事情も詳しいのですね。三千代とか言う女官からの受け売りですか」

一瞬ピクリとした不比等がおもむろに振り返った。

「御上の為、太上天皇さまの為、幾多の人物より数多の情報を得ております。ご安堵召《め》されませ」

再び向けた不比等の背には、不遜の影が見え隠れしていた。

〈不比等は変わった。あの高慢なまでの自信の根源はやはり女か。あの男がこれ以上力を持つと危ういかもしれぬ。彼に匹敵する人物がもう一人いてくれたら……〉

高市皇子の死より此の方、宮廷内の均衡が大きく歪み始めていた。

〔二〕

時を置かずして不比等の娘、宮子が内裏に入内した。端麗だが痩身で神経質そうな十三歳の娘で、母は山背の国の豪族賀茂氏の出自だと言う。宮子と同時に紀氏と石川氏の二人の娘も入内したが、一人は十歳にも満たない少女で、もう一人はお世辞にも見目好いとは言い難い面立ちの娘だ。明らかに宮子の引き立て役でしかない。

「あの様な娘らを入内させて、不比等は一体何を考えている」

讃良が日頃の不平不満を吐露できるのは、今となっては亡き息子の妻阿閇皇女だけだ。

「おおかた、自分の娘が第一子を授かるのを見込んでの企みであろう。三千代という女の入れ知恵に相違ない」

「お姉さま」

二人だけの時、阿閇皇女は讃良のことをこう呼ぶ。

「お姉さまは三千代のことが余程お気に召さないご様子ですね。良く気配りのできる、利発な女にございますよ」

「其方はしっかり者なのに、人を見る目だけは無いようだね。私には解ります。今に化けの皮が剥がれる時が必ず来る。其方も精々気を付けなさい」

「はいはい、心しておきましょう。ところで紀皇女のお話はどうなっておりますの」

「幾人かに調べさせたところ、弓削皇子の皇女への思いは相当なものらしい。紀はたいそう美しい少女であったことを覚えておるが、今は奔放な質で艶な風情の女人に育ったそうだ。妃候補は限られる。釣り合う年頃の皇女となれば尚更のこと、はて如何したものか」

この年になっても尽きない悩みに、又しても溜息が漏れた。


讃良に三千代との噂を仄めかされても、不比等の自信が揺らぐことはなかった。

〈自分以外の誰が今の宮廷を支えていける〉

《律》の抜け落ちている不完全を自らが指摘した新律令の編纂は順調に進んでいる。復活させた忍壁皇子を最長老に据えてはいるが、実質は全て不比等の差配の儘だ。若い頃から法律に精通し、宮廷の覚え目出度いこの男の自信は留まる所を知らなかった。そしてその矛先は、一族の者にまで向けられた。父鎌足が天智帝より下賜された《藤原朝臣》の姓は、不比等直系の子孫のみが名乗れると改定したのだ。それによって彼の再従兄弟たちは元の中臣の姓に戻され、本来の生業である祭祀の職に追いやられてしまった。

目下のところ、不比等の儘にならない事案は天皇の妃選びだけである。太上天皇が幾度もせっついてくる。皇后となり得る身分の皇女の入内を少しでも遅らせたいのは、我が娘宮子が第一子を授かってほしいからに他ならない。他の二人の嬪たちは、三千代の手加減で天皇の側近くに寄せずにいた。〈この間に一番の候補者である紀皇女の入内を握り潰してしまいたい。皇女に執心の弓削皇子を利用する方法はないものか〉

内々の相談相手は無論、愛人の三千代だ。

「紀皇女をお妃として入内させる話が進んでおります」

不比等が弓削皇子の耳元で囁いた。夏の西日が影を落とす回廊の物陰で、不比等は皇子の腕を強く引いて近くの小部屋へ誘い込んだ。皇子の心臓の高鳴りが聞こえてきそうな狭い室内は、密談には打ってつけの怪しげな場所である。

「時間がありません。太上天皇さまが決断される前に、紀さまを我が物になさいませ。正式な沙汰の前に妻となされれば誰も何も言えません。急がれよ」

「しかし後継会議でのこともあり、私は快く思われておりません。それなのに何故、不比等殿はそんな私に進言をされる」

「惚れ合った男女が結ばれぬとは聞き飽きた話だが、それが正しいと皇子はお考えか。このまま紀さまが、好いてもおられぬ方の妃になっても良いのですか。今なら未だ間に合う。皇女さまの為にもお心をお決めなさい」

　若い二人の既成事実を作って讃良を諦めさせる手段は、昨夜三千代と練った戦略だ。

〈他人の物になった皇女を大事な孫の妃に、それも将来の皇后にするなど、自尊心の強い太上天皇がする訳がない。一か八かの賭けだが、もしもの時には弓削皇子に消えてもらう他はない〉

　それが二人の出した結論であった。

　狙い通り、弓削皇子の頬は紅潮し瞳がギラついてきた。

「貴方さまは一切、紀さまの入内の計画をご存じないということにいたしましょう。幸いなことに未だ誰も知りません。今を逃せば、紀さまを手に入れるなど叶いませんよ。何しろ天皇の妃となってしまうのですから。只今の話は皇子さまと私、二人だけの胸に納めましょう。失礼」

　握り締めていた弓削皇子の掌はぐっしょりと濡れていた。

〈そんなに都合良く運ぶ訳はない。太上天皇は恐ろしい御方だ。だがこのまま何もせず、皇女への思いを絶つことなどできはしない〉

　逢魔が時の蠱惑に満ちた藍色の空の仕業だろうか、弓削皇子の疑心はやがて、紀皇女への荒ぶる激情に飲み込まれていった。

〔三〕

「弓削皇子さまと紀皇女さまの噂、ご存じですか」

　三千代の好奇に満ちた瞳がこちらを見ている。

「紀皇女が御上のお妃候補だと、皇子さまはご存じないのでしょうね。そうでなければ、あのような大胆な行動はできませんもの。前々から紀さまにご執心でいらしたそうですが、忍び入ってまで我が物になさるとは、本当に怖いもの知らずでいらっしゃること」

阿閇皇女は三千代の言葉を無視する素振りだが、明らかに動揺が見て取れた。三千代は洞察していた。

〈阿閇皇女の耳に入れれば、太上天皇に直ぐ様伝わる〉

「では、御用があればお呼びください」

三千代は軽やかな足取りで下がっていった。独りになった阿閇は急ぎ身支度を整えた。向かうのは勿論、太上天皇である姉の部屋だ。

あの日から、不比等の手駒の舎人が身辺に張り付いているのを、弓削皇子は薄々感付いていた。しかし既に覚悟はできている。

〈このままの人生、一体何が面白い。天武帝の皇子である我らが、これほどまでに軽んじられるなど以っての外だ。好きな歌の道に生き、優れた歌人との交流を心慰みに過ごす生涯も悪くはないが、それ以上に心高ぶるのは紀皇女への恋慕の情だ。この思いを偽ってまで生きる意味は、私には無い〉

その夜、この手に抱いた紀皇女が抗うことはなかった。思いの丈を熱情的に、選りすぐった甘美な言葉に託して贈られてくる皇子の恋歌に、皇女自身の心も激しく揺さぶられていたのだ。相愛の男と女に理屈や分別などあろう筈もなく、二人の仲は忽ちのうちに衆人の知るところとなった。

「弓削皇子はこの私に、喧嘩を売るつもりか。事もあろうに御上の妃となる女人を奪うとは」

讃良の怒りは頂点に達していた。余りの憤りに宥める側に回らざるを得ない不比等はと言うと、今回は何とも歯切れが悪い。

「紀皇女さまがお妃候補とは、宮廷の誰もが与り知らぬこと。弓削皇子は前々から皇女に懸想されておりましたゆえ、起こるべくして起こったということでしょうな」

「そのような悠長な言い訳は聞きたくない。しかも二度までも、御上を愚弄するとは許してはおけぬ」

讃良の怒りは瞬く間に宮廷中に伝わった。

〈少し薬が効き過ぎたか。弓削皇子には気の毒だが、これも致し方ない〉

自らが仕掛けた策略に幾分の後味の悪さが残ったが、紀皇女入内を避けられた確証にだけは手応えがあった。弓削皇子と顔を合わせるのを極力避け続けていたある日、側近からの知らせに不比等は言葉を失った。弓削皇子、流行病にて死去。人々はその死因を語ることを憚りながらも、暗殺されたとの噂や、毒を煽っての自決に違いないとの風聞が密やかに語られた。


二十七歳の若さで世を去った皇子の母大江皇女は、突然の訃報に取り乱し病床に伏せってしまった。天智帝の皇女として生を受け、天武帝の妃となった大江皇女。異母姉である太上天皇と同等の地位にありながら、その境遇の違いは宮人の同情を禁じ得なかった。大江皇女はその後、病が癒えること無く息子の死から僅か数か月後に帰らぬ人となった。

紀皇女の受けた衝撃も想像を絶するものであった。奔放な性格の紀は、恋人の死の真相への非難を口にして憚らなかった。弓削皇子の後を追って自決するのではと心配した不比等は、これ以上の不祝儀が連鎖するのを恐れて、皇女を自室に閉じ込めるように指示を下したのである。その後皇女が某所に送られたという誤伝虚伝が流れたが、真実を知る者は誰もいない。

〈皇后となる運命を儚い恋と引き換えにした皇女の禍福を、他人が論じるなど浅はかなり〉

良識ある人々は皆その口を噤んだ。だが恋歌に残した弓削皇子の秀でた感性とその恋人のその後の人生は、一段と哀情を増して後世に語り継がれていくのであった。

〔四〕

「何、宮子が身籠ったか」

珍しく興奮した不比等が声を上擦らせた。吉報を伝えた三千代も白い歯を覗かせる。普段は冷静沈着な男も、我が娘が天皇の子を宿したという朗報に興奮が抑え切れない。

〈すべてはこの日の為に動いてきた。生まれてくる子は天皇の第一子、もし皇子であったならば……〉

不比等は十年後の自分の姿を想像していた。それには高い壁がある。宮子の出自では皇后の位には就けない。だが、それをも踏み越えていけそうな気持ちの高揚に浸っていた。

目の前の三千代が意味ありげな様子で不比等の横に近づいて耳元で囁いた。

「実は、私も子を宿しました」

「えっ！」

驚きの余り言葉を失った不比等を尻目に、三千代は落ち着いたものだ。

「天皇のお子と私共の子が、同年に誕生するとは二重の喜びにございます。精々体に気を配ってまいります。宮子さま共々に……」

すでに三十の半ばを越えた豊満な中年女が、少女のようにはにかんでいた。

不比等は三千代の妊娠を機に、正式に彼女を妻とした。出世の見込みのない美努王を見限り、宮廷の第一人者である不比等に乗り換えた三千代のあからさまな人品を、讃良は以前にも増して嫌悪した。

「だから言わぬことではない。案の定、女狐が尻尾を出しよった。骨抜きにされた不比等が、次に何を考えるのか留意せねばなるまい」

「あの年で顔の色艶も良く、腹の膨らみも随分と目立ってまいりました」

阿閇皇女もいつになく渋い顔だ。

「お姉さまの申された通り、近頃では自信満々の様子が目に余りますわ」

「其方は御上の側に三千代を近づけぬように気を配っておくれ。だが宮廷は不比等抜きでは埒が明かない。高市がいてくれたらと、是非もないことを考えるばかりだ」

「先日、高市さまの遺児、長屋王さまにお目に掛かりましたが、お父上によく似た見事な皇子さまでいらっしゃいました」

「長屋王は立派に成長してくれた。将来は御上の右腕となってくれるに相違ない。しかし未だ若い。あの不比等に伍するには、今少し時が必要だ」

「妃のことも頭が痛い問題ですわ」

「紀皇女の痛ましい記憶が薄れてからにせねば、折角の慶事も台無しになる。今少し時を待たねばなるまい」

「姉上の今後のお心積もりをお聞かせくださいませ」

「これはここだけの話にせよ」

姉妹は奥の間に場所を移した。

「次期斎王の候補として潔斎を行っている田形皇女とも考えたが、田形は紀皇女の妹。不祥事を起こした皇女の妹というのもどこか気が進まぬ。そこで今伊勢に下向している託基《たき》皇女の斎王職を解いて都に戻し、然るべき時を置いてから妃として迎えるというのはどうであろう。託基は忍壁皇子の妹だ。遜色は無い。その場合、田形も斎王とはせずに手駒として都に残したい。そこで次の斎王となれる皇女を、其方は知らぬか」

「それでは天智帝のご息女、泉さまは如何でしょうか。託基さまが斎王に選ばれました以前より、お二人で共に潔斎の日々を送られ、最後の卜占《ぼくせん》で託基皇女にお決まりになったと聞いています。泉皇女は今も潔斎のお暮らしを続けておられるとか」

「おお良い風が吹いてきたようだ。不比等や三千代に気取られぬよう、密かに進めねばならぬ」

「はい。天武の帝が艶福家であられ……まあ私としたことが、はしたないことを申しました」

「良い、誠のことである。お忙しいご政務のなか良くも忠実《まめ》であそばした。最後には皇子皇女の名ばかりでなく、数も解らぬ程であったぞ。だがこうして、妃の候補を選りすぐれるのも天武さまのお陰……。どの皇女たちも御上より幾分年上だが、それは致し方あるまい」

「ええ」

「紀には煮え湯を飲まされたが、託基皇女は斎王であるからしてその心配はなかろう」

「勿論でございますとも」

「ああ、心なしか気分が良くなったら、急に喉が渇いてきた。刀自売を呼んでおくれ」

気の置けない姉妹の会話は、暫く終わりそうにない。

〔五〕

この時期、不比等が自身の誇りを掛けて取り組んできた『律令』がほぼ完成に近づいていた。『浄御原令』に更に手を加え、欠けていた『律』を国の情勢に合わせて練る作業は実に十年にも及んだ。天武帝の最長老の忍壁皇子を最高責任者に冠したこの作業も、実質の中心人物は不比等である。大宝元年（七〇一年）八月『大宝令十一巻』『大宝律六巻』全てが完成した。そして新律令の諸国への頒布や講義が文武天皇の命にて発令されたのである。


この年は吉祥が重なった。天皇に第一子となる皇子が誕生したのだ。不比等の娘、宮子が産んだ赤子は首《おびと》皇子と名付けられ、第一皇子の誕生に宮廷中が歓喜したが、讃良は曾孫と一度対面したきり進んで逢おうとはしなかった。宮子の妊娠を知ってからは、生まれてくる赤子が女であってくれと幾度神仏に祈ったことだろう。だが宮子は易々と男の子を産んでしまった。

〈母親の身分からして首は後嗣にはなれない。いや、させる訳にはいかぬ〉

讃良の強い思いが吉事に影を落としたのか、産後宮子は鬱する日々が続き深く心を病んでいった。

これ以降、我が子をその手に抱くことはおろか、対面することも叶わない長い年月を過ごすこととなる。

宮子に遅れること十数日、三千代も臨月を迎えた。生まれたのは玉の如く美しい女の赤子で、安宿媛《あすかべひめ》と名付けられた。鬢に白い物が目立ち始めた不比等は、この年齢で授かった娘に目尻を下げ盲愛の限りを尽くした。将来を左右することになる孫と子を、同時に手にした不比等の運気の高まりは、三千代という最強の妻がもたらしたと言っても過言ではなかった。

〔六〕

木々の色付きが進み秋空の高さを感じ始めた頃、讃良は久しぶりに吉野への行幸を決めた。天皇在位の間は足しげく通った吉野だったが、譲位後は何故か足が遠のいてしまっていた。高市皇子を失った宮廷を、この飛鳥の地を離れることが気掛かりだったからである。だが今回は何が何でも吉野に行きたい。いや行かねばならない。長らく会うことが叶わず、これまで一対一で向き合ったことが無かった人と、是非とも語り合いたい訳があった。紅葉の吉野での対面を打診すると、先方より応諾の知らせが届いた。

〈互いに年を重ねた。五十路の半ばを越えた私より、あのお方は十ほど年嵩のはず。この機を逸すれば、二度とお会いすることは叶うまい〉

こうして久方ぶりの吉野行幸が決まったのだ。

紅葉の山中を輿に揺られて着いた宮滝の行宮で、老長けた白髪の女人が一人、静かに双眸を閉じて待っていた。讃良の足音に気付いた女人は、手にした杖に体を預けるようにゆっくりと立ち上がった。もう四半世紀は逢っていないであろうその容貌は、時の流れを映して確かに老いてはいた。だが清爽で凛とした風情は昔のままである。僅かに前屈みになった姿で、杖に助けられながらこちらへ進んでくる足取りは、老いを感じさせないしっかりとしたものだった。讃良は自分の年齢を忘れ懐かしさの余り駆け寄った。

「額田王さま、お懐かしゅうございます。遠く吉野までも、ご足労をお掛けいたしました」

「太上天皇さまにこのようにして再びお会いできるとは、思ってもおりませんでした。お迎えの輿の中で、一つ一つ若返っていくようなときめきを覚えましてございます」

「ええ、本当に長い春秋を重ねました。もっと早くに御礼をと思いながら今日の日となってしまいましたが、ご令孫の葛野王さまには言葉では言い尽くせない程のお力添えを頂戴しました。流石に父君大友皇子さまの優れた資質を引き継がれ、並ぶ者なき歌の才をお持ちの額田王さまがお育てになった皇子さま、ご立派になられました」

「恐れ入ります。近江宮より救い出して頂き、その後の暮らし向きまでご配慮くださった、天武の帝と太上天皇さまへの御恩だけは忘れてはならぬと、ずっと言い聞かせてまいりました。そして決して他人を羨んではならぬとも。お陰をもちまして、早くに父母を失ったことを負い目とせず成長してくれました」

「実は手塩に掛けられた葛野王さまを、指南役として御上の側近くにお迎えいたしたく存じます。三顧の礼を尽くしましょう。この願い、是非ともお聞き届けくださいませ」

「それほどまでに言って頂き大変名誉なことですが……」

額田は讃良に話し聞かせるように、言葉を噛みしめながら語り始めた。

「葛野王は政治には不向きです。あれは書を読み文を書き、学問を好んで育ちました。言うなれば情調の世界で生きております。理を以って立論の道筋を通す政道は不得手で、とてもお役には立ちますまい」

正面切って辞退を口にする老女の潔さに、讃良は返す言葉を見つけられなかった。額田王は凛然と続ける。

「是非とも葛野王の妻にと、天智帝の皇女さまとのお話を頂戴しましたが、本人は身の丈に合った娘を妻といたしました。此の春には子も授かり、安穏に暮らしておりますれば、どうか好きな学問の道で生涯を過ごさせてやってください」

その言葉からは葛野王の人となりが伝わってくる。讃良の願いは叶わなかったが、何故かその心は充分過ぎる程に満たされていた。

「額田さま、紅葉が美しい時節です。少し庭に出てみませんか。陽の傾かない今ならお身体にも障りますまい」

頷く額田を気遣いながら秋色の庭に歩を進めていると、朱に黄金に照り映える木々の中に、端然と緑の葉を抱く弓絃葉《ゆずるは》の大木があった。風が揺らす葉擦れの音に、その下で立ち止まった額田がしみじみと語り始めた。

「もう幾年前になるでしょう。然る皇子さまが吉野で詠まれた御歌を私のもとに贈ってくださいました。孫ほども年若い皇子さまの感性豊かな歌に、私も触発されて返歌を差し上げました。御歌には弓紘葉が読み込まれていて、この木を見て懐かしく思い出しました。その皇子さまはお若くして亡くなったと聞きましたが、弓紘葉にご自分の御名を詠み掛けられるなど、瀟洒な粋人でいらっしゃいました」

「弓紘葉、もしやその皇子とは弓削皇子のことですか」

額田はゆっくり頷いた。そして昔を彷彿させる豊かな唄声が吉野の山並みに響いた。

古に恋ふる鳥かも弓紘葉の　御井の上より鳴き渡りゆく

「弓紘葉は新しい葉の成長の為に、自らを散らしていく緑樹です。年若い弓削皇子が人の世の機微に触れた御歌を詠まれるとは、誠に感慨深い……」

「額田さまと弓削皇子との間に、そのような歌のやり取りがあったと今初めて知りました」

「もう昔のことです。私は長く生き過ぎましたゆえ、多くの方々とお別れいたしました。優れた皇子さま方が若くして旅立たれるのには、遣る方無い思いが募ります」

額田の言葉に讃良の胸は締め付けられた。有間皇子、大友皇子、そして自らが排除した大津皇子。疎ましいと感じた弓削皇子も既にこの世にはいない。浄土に去った者は皆美しい。その若さが一段と散り際を美化させる。自分は一体いつまで、現世という穢土の苦しみに生きねばならないのか。讃良の裳裾を色なき風が微かに揺らした。

「少し風が出てまいりましたわ。戻りませんと」

促す讃良に背を向けたまま、額田は動こうとはしなかった。

「この吉野は天武の帝と太上天皇さまの思い出の地なのですね。貴女さまには眩いほどの心覚えが、沢山お有りなのね」

まるで少女のような少し拗ねたその物言いに、讃良はハッとした。

〈この方は、今でも大海人皇子さまを心から愛しておいでになる。その思慕を捧げて育てられた葛野王さまを、この方から取り上げてはならない〉

吉野の大地の上に二人の老女の影が、寄り添うように長く伸びていた。

〔七〕

吉野から戻ると、讃良は託基皇女の斎王職を解いた。原則として天皇一世に斎王は一人とされており異例の退下だが、都に戻した後に折りを見て、天皇の妃とする心積もりである。続いて、不本意ながらも覚悟を以って不比等に正面から向き合った讃良は、長屋王の将来を彼に託した。高市皇子と御名部皇女の第一子という皇室の嫡流に最も近い出自の若者は、二十五歳の伸び盛りにある。偉大だった父親から才と仁を譲り受けた逸材を預けられる人物は、目下のところ不比等をおいて他にいなかった。

新しい年が明け大宝律令の諸国への公布が執り行われると、讃良は亡き夫が目指し自らが引き継いだ国家造りの大半を成し遂げたことになる。長かった年月を振り返ると、様々な人々との出会いと別れが脳裏に浮かび、懐旧の情に駆られる日々となった。折りに触れて懐古するのは、吉野での隠棲の日々を共にした豪族たちのことである。労苦を共にした彼らには、それ相応な恩賞を分け与えた。だがその後天皇中心の集権国家を目指した朝廷で、彼ら地方豪族が要職に就くことはなかった。隠棲の地へ随伴し、後に壬申の乱を最前線で戦った彼らの多くが既にこの世にはない。村国男依、朴井雄君、大分恵尺が天武の世となってから、病により相次いでこの世を去った。忠臣たちの訃報に深く哀しんだ天武帝は、彼らの死後に叙位を授けてその功績を讃えた。

あの命懸けの戦から三十年もの時が過ぎ去った今、宮廷から距離を置く形となっている地方豪族たちに後ろ盾になってもらわねば、若い天皇は立ち行かない。

〈今、行かねばならぬ〉

今年になって胸に強い動悸を感じ、息切れをすることも多くなった。

〈命ある内に、軽皇子の世を盤石にしておかねばならない〉

老骨に鞭うって、讃良は東国への行幸を決意した。

九月十九日、伊賀・伊勢・美濃・尾張・三河の五国に行宮の造営が言い渡された。そして十月に入り、讃良は孫の天皇と共に藤原宮から行幸の長旅に出立する。伊勢の地から船で向かった先、そこは東三河であった。旅の前に二度も病に伏した孫を気遣って海路を選んだが、初冬の伊勢の海は思いのほか波が高く厳しい船旅となった。柔弱な天皇は船酔いと極度の緊張から、起き上がれないまま丸一日を耐えた。船が三河湾に入ると海はようやく凪いできた。這々の体で辿り着いた東三河は古より穂国と称し、当時参河国と呼ばれていた西三河とは別の国であった。大化の改新により合併して三河国となった二国だが、宮路山を挟んだ東三河は、今でも朝廷の力が及ばない剣呑な土地柄である。軽皇子の世の内乱を阻止する為の東三河への行幸は、この地の忠誠を確認する重要な旅であった。

行宮に入っても回復の兆しのない天皇が散策中に気分を悪くした折り、その地の若い女人が近くの湧水を汲んで献上した。その湧水を口にした天皇の体調が瞬く間に回復したことを喜んだ讃良は、当地に伝わる利修仙人や三河の勅使を導いた老翁の逸話に心動かされ、東三河に多くの神社仏閣を建立するよう下知をする。そして健康を取り戻した天皇は東三河の各地を周遊され、いたくこの地を気に入られたのであった。

ほぼひと月に及んだ行幸で東三河の豪族らの忠誠を確認できた一行は、尾張・美濃・伊勢・伊賀と陸路を進み、各国で乱の功労に報いる為の叙位や賜姓を行った。

〈やるべきことは全てやった〉

腫れ物に触るように、その成長に心を配ってきた孫は今年二十歳になる。そして既に、一人の皇子の父親でもあった。

〈何とか一角の天子になっておくれ。その為にも皇后の冊立と後継の皇子の誕生を急がねば……〉

その時、今までに感じたことのない激しい痛みが胸元を刺し貫いた。

「うっ！」

二つ折れになって床に倒れ込み、混濁する記憶と連打して襲ってくる鈍痛に喘ぎながら、薄れゆく意識の切れ間に渇望し続けた。

〈未だ死ねない。今は死ねない〉

第十四章　遺言

〔一〕

阿閇皇女は首筋にゾクッと冷たいものを感じて目を覚ました。ここ数日来、寒さは日を追って厳しさを増している。夜具を通して入り込んでくる容赦のない冷気に思わず身を固くしたその時、扉の外に人の気配を感じた。

「阿閇さま、阿閇皇女さま」

低く押し殺した女の声がした。聞き覚えのある声だ。

「刀自売か？」

問う声に間髪入れず、女の小さいがハッキリとした声が戻ってきた。

「はい。阿閇さま、先ほど太上天皇さまがお倒れになりました」

「えっ！　して、ご様子は」

「今は御意識を取り戻されまして、安静になさっておいでです」

「ああ！」

阿閇は安堵の息を吐いた。その白い息が消えぬ間に、太上天皇の信頼厚い采女の落ち着いた声が響く。

「太上天皇さまは、直ぐに阿閇皇女さまをお呼びするようにとの仰せにございます。決して誰にも悟られぬようにと……。私がご案内いたします。どうぞお急ぎくださいませ」

阿閇は手近にあった袍衣を手に取り息を殺して部屋を出た。暗闇の中、数歩先を歩く刀自売の白く浮かぶ背中だけを頼りに、足音を殺すように進んだ。回廊は冷え切っていたが、今の阿閇にはその冷たさを実感する余裕など全くない。重々しい扉が闇の中に浮かんだ。刀自売は万事を心得ている彼女らしく、寸分も無駄のない立ち居振る舞いで、扉の前から消えていった。

「お姉さま、如何なされました。お姉さまにもしものことなどあってはなりませぬ」

最も信頼する妹の姿を見ると、姉は苦しげな表情を押し殺して、力を振り絞って半身を起こそうとした。

「どうかそのままに」

「大丈夫です。妹であり嫁でもある貴女にだけ頼みたいことがある」

苦しい息遣いの姉の目には、尋常ならざる決意が見て取れた。

「阿閇、良く聞いておくれ。これから話すことを、私の遺言と思って」

「御遺言などと、不吉なことを申されますな」

阿閇の目からは瞬く間に涙が溢れ出た。

「泣いてなどおられぬぞ。良いか私の言葉に従ってほしい。決して悪いようにはさせぬから。良いな」

「はい」

「私が死んだら火を以ってこの身を葬送してほしい。火葬に付すのだ」

「尊いお体を火葬になど、できませぬ」

「いや、この老いた姿で、何で天武さまの御前に進み出られよう。せめて骨となって御上の隣に眠りたい」

「まあ、何ということを仰せになります」

「呉々も私の為の陵など造るではないぞ。民の苦しみが増すばかりだ。良いな」

「はい、お言葉の通りにいたします」

微かに肯く讃良の苦しげな顔に、僅かだが安堵の表情が見て取れた。そして先程までの細い声が嘘のような力強い言葉が放たれた。

「さて、これからが本題だ。今は私が睨みを利かせているから良いが、私がいなくなれば宮中の鬼どもが動き出す。今の内に確かな布石を打っておかねばならない」

讃良の面差しはとても病人と思えないほど凛としている。

「氷高に、思う人は居るか」

「は？」

阿閇は虚を突かれた。

「居るのなら、直ぐに別れさせよ。氷高のあの美貌、言い寄る男は多かろう。惨いことをするようだが、あの娘には天皇家の切り札になってもらわねばならない。託基皇女を軽の妃として迎え、跡継ぎとなる皇子が授からぬ時でも、決して宮子の産んだ首を天皇としてはならぬぞ。宮子は不比等の娘ゆえ母后の資格などない。しかも長病みの女人など論外だ。軽は余りにもか弱い。独り立ちは永遠にできぬであろう。君側の奸に取り込まれるのは目に見えている」

自らの口で直孫を、それも天皇という存在を否定しなければならない苦悩の言葉が、重く物狂おしかった。

「氷高には軽の身近で天皇としての弟を支えてもらいたい。そして万が一のことが軽にあった時には、あの娘が自ら即位して我が母君の血、蘇我家の血を受け継いでいってもらいたいのだ。氷高ならできる。美しいだけでない、賢さと冷静さを兼ね備えた娘ゆえ」

阿閇は氷高の端正な顔を思い浮かべた。そして氷高に思う人がいる事実を咄嗟に飲み込んだ。

「妹吉備は、良き妻良き母となれる娘だ。長屋王に嫁がせて多くの皇子や皇女を産んでほしい。その中で最も健康な皇女を将来天皇となる皇子に入内させ、行く行くは皇后とするのだ。そして最悪、軽の子が妃の腹から生まれない時は、吉備と長屋王の間の皇子を世継ぎとせよ。何しろ父も母も天武さまの孫であるから資格は充分にある。さすれば天武さまの血は、間違いなく次の時代へと受け継がれていく。長屋王は高市の子ゆえ誠実で果敢である上に己の分を弁えている。自分自身が捨て石となれる男よ」

姉の眼差しは妹に同意の意志を促した。そして、既に妹の腹も決まっていた。

「畏まりました」

「よいか、首皇子が世継ぎとなれば、その背後の魑魅魍魎の思いのままとなる」

阿閇は思わずゴクリと唾を飲み込んだ。姉は不比等と三千代のことを言っているのだ。

〈私がしっかりせねば。お姉さまは長き年月、ご自分の身を削って生きてこられた。誰にも想像もできない程の過酷な人生の最終章に、ここまでのことを準備しておられたのか〉

阿閇は言葉を失い、偉大な姉の遺言に打ち震えるばかりであった。

「重ねて申しておく」

姉は最後の力を込めて、妹の腕を掴み自分の近くに引き寄せた。

「不比等には気をつけよ。あれは策士だ。頭が切れ過ぎる。高市亡き後、あれの力を必要とした。しかし諸刃の剣ほど厄介なものはない。このままでは不比等が我らに向けて剣を振り下ろす時が必ずやって来る。首を天皇とし、その外戚となって天皇を傀儡とする時が必ず……。よいか、今一度申す。首皇子を天皇にしてはならぬ」

阿閇も不比等の恐ろしさを感じていた。殊に三千代を妻とし宮子を天皇に入内させてからというもの、彼は得体の知れない自信を漲らせていた。三千代も以前の三千代では無い。表向きは相変わらず大らかそうにしてはいるが、陰に回ればその表情を一変させていることは想像に難くない。

その時、妹の腕を掴んでいた姉の力が急に抜けて寝床に倒れ込んだ。

「もうお下がり。全て其方に伝えた。この件を仕切れるのは其方だけだ。さあ夜も深いゆえ、お下がり」

身を横たえて肩で大きく息をする姉の傍で、阿閇は暫くその場に立ち尽くしていた。余りの事の重大さと恐ろしさに、心と体が縛り付けられて一歩たりと動くことができない。真冬の朝が牛歩の如く訪れてくるその時まで、身じろぎもできずに、ただ立ち尽くしていた。

讃良は病に伏してから日を追うごとに目覚めぬ時間が増え、荒い息遣いだけが命の証しとなっていた。

〈どうか少しでも長く、お姉さまのお命が永らえますように〉

しかし阿閇のこの祈りにも似た願いは、無情に断ち切られることとなる。

〔二〕

大宝二年（七〇二年）があと数日で終わろうとしている年の瀬の凍てつく朝、一人の老女がその波乱の生涯を終えようとしていた。

権謀術数、謀略蔓延るこの世を生き抜いてきた老女の目は落ち窪み、浅く頻繁に繰り返される息だけが部屋中に遍満している。遠巻きに控える采女たちは、叱責を受けるが如く目を伏せて体を硬直させていた。褥を取り囲むのは若い天皇とその母、そして二人の娘たちだ。

重苦しい空気を断ち切って、中年の男女がけたたましく部屋に駆け込んできた。

「太上天皇さまぁ、鸕野皇女さまぁ……」

女がその豊満な肉付きの体を大きくくねらせながら、浅ましいほど大袈裟に泣き叫ぶ。その肩を抱いている痩せぎすな男は、それとは対蹠的に狡猾なその表情を微塵も崩さずにいた。男は藤原不比等、女は県犬養三千代。出世の見込みの無い夫と離別して不比等の妻となった三千代は、不比等の娘宮子を文武帝に入内させた。その宮子は天皇の第一子首を、昨年生んだばかりである。首尾通りに事が運んでいる三千代の不遜な態度は近頃目に余るものがあり、夫の不比等も宮中で並ぶ者が無い自身の存在に増長してか、すっかり様変わりしてしまった。女の慟哭と男の沈着と、場違いの空気が部屋中に充満するのを耐え切れないとばかりに、天皇の母阿閇皇女が進み出た。そしてオドオドと目を伏せたままの天皇の横で静かに切り出した。

「不比等殿、この場は太上天皇さまと血の繋がりを持つ我らだけにして頂きたい。三千代と共にご退出ください」

有無を言わせぬその語調に、然しもの三千代の泣き声もピタリと止んだ。彼女持ち前の武器である上目遣いで横の夫に媚びた視線を送ったが、不比等の仮面のような無表情を目にすると、挨拶もそこそこに退出していった。

全ての成り行きに拱手傍観を装っていた不比等は褥を一瞥した。すると閉じている筈の太上天皇の目が僅かに開いたような錯覚を覚えて、思わず身震いした。気取られまいと儀礼的に辞儀を済ませた不比等は、一言も発することなく三千代の後に続いたのだ。彼はこの時を待っていた。今は動くことも叶わない太上天皇の死への秒読みを、『座視』と決め込んだのである。


阿閉皇女が采女たちに目配せをし、音もなく退出していった部屋には再び静寂が訪れた。

「やっと私たちだけになりました。御上そして氷高、吉備、さあ太上天皇さまの御側に」

母の言葉を受けると、氷高はその端正な顔を硬直させ、湖のように深い色を湛えた瞳を真っ直ぐ祖母に向けた。吉備は視線に祖母の姿を捉えて唇を噛み締めている。姉妹は祖母の両の手をしっかりと握りしめたが、幼い頃優しく頬を撫でてくれたその手は、今では力無く無反応なままだった。

「なんて冷たい御手」

「お祖母さま……」

姉妹とは対照的に、天皇は所在無さげに只々立ち尽くしていた。その眼は力なく宙を彷徨い、乾いた唇が小刻みに震えているではないか。〈あぁー〉阿閇は思い余って目を逸らせた。

〈軽、しっかりなさい。貴方はこの国の天皇なのですよ〉

前途に横たわる多難と共に、姉の遺言の重さが胸を刺し貫いてきた。

どのくらいの時間が経ったであろうか。おずおずと音もなく枕元に進んだのは、天皇その人であった。そしてその眼からは幾筋もの涙が頬を伝っていた。何度も小言を言われ、幾度となく苦言を受けた。押し付けがましく口出しする祖母が、鬱陶しくて苦手だった。しかし今、その存在が自分の大いなる拠り所であったと初めて気付かされたのだ。祖母のいない宮廷は底の知れない沼であり、祖母なしの政治など想像も付かない。天皇は失ってしまうものの偉大さに、今更ながら怯えていた。

その夜、太上天皇は逝った。最後の力を込めたであろうその両の目は、後の世に睨みを利かせるが如く、死して尚もしっかりと見開かれていたという。そしてあの日から、片時も放さず身に着けてきたガラスの念珠が、色褪せた袱紗に包まれて僅かに襟元から覗いていたそうだ。

鵜野讃良皇女。後に持統天皇と諡《おくりな》される、他の追随を許さない古代の女傑は、五十八年の激動の生涯をここに閉じた。

そしてその死が国の行方を左右する大きな意味を持つことを……人々がそれを思い知らされる時が、すぐそこまで迫っていた。

第十五章　血脈

〔一〕

【文武帝〜元明帝〜元正帝】

『血脈』それは後嗣にとって最も肝要かつ重大で全てに優先されるべきもの。同じ父の子であっても、母方の身分家柄が歴然の差となって表れる。そこで為政者は皇族や有力豪族の女人に多くの子を産ませ、その皇子皇女たちの婚姻で尊い血の継承を維持してきた。それは男の側から見た理屈であり、女の側からすれば、自身の腹を痛めた子だけが溺愛の対象となる。それこそが母性という女の本能であろう。

讃良は一人の皇子を授かることしかできなかった。頼みとするその子は心身ともに弱く、自分に先立って若くして逝ってしまった。だが幸いにも、申し分のない身分の妃から生まれた皇子を一人残してくれた。父の虚弱な体質をそっくり受け継いだ孫だけを頼りに、綱渡りのようにその細い一本の血脈を繋いでいかねばならない。手段はたった一つ。孫皇子と皇族の妃との間に男児が誕生する、それ以外に無かった。

太上天皇の遺言。託された重すぎるこの責務に、阿閇皇女は押し潰されそうだった。大宝四年（七〇四年）一年に及んだ殯の後、荼毘に付され天武帝の陵に合葬された、偉大な姉の臨終の声が今も耳元から離れない。

〈託基皇女を軽皇子の妃として迎えよ。皇女の腹から日嗣の皇子が生まれねばならぬ〉

この年の春になると、各地から疫病の報告が相次いだ。朝廷は吉兆への願懸けから年号を『慶雲』と改める。しかしその後も飢餓や台風の被害が続き、翌年には飢饉が全国に広がりを見せた。朝廷は罪人の恩赦や税の免除などに躍起となるが、次の年にも疫病の更なる拡大や自然災害が収まることは無かった。

文武天皇の妃を迎える慶事は後回しとされる不穏な日々のなか、慶雲四年（七〇七年）何と天皇が逝ってしまった。二十四歳での死は、早世だった父草壁皇子よりも更に短い生涯であった。残された子は宮子の産んだ七歳の首皇子ただ一人。

〈首を天皇にしてはならぬ〉

姉の遺言を貫くため、文武帝の生母である阿閇皇女は前皇太妃という立場を以って自らが即位した。まずは資格のある自分が即位することで、娘の氷高皇女への皇位継承の道筋としたのである。妹の吉備皇女は遺言通りに長屋王に嫁がせて第一子の皇子が生まれ、今は二人目の子を宿している。讃良の推察通り、健康な吉備は多くの子を産んでくれそうだ。もう直ぐ生まれる子が女児であれば、首皇子の妃として入内させる腹積もりである。そうすれば例え首の即位を許したとしても、その皇后の血筋からも草壁の流れを汲むことができる。

〈お姉さま、軽は皇后を迎えることなく逝ってしまいました。斯くなる上は、吉備が首の皇后となれる皇女を産んでくれることを祈るばかりです。そして長屋王と吉備の息子たちが、正統な血筋を以って後継者の資格を有するよう図らいます。これにて御遺言の件、何卒お許しください〉

元明天皇が朝廷の中で頼るべき存在が、不比等であることに今も変わりはない。政局は彼抜きで進むはずもなく、天皇は娘婿である長屋王の成長と出世を心待ちにした。

いきなり不比等が途轍もないことを言い出した。天武帝の理想を具象化した壮大壮麗な藤原京を捨てて新京に遷都するというのだ。藤原京は姉の持統天皇や高市皇子の格別の思い入れのある都であり、その遷都から僅か十数年しか経っていない。天皇は抵抗した。

〈何故に新しい都を造らねばならないのです。飢饉や疫病の発生が後を絶たない今、民は疲弊困憊している。この上に都造りの労役など以っての外です。私は反対ですよ〉

だが阿閇の意見を聞くような不比等ではない。持統天皇の重圧から解放された彼は、孫の首皇子の外戚となった自信と、妻三千代の後宮での存在感を武器に一歩も引かなかった。候補地は大和盆地の北側と決めると、待った無しに計画を推し進めていった。

翌年、武蔵国で銅塊が発見され朝廷に献上されたことを祝って『和銅』と改元された和銅元年（七〇八年）二月、新都の造営と都移りの詔が発布された。もはや誰も不比等の野望を阻止できる者はいない。そして二年後には、未だ完成を見ない平城京への遷都が強行された。自分より上位の官職である左大臣を藤原宮の留守役に残し、右大臣の不比等が新宮の事実上の第一人者となったのである。孫の首皇子が将来天皇として君臨する舞台、そして藤原氏が氏族としての力を誇示する為の都が完成を見た。

元明天皇は自分の力の及ばないことに沈みがちとなり、年齢を理由に娘の氷高に譲位して太上天皇となる覚悟を固めた。吉備は長屋王の子を四人儲けたが、いずれも男児であり皇后冊立の夢も消えてしまった。天皇は最後の力を振り絞って、四人の孫たちを皇孫とし扱う詔を発した。長屋王と吉備皇女を両親として天智天武両帝の血を受けた孫たちが、皇位継承権を有することを広く世に宣言したのである。

霊亀元年（七一五年）母より譲位を受け天皇に即位した氷高皇女は独身の女帝である。幼い頃からの利発さに、讃良はこの孫娘をたいそう可愛がった。

〈もし氷高が男であったなら……〉

病弱で内向的な軽皇子より、度量が大きく理知的な姉の才を愛おしんだ。しかも成長する程に洗練されていくその美しさは数多の男たちを魅了し、誰が彼女を射止めるのかと官人たちの噂は尽きない。

氷高は若い頃、ある男に恋をしていた。誰にもその名を明かしたことはなかったが、母の阿閇はその娘心に気付いていた。あれから時が流れてその人は今、妹の夫となっている。幼い頃から従兄妹として身近に接してきた長屋王を急に眩しく感じ始めた少女の頃。氷高は心の奥底に秘め続けた恋慕の情が、いつの日か叶うかもしれないと淡い思いを持ち続けてきたのだ。だが母の言葉で、その全てを封印することになる。

〈氷高、良くお聞き。軽にもしものことがあった時、貴女は即位して天皇の位に就かねばなりません。これは太上天皇さまの御遺言です。貴女の聡明さを以ってすれば不可能なことではないでしょう。だ

がその為には、嫁ぐことは敵いませんよ。若い娘に酷なことを言うようだが、どうか解っておくれ〉

氷高は祖母と母の思いを受け容れた。あの覚悟の日から十余年。妹が自分の想い人に嫁いだ苦衷を、心の奥底に押し殺して生きてきたのだ。

〈すべてはお祖母さまの御遺言の為、天皇家の血脈の為〉

その潔さが元正天皇の美しさを一段と際立たせる。

〈氷高皇女さまとは御名の如く、近寄り難いほどに才色兼備であらせられる〉

元正帝即位の翌年、不比等は娘の安宿媛を立太子となった首のもとに入内させた。ともに十五歳の若い夫婦である。自分の外孫である将来の天皇に、掌中の珠である娘を嫁がせた不比等の思惑が透けて見える。二年後、二人の間には皇女が誕生し、右大臣となった不比等はこの時、人生至福の時を迎えるのであった。


養老四年（七二〇年）天武帝が編纂を命令した国の歴史書『日本書紀』が半世紀近くの時を要して完成したこの年、不比等は他界した。天武帝の世からの長きに渡って、多くの天皇に仕えてきた宮廷の権威者は、周到な準備をしてこの世を去った。妻の三千代は長年に渡る宮仕えが賞されて『橘』の姓を与えられており、成人に達した四人の息子たちは宮廷で各々の地位に就いていた。特に嫡男の武智麻呂と、実力では抜きん出ていた次男の房前は、繰り返し出世を競い合う好敵手であった。

藤原家の後継争いが繰り広げられるのを尻目に、元正天皇は義弟である長屋王に全幅の信頼を寄せ、右大臣に任命して政治の全権を委ねた。若き日の想い人が、今は欠くべからざる側近となって女帝を支えている。長屋王は藤原四兄弟の中では次男房前と馬が合い、藤原家の繁栄を優先させる嫡男武智麻呂とは一線を画していた。

不比等死没の翌年、太上天皇阿閇皇女とその実姉で高市皇子の妃御名部皇女が相次いでこの世を去った。時代は足早にそして確実に変遷していく。讃良があれほど難色を示した首皇子の即位は、既に暗黙の了解となっていた。しかし首の母宮子の身分を揶揄する声は依然根強く、そうした人々が長屋王の周辺に集まってくる。優秀な政治家であり、熱心な仏教徒として大陸との友好にも力を尽くしている長屋王の存在は一段と大きくなっていった。その皇親派と武智麻呂を筆頭とする藤原一族の対立が、首皇子の即位を先延ばしさせていたのである。

〔二〕

【聖武帝】

元正天皇は外見とは違い、足が地に着いた現実的な判断をする女性であった。次期天皇についての思惑で朝廷が二分されるのを良しとはせず、甥である首皇子を『我子』と呼んで愛情を注いだ。偉大な祖母の遺言を承知してはいたが、父草壁皇子の直系は今となってはこの甥しか残っておらず、もはや他の選択肢は無いと心得ていたのだ。皇太子の母方の身分を云々する世間の声に踏ん切りをつけ、神亀元年（七二四年）首皇子に譲位して自らは太上天皇となった。新天皇即位に伴って長屋王が暫く空席であった、不比等も手の届かなかった左大臣の座に就くこととなる。

即位して間もなく、年若い聖武天皇は母宮子に『大夫人』の称号を与えた。臣下出身の母の身分を慮り、病床の母に尊称を贈りたかったのだろう。これに真っ向から異を唱えたのが長屋王である。『大夫人』は天皇家に血縁のある女人に贈られる称号であり『宮子殿はその位に非ず』と激しく上奏した。天皇は先詔を撤回し、天皇の生母に贈られる『皇太夫人』と文章上に記し、口頭では『大御祖《おおみおや》』と呼ぶことでその場を収めた。しかしこの出来事により、藤原家と長屋王の対立の図式が更に鮮明となっていく。

神亀四年（七二七年）安宿媛が天皇の第一皇子を出産した。聖武天皇は喜びの余り『基《もとい》』と名付けた赤子を、生後僅か一か月で皇太子としたのである。生まれたばかりの皇子を立体子にするなど前代未聞。これには病弱な家系の天皇に万一のことがあった時、その継承権が長屋王に移ることを恐れた藤原家の焦りの色が透けて見えた。この立太子を祝う宴に、主だった官人らは皆競って藤原氏の邸を訪問したが、長屋王一族はそれを拒み反対と不満の意思を表した。ところが藤原氏の期待を一身に背負った皇太子は、初めての誕生日を迎えること無く夭折してしまう。

遺伝的に病弱な天皇家に比べ、壮健な肉体を持つ秀でた息子たちに恵まれた長屋王の皇位継承の優位が浮上してきた頃、ある噂が囁かれた。

〈長屋王が皇太子を呪詛した〉

噂は紛うことなき真実となって宮中に広がっていった。長屋王が目障りだった藤原家の焦りが頂点に達した時、武智麻呂は予てからの計画を実行に移す。

〈長屋王さまが邪悪な呪術を行って国を傾けようとしています〉

長屋王の使用人、君足と東人の両名が直訴してきたのだ。

〈長屋王が幼い皇太子を呪い殺したという噂は、やはり本当のようですね〉
武智麻呂の仕掛けた罠とも知らず、可愛い息子を失った失意の天皇は、その言葉をいとも容易く信じてしまった。

神亀六年（七二九年）藤原家の三男、宇合率いる天皇直属の兵たちが長屋王の邸宅を取り囲んだ。そして天皇から派遣された重鎮たちが罪の糾弾にやって来た。舎人皇子、新田部皇子ら天武帝の皇子たち、その中には武智麻呂の姿もあった。彼らが帰った後、王は妻とその所生の皇子たちにこう語った。

「罪なき者に罪を着せ、その命を奪ってきた歴史がまた繰り返される。私を亡き者にして喜ぶ者たちがいるのは紛れもない事実だが、そんな者たちに命乞いをするなど詮無いことだ。そんなにも私の命が欲しいならくれてやろう。しかし奴らの汚れた手に掛かるなど真っ平だ。自らの手で自らの命の始末をしようではないか」
吉備皇女は泣いていた。その腹から生まれた四人の皇子たちは悔しさを全身に滲ませた。
翌朝、王は妻と皇子たちに毒を飲ませてその死を弔った後、自らも毒を煽った。優れた人物がまた一人、志半ばで命を奪われる悲劇が繰り返されてしまったのだ。

事件を聞いた房前の舎人が、主人からの命を受け長屋王邸に駆け付けてきた。応対に出たのは、長屋王から房前に宛てた遺言を預かっていた年老いた男である。王の信頼厚い老人は、皺だらけの手に大切に携えていた遺言を使者に渡し、

「長屋王さまから房前さまへのお言葉です。ご主人さまは最後まで、房前さまのお立場を案じておられました」

と振り絞るような声で伝えた。

老人は鷺人、彼は齢六十の半ばを越えていた。少年時代の鷺人は草壁皇子に仕え、皇子逝去の後はその妻である阿閇皇女を主人とした。阿閇は鷺人の人となりと仕事ぶりを見込んで、吉備皇女が嫁ぐ折り長屋王のもとに送ったのである。鷺人は六十年近くに渡り、讃良の子孫たちに仕えてきたことになる。最後の務めを終えた老舎人は、邸を展望する草深い裏山に分け入り、短刀で喉元を衝いて長い任務を終えた。養父真比古が石川麻呂に、養母宇津木は乳母として讃良に仕えてきた。その魂を引き継いだ忠義の男は誰に気付かれること無く、長い奉公の人生に自ら終止符を打ったのだった。両親の眠る十津川の地に戻ることは叶わず、その屍は荒蕪の地で時の流れが土に還していった。

長屋王の遺言を手に、房前は己の無念さに打ち震えた。共に力を合わせ天皇を補佐してきた盟友、互いにその才を讃え合った詩歌の友の無念の死。

『兄上と諍いをされずに生きられよ』

遺言には、兄弟と微妙な立ち位置にいる房前を気遣った言葉が記されてあった。房前はその真意を深く受け止め、政治的野望を封印し藤原家の一員として生きる道を選ぶのだった。兄武智麻呂が長屋王に代わる宮廷の最高位に就き、弟たちにも出世争いで肩を並べられたが、腐ることも焦ることもなく淡々と自らの仕事をこなし続けた。寧ろ自身の情熱を息子たちの教育に注ぎ、例え不遇であっても実直に生きることの寛容さを説いた。藤原四兄弟が其々に興した家一族では、房前を開祖とする北家が、平安の世に多くの優秀な人材を配出して隆盛を極めることとなる。

長屋王謀殺の年、元号を天平元年と改めた八月、藤原兄弟の妹安宿媛が立后する詔が発せられた。皇族でない女人が皇后になるという前例無き立后が強行されたのは、政敵長屋王を追い落とした藤原家の野望が成就した瞬間でもあった。


天平九年（七三七年）九州北部から端を発した天然痘が都でも大流行し、多くの官人が罹患した。四月には房前が倒れ、夏になると三人の藤原兄弟が相次いで急死する。朝廷の政務が停止を余儀なくされると、人々は長屋王を死に至らしめた祟りだと噂し恐れた。災害や疫病に苦慮した聖武天皇は仏教に帰依して大仏造営を下知し、思い付きの遷都を幾度も繰り返して民の暮らしを圧迫し続けた。この間、実際に政治を担っていたのは太上天皇の氷高皇女であり、その補佐役は橘三千代が前夫美努王との間に儲けた橘諸兄《たちばなのもろえ》であった。天然痘蔓延によって政権中枢の大半を失った宮廷では、藤原家に代わって意外な人物に陽が当たり始めていた。

〔三〕

【孝謙帝〜淳仁帝〜称徳帝】

皇太子基皇子を幼いうちに亡くした聖武天皇には現在、皇后を生母とする阿倍皇女と他の夫人の腹にできた二人の皇女と十歳の皇子がいる。皇后とその実家への配慮から、天皇は阿倍皇女には破格の待遇で接してきた。両親に溺愛され周囲にチヤホヤされて育った皇女は、生まれながらの我儘を絵に描いたような二十歳の娘に育っていた。天皇が阿倍皇女を女性としては初の皇太子に任命すると、皇女に意見を言う者など誰一人いなくなった。気に入らない采女は直ぐに首にされるので、娘たちは皆恐る恐る皇太子の世話をする。

〈御髪を梳く時、手の震えが止まらなかったわ〉

〈あの目で睨まれたら足が竦んでしまう〉

そんな周囲の気持ちを知ってか知らずか、皇太子は政治よりも身繕いに勤しみ、父聖武帝の気紛れの遷都にも物見遊山で同行した。その間に異母弟の安積皇子が十七歳で逝去し、太上天皇として支えてくれた氷高皇女もこの世を去った。聖武天皇は溺愛してきた娘に譲位する決心をし、天平二十一年（七四九年）阿倍皇女は即位し孝謙天皇となるのである。


両親の後楯を受ける女帝の、生涯絶頂の瞬間がやって来た。発願より七年、聖武太上天皇が念願し、多くの民の尽力と苦役とによって完成した大仏の開眼供養が執り行われた。僧侶、文官武官らが数多列席し、豪奢な歌舞音曲が繰り広げられる盛大な斎会の中心に、女帝の得意満面の笑みが弾ける。見上げる視線の先から、蓮華座に坐す盧舎那仏が雅な眼差しを投げ掛けてくる。

〈巨大な御仏がこの国を、この私を守ってくれる〉

だがこの一大事業の為に、どれ程の民が過酷な労働を強いられてきたか、度重なる作業過程の事故や鍍金作業による砒素や水銀中毒によって、どれだけ多くの死者が出たかなど、乳母日傘の天皇が知る由もなかった。

四年後、天皇の父太上天皇が逝った。これにより母の光明皇太后が天皇の後見となり、その覚え目出度い甥の藤原仲麻呂が台頭してくることとなる。仲麻呂は武智麻呂の次男で天皇にとっては従兄に当たる人物で、生まれながらの英才で全ての書を読破したという風説があった。だが『諸刃の剣』の例に漏れず、強引で不遜な一面を併せ持っていた。宮廷での主席は橘諸兄であり、次席は仲麻呂の兄藤原豊成であったが、皇太后と天皇の威光を背に仲麻呂が徐々に権力を増強させていく。人事権を握った仲麻呂は、諸兄周辺の勢力を削ぎ落としながら諸兄と肩を並べるまでになり、やがて諸兄は年齢と病を口実に次第に隠居に追い込まれていった。

一方、藤原宗家の長男次男の争いは皇太子の選定協議において如実なものとなった、豊成の推した王ではなく、仲麻呂が強く推挙した大炊《おおい》王を孝謙天皇は選んだのだ。大炊王は天武帝の直孫で、仲麻呂は亡くなった自身の長男の未亡人を大炊王に与えて私邸に住まわせていた。彼の邸には孝謙天皇も度々足を運び、長逗留をするほど仲麻呂とは良好な関係を築いていたのだ。

天平勝宝九年（七五七年）失意のうちに諸兄が亡くなった。その子橘奈良麻呂は仲麻呂の独裁に業を煮やし、仲間を集ってその排除を計画するも、密告により捕らえられてしまう。事件関係者の全てを容赦のない拷問にかけて獄死させる……それ程に仲麻呂のやり方は徹底していた。

彼の冷酷さは、実の兄に対しても容赦はなかった。奈良麻呂の乱を事前に知りながら放置したとして、兄豊成を大宰府に左遷する決心をする。政敵を全て蹴落とし、己の意のままにできる天皇と皇太子を手中に収めた仲麻呂は、こうして最高権力者となっていった。

天平宝字二年（七五八年）病気がちの光明皇太后の世話をする為に、天皇は譲位して太上天皇となった。四十路を迎えてもずっと娘であり続けた母への献身を民は賞賛したが、その後も称号授与や人事に度々口を挟み、新天皇の立場を軽んじては影響力を誇示し続けていた。宮廷内の二重権力に手を焼いた仲麻呂は皇太后の崩御を境に、阿倍皇女から距離を置き始める。頼れる人物を次々と失った太上天皇は、やがて病に伏せってしまった。生涯独身で子がいない苛立ちから後継者問題に悩み続け、もう誰も信じることができないまでに憔悴していた。その病気平癒の為加持祈祷に呼ばれたのが、梵語を学び禅に通じていた弓削道鏡という僧である。献身的に看病し心の病をも取り払っていった道鏡は、次第に太上天皇の信任を得ていった。

これに焦った仲麻呂は、淳仁天皇を通じて太上天皇を諫めさせた。

〈たかが僧侶を寵愛されるなど、お止めくださいい〉

独善的女人の顔が引きつり瞬く間にその態度が豹変した。

〈誰に天皇にしてもらった。其方のような不孝者の顔など見たくもない〉

激怒して出家してしまい、政務全ての権限を自分が握ると宣言したのだ。太上天皇はその後も道鏡をますます寵愛して、小僧都の位を与えるまでになる。

いよいよ以って、仲麻呂の堪忍袋の緒も切れるに至った。

〈あの女に政などできはしない。今まで誰のお陰で国が動いてきたか、思い知れば良い〉

太上天皇と道鏡排除の為の兵を挙げたのだ。当初は敵を遥かに上回る兵力と抜群の支配力で勝利は揺るがないと踏んでいた仲麻呂だが、天皇の象徴とも言える印章と駅鈴の奪い合いで三男を殺された初動の躓きから、なし崩し的に苦戦を強いられ退却を繰り返す。最後には従弟が将軍となった討伐軍によって殺され、その一族も皆討ち死にした。淳仁天皇は位を剥奪されて、淡路島に流され幽閉される。翌年脱出を図るが捕らえられ、淡路の配所で亡くなった。三十三歳。権力者たちに翻弄され続けた、天武帝直孫の遣る方ない生涯であった。

天皇廃位により、太上天皇は再び天皇に復帰し重祚して称徳天皇となった。法王に任命した道鏡と天皇との蜜月ともいえる二頭政治が形成され、道鏡の兄弟や多くの門下僧が昇進して仏教が手厚く遇される時代が続く。

一方、猜疑心の強い天皇の性格が如実になり、些細な出来事で厳しい刑罰が下された。結果数々の冤罪を生むこととなる。異母妹の不破内親王が天皇の命を縮め、我が子を皇位に就けようと呪詛したとして、地位と身分を剥奪されて平城京から追放された。

そして遂に、道鏡寵愛による大事件が起きた。

『道鏡を皇位に就けよ』

大宰府の神官が託宣を行ったとの噂が伝わり、それを確かめに行った勅使が、

『その託宣は虚偽でありました』

と報告した。すると激怒した天皇によって勅使が流罪となったこの事件に至っては、誰もが呆れて言葉を失い、同時に震え上がった。

天皇の異母姉を妻に持つ白壁王は、多くの者たちが粛清されるのを目の当たりにして怯えていた。

〈次は自分かもしれない〉

義妹の疑心の視線に恐れ慄く余り、酒を浴びる程飲んでは愚鈍を装いながら、火の粉が及ぶのを避

け続けて暮らした。

道鏡だけを信じ、仏教に依存した称徳帝の迷走の治世が終焉の時を迎えていた。神護景雲四年（七七〇年）半年ほど病に伏せった晩夏の候、五十三歳で天皇は崩じる。生涯独身で子の無い女帝は次なる帝の後継、皇太子を決めずに逝った。

讃良があらゆる手段を講じてその継承に拘った草壁皇子の血脈は、ここに途絶えてしまった。この時、讃良の死から七十年に近い年月が経っていた。

エピローグ

〈此処はいったい何処なのだろう〉

　辺り一面に薄靄が掛かり、前も後ろも右も左も果てしなく続いている。讃良はたった独り、立ち込める薄靄の中を歩いていた。はてどのくらい歩き続けてきたのか。幾日だろうか、ひと月、いや何年も歩き続けている気さえする。靄はその勢いと濃度を次第に増して、時折り濁った灰紫色となって次から次へと立ち込めてくる。いつまで経っても晴れることのない靄の中を、讃良は歩き続ける以外に成す術はなかった。けれども不思議なほどに、五体の痛みも疲れも感じないのは何故だろう。それどころか身の軽さに加えて、四肢は宙を舞うように滑らかに動作する。

　彼女は探し続けていた。夫をそして若くして逝った息子の姿を、無窮《むきゅう》の彼方に捜し続けていた。

〈早く、一時も早くお逢いしたい。御上が亡くなられてからの総ての歳月、私が担ってきた国の政を、皇位の途方と宮中の勢力図……それら総てを、一刻も早くご報告せねばならない〉

　次の瞬間、脳裏には幼い頃の懐かしい思い出が蘇ってきた。

〈若く美しいまま亡くなったお母さま、そしてお優しかったお祖父さまにも早くお逢いしたい。お逢いしてあの頃のように、その両の腕に抱き締められたい。甘えてみたい。『讃良は賢い良い子だね』昔のようにお祖父さまに褒めてもらいたい。そして……〉

讃良の眉が深く寄せられた。

〈あぁお姉さま、私はお姉さまに合わせる顔などない。お姉さまの最愛の大津皇子を、策謀の果てに死に追いやった。いくら謝っても、謝り尽くしても許される筈など無い罪科を、この身に背負ってしまった。でもお逢いせねばならない。この深き罪、許されざる罪を、お姉さまにお詫びせねばならない〉

靄は讃良の思いを嘲笑うかのように、変幻自在に揺蕩い続ける。時に高く波打ち、ある時は荒々しく渦巻いて、行く手を遮るように拒絶と寛容を繰り返していた。

〈私はこのまま誰にも逢えぬままに、永遠にこの世界で彷徨い続けるのだろうか。それ程に現世の業は深い。多くの尊い生命とその輝くばかりの生涯を、私利私欲の為に消し去ってきた。そう、それは偏愛の結晶である我が子を守りたい、その我情のためだけに。彼らはどんな華麗な花を咲かせたであろうか。どんな美しい夢を描けたであろうか。そんな輝かしい生涯をこの手で摘み取ってしまった。そしてその報いをいやというほどに受けてきた。我が子の早過ぎる死、虚弱な孫皇子、儘ならぬ人との符合。出逢いと別れ……。御上、お許しください。私は血の継承に執着する余りに広きを見ず、遠きを見ずにいた。多くの可能性と尊い命を否定し続けた私の人生とは、私の一生とは一体何だったのだろう〉

その時遥か前方から、重く湿った靄を掻き分けて近づいてくる人の影らしきものが垣間見えた。次第に大きくなるその不確かな物体は、徐々に陰影を際立たせながらこちらへと向かってやって来る。まるで訝る讃良を嘲笑うかのように、手が届くほどの距離にまで間合いを詰めてきた。思わずゴクリと唾を飲み込んだその時、眩いばかりの光線が差し込んで、逆光に物体の輪郭がくっきりと浮かび上がった。驚きと怖れが交差する戦慄に抗いながらも、讃良は必死に目を凝らした。

「誰？　誰なの」

小さく叫んだ彼女の狼狽を嘲笑うかのように影は歩みを止めた。と同時に靄もそれに倣うが如く流れを沈め、辺りの視界が一瞬にして開けた。その途端、

「あっ！」

讃良の目は大きく見開かれ、全身が総毛立った。

「お父さま！」

影の正体は、生涯をかけて憎しみ続け、否定し続けてきた父親その人ではないか。

「鵜野よ、待っていた。長き年月、其方を待ち続けてきた。現世は今どんな姿か、其方に見せてやろう。さあ篤と見るがよい。其方の目で、其方自身の心で、しっかりと現世を見るがよい」

父が広げた両の腕の上に水晶玉のような空気の塊が現れ、その半透明の球体には、薄ぼんやりと画像が浮き出している。目を凝らした先には、白髪で疎らな髭を生やした痩せぎすの老人がいた。貧相という言葉がぴったりの風貌の老人は、不釣り合いなほどに典雅で瀟洒な衣服を纏っている。そして玉座と思しき腰かけに、その丸くなった背中を押し付けるように座っていた。

〈誰？〉

讃良の心を見透かすように、父が勝ち誇って詳説を始めた。

「白壁王、今の天皇だ。そして私の孫にあたる皇子だ。其方がこの世界で彷徨い続けて、もう七十年近くが過ぎたのだよ。現世では今、私の孫が天皇となっている。優に六十を越えた白壁王を、私は天皇の位に就けた。実に長い年月であったぞ」

不遜なまでの充足感が父の全身から伝わり、昔と変わらない鋭い眼差しが、狼狽する娘に一直線に向けられていた。

「其方は志貴皇子を覚えているかな。私の第七皇子の志貴を、覚えておろう」

讃良はハッとした。

〈あの吉野の盟約の折り、末席に連なっていたあの皇子か。そう、確かあれが志貴皇子であった。歌の才に秀でただけで、他に何の取り柄も無かったあの皇子など、全く眼中になかった。当時は大津の存在に目を光らせ、高市の利用法を思案するばかりであった。あの凡庸を絵に描いたような皇子の子が天皇であるなど、俄かには信じ難い。どこでどうして、皇位の系譜は変転してしまったのだろう〉

「どうした。其方の自信は何処へ行った。だが私にはたった一つ後悔がある。それは其方を大海人に嫁がせたことだ。もっと愚鈍な皇子にくれてやれば良かったものを、私としたことが其方を甘く見過ぎていた。其方が大海人の妻となったことで皇位は捻じ曲げられ、それを取り戻すのに実に百年もの年月が掛かってしまった。さあ、私が描いた筋書を見るが良い。其方の死後に起きた経緯を、隈なくその目で確かめるが良い」

するとと現世を映す空気の塊が、磨き上げられた鏡のように百年の動向を浮かび上がらせた。

草壁の血脈を以って天武帝の皇統を守り続けた年月。弱弱しい男系の子孫たちの糸よりも細い血の系譜と、それを懸命に支え続けた女帝たちの気丈な生き様。そしてその巻末とは……。不比等の血をも継いだ未婚の女帝の、恣意と狂乱の果ての断絶。草壁の血脈は遂に途絶えてしまったのだ。

〈吉野での盟約の通りとなってしまった。誓いに叛いたならば、命は無く子孫も途絶える……。あの日の、あの盟約の通りになってしまった〉

がっくりと項垂れる讃良目掛けて更なる言葉が放たれる。

「いよいよ、最期の総仕上げを聞かせてやろう」

勝ち誇ったように言い放つ父は、幼い頃初めて対峙した時の痩躯で高圧的な姿そのままであった。

「老天皇は最後の女帝の異母姉井上内親王を皇后としている。粛清の嵐が吹き荒れる宮中で、大酒飲みの能無しを演じて生き続けた白壁王は、私の隠し玉だよ。だがあれには期待していない。さあ、天皇の横に控える若者を見るがよい。筋骨逞しく、聡明な頭脳と豪胆さを併せ持つ大器山部親王《やまべのしんのう》だ。この後は山部が皇位を受継ぎ、私の血を子々孫々にまで伝えていくだろう。山部の母は井上内親王ではない。つまり大海人の血も其方の血も、一滴たりと皇位には引き継がれないという結末だ。長い時間を掛け逸る気持ちを押さえながら、やっと成し遂げた構想は……どうだ、納得したかな。これだけの筋書、私以外の一体誰が描けるというのだ」

讃良は自失呆然なまま、父を見つめることしかできなかった。

「それからもう一つ。我が血を分けた不比等を鎌足にくれてやったのは、我ながら妙案であった。不比等は私の意とする儘に、実に首尾よく事を運んでくれたよ。この後は彼の子孫たちが隆盛を極め、私が鎌足に授けた藤原の姓は、繁栄の限りを尽くすだろう。そしてそこにも私の血が引き継がれることになる。私は其方たちに勝ったのだよ。さあ、話は全て終わった。私は行かねばならない。罪多きこの身が彷徨い続けるのは、自業自得というもの。後悔など微塵も有りはしない」

未練なく背を向けた父は、ゆっくりと靄の向こうに消えていった。

〈何て恐ろしい方。死して尚もご自分の血の継承に拘り続けるとは、凄まじいばかりの執念の方……。でもお父さま、今はっきりと解りましたわ。私は紛れもなく貴方の娘です。貴方が私に血を分け、私は貴方の血を受け継いで生まれた、正しく貴方の娘です。私が厭い続けたこの大きな双眸と共に、生き方をも貴方から受け継いだのだと、今はっきりと解りましたわ。憎み続けてきた貴方の存在そのものが、私自身だったのですね。否定し続けてきた貴方を、私はそっくり受け継いで生きてきた。それが私の一生涯だったのですね。あぁ、私もこの世界で永遠に彷徨い続けるのでしょうか〉

讃良はよろよろと、父とは別の方角に歩き始めた。行く手には揺蕩う靄が大きな流れを作り、まるで滝雲さながらに俊敏なうねりを見せている。その彼方に針の穴ほどの一角から糸のように細い薄明かりが差し込み、近づくと光芒はその明度を増して、徐々に視界が広がっていった。薄靄が空気に溶け込んで消え薄れると、今までの灰紫の世界が清々しい情調となって讃良を包み込んだ。そこには薄花桜が一面に咲きこぼれ、軽やかに風に舞っているではないか。桜は濃淡の色相を多種多様にして自在に枝振りを伸ばし、風で運ばれた花弁は思うが儘に宙を漂っている。

その薄紅に包まれた場所には見覚えがあった。

〈何と美しい桃源の世界。此処はもしやして吉野か〉

十津川で宇津木たちが山桜の植樹を始めてから、多くの山里で桜樹が生い茂り、春の訪れとともに山々が桜色に染まる吉野の郷。

〈お祖父さまの桜があんなにも美しく咲いている。吉野の村人が桜を愛で、桜を慈しんで暮らしてきた彼らの郷里『吉野』。御上との思い出の地が、あんなにも鮮やかに彩られている。きっとあの場所になら、私を待っていてくれる人がいるかもしれない。私が愛した人たち、私を愛してくれた人たち。

背負った罪科を拭い去ってくれるかもしれない吉野へ……。さあ、この途を行こう〉
凜と眦を決した讃良が、桜笑む虚空の中に大きく歩を踏み出した。

《完》

あとがき

春過ぎて夏来にけらし白たへの　衣干すてふ天の香具山　（持統天皇）

幼い頃、祖母と百人一首で遊ぶのが好きだった。（どこかで聞いた様な歌詞だけど）やがて小学校の高学年になるとそれだけでは飽き足らず、百歌人の作品全てを暗記するという夏休みの自由研究に挑戦した。若い脳ミソはどうにか百首を覚え切ったが、二学期になると瞬く間にその殆どを忘れていき、片手で数えられるだけの歌が私の記憶の片隅に刻まれた。その中に冒頭の一首が含まれている。

やがて時は流れて、私は二十代から三十代前半を某歌劇団に在籍して過ごした。昭和五十七年、大津皇子粛清をテーマにした作品が上演された折り、私は鵜野讃良役を演じている。そしてその時初めて、幼い頃に覚えた百人一首の歌と鵜野讃良、つまり持統天皇が一つに重なったのである。

それを切っ掛けとして古代史に興味を持った私は、推古朝から桓武朝までの時代小説を読みまくった。そして古代ロマンの虜となっていく。歴史的に解明されていない事象が多い時世、それこそが得も言われぬ神秘と謎を生む……そんな蠱惑《こわく》の時代なのだ。そして思いはいつか、鵜野讃良を主人公にした小説を書くという、彼女との『約束』にまで深化していた。

さらに時は流れて令和二年。パンデミックという想像もし得ない最悪の状況下で、私は古希を迎えた。すでに五年前には仕事をリタイアし、二年前に母の最期を看取っていたこの身にとって、ステイホームに何の不都合も不利益もない。何しろハイリスクの高齢者である。私は自宅に引き籠った。

自宅マンション前の幹線道路から、引っ切り無しに救急車のサイレン音が響いてくる。テレビのワイドショーでは、コメンテイターたちが自説を捲し立てている。そんな全てに耳を塞ぎ、マスク一枚自国で生産できない日本という国を憂えた。

それと同時に、有り余る時間は様々な過去の感傷を呼び覚ましてくれもした。その時真っ先に頭に浮かんだのが、何故か鵜野讃良のことだったのである。あれから四十年、ずっと心の何処かに引っ掛かり続けてきた彼女の存在。そして彼女との『約束』……自分なりの解釈も含めて、彼女の生涯を自分自身の中で完結させたい。今書かなければ、もう一生書く機会はないだろう。そんな独り善がりな思いから、私はパソコンの中の原稿用紙に向かい始めた。

古代史には多くの空白部分が存在する。そして難解な人名、一夫多妻制や近親婚による複雑な人間関係、現在と呼称を異にする地名などが入り交じり諸説を有する。その空白部分を自分勝手な想像と思い入れで埋め、縦軸に鵜野讃良の一生を、横軸には彼女の生涯に関わった人々の生き様を据える。その終着点に一世紀を超えて成された、天武系から天智系への皇位継承の歴史的転換を織り込むことを大凡の構図とした。

一人の女性の一生を余すこと無く書き連ねるのは、作品の焦点をぼやかしてしまうのではと苦慮した。だが鵜野讃良が生まれてから死ぬまでの五十八年の生き様は、周辺の個性溢れる人物たちの生きた証しがあったればこそ。同じ時代を、命を懸けて生き抜きそして死んでいった人々の人生をも描くことが、即ち鵜野讃良を描くことだと理解するに至った。そこでき得る限り広範にわたり、人物と事件事象を登場させようと心を決めた。

父よりも夫を選んだ女性、父を憎悪し反目し続けた女性、父を否定せざるを得なかった女性。その人が人生の終末に思い至った帰結とは何だったのか。おそらく、父と同じ道を歩んできた自身の姿だったのではないだろうか。

そして天武系から天智系への皇位継承の転換はこの上なくミステリアスで、仕組んでも実現不可能な、世紀を跨いでの事象であると予てから心惹かれていた。天智帝の粘着質な思いが、これを可能にしたと思う他に答えは見つからない。恐らく天智帝は、死後にもその執念を持ち続けたのであろうと……。

この二点の夢想を『エピローグ』という非現実の世界で描く為に、前段では鵜野讃良が拘泥した『草壁皇統』の継承と断絶を、粗くだが記す必要性を感じた。


書き進むにつれ、多感で血気盛んな時代を共に過ごした友たちの姿が登場人物にオーバーラップして心躍った。当該作品の脚本演出を手掛けられた心服する師は、令和元年に鬼籍に入られた。『乙巳の変』から『長屋王の変』までの万葉の時代を背景に、幾作かの情感溢れる作品を、趣深い文体を駆使して健筆を振るわれた在りし日の師。格調と艶美に満ちた舞台は師ならではの世界。稀代の脚本家であり演出家であった亡き師への感謝の思いは募るばかりで、鵜野讃良に巡り合わせてくれた恩師へ捧げる一編ともなった。

そして鵜野讃良との『約束』……若き日に彼女と交わした約束を、四十年の時空を超えて果たせたことには万感の思いがある。

人生の最終幕は誰にでも訪れる。私自身も現実の領域に「それ」が捉えられる年齢になった今、明日かもしれない二十年後かもしれない終焉の瞬間には、きっと恩師の珠玉の台詞が記憶のスコープを駆け巡っていることだろう。そして至福の時間を共有した友たちの姿が、瞼の奥のスクリーンに映し出されているに違いない。

心からの感謝と友誼とを込めて、この拙著を諸氏に捧げる。

追記

三日前、WHOは「新型コロナ緊急事態宣言」の終了を発表し、本日から日本でも感染症への位置づけが2類から5類へと移行されました。実に三年にも及ぶ長い日々となり、様々な方が様々な生き方を余儀なくされたことと存じます。

思えば私も令和二年春、世界中が未知のウィルスの脅威に翻弄されていた頃から本作品を書き始め、悲喜交々な思いと寄り添いながら三年後の今日「あとがき」を記すことができました。

この拙い書をお手に取られたお一人でも多くの方が、日本の古代史に思いを馳せて頂ければこれ以上の喜びはございません。

ご通読を心より感謝申し上げます。

令和五年五月八日

宮井ゆり子

【著者紹介】

宮井　ゆり子（芸名：条《じょう》はるき）

昭和 25 年 4 月 30 日生まれ。立教女学院出身。
昭和 43 年　宝塚音楽学校入学
昭和 45 年　宝塚歌劇団入団
昭和 60 年　宝塚歌劇団退団

血脈《けつみゃく》　――鵜野讃良《うののさらら》私伝《しでん》――

2023 年 10 月 6 日　第 1 刷発行

著　者 ― 宮井《みやい》　ゆり子《こ》

発行者 ― 佐藤　聡

発行所 ― 株式会社 郁朋社《いくほうしゃ》

〒 101-0061　東京都千代田区神田三崎町 2-20-4
電　話　03（3234）8923（代表）
ＦＡＸ　03（3234）3948
振　替　00160-5-100328

印刷·製本 ― 日本ハイコム株式会社

落丁、乱丁本はお取り替え致します。

郁朋社ホームページアドレス　http://www.ikuhousha.com
この本に関するご意見・ご感想をメールでお寄せいただく際は、
comment@ikuhousha.com　までお願い致します。

 ISBN978-4-87302-798-2 C0093